風月傳說

卷·8

江山如畫【大結局】

無極——著

風月傳說

卷·8

江山如畫【大結局】

無極——著

風月傳說 卷8 江山如畫（原名：風月帝國）

作者：無極
發行人：陳曉林
出版所：風雲時代出版股份有限公司
地址：105台北市民生東路五段178號7樓之3
風雲書網：http://www.eastbooks.com.tw
官方部落格：http://eastbooks.pixnet.net/blog
Facebook：http://www.facebook.com/h7560949
信箱：h7560949@ms15.hinet.net
郵撥帳號：12043291
服務專線：(02)27560949
傳真專線：(02)27653799
執行主編：朱墨菲
美術編輯：許惠芳

法律顧問：永然法律事務所 李永然律師
北辰著作權事務所 蕭雄淋律師

版權授權：蔡雷平
初版日期：2014年3月
初版二刷：2014年3月20日
ISBN：978-986-5803-57-5

總經銷：成信文化事業股份有限公司
地　址：新北市新店區中正路四維巷二弄2號4樓
電　話：(02)2219-2080

行政院新聞局局版台業字第3595號 營利事業統一編號22759935

定價：280元　特價：199元

國家圖書館出版品預行編目資料

風月傳說／無極著. -- 初版-- 臺北市：風雲時代，
2013.07 -- 冊；公分

ISBN 978-986-5803-57-5（第8冊；平裝）

857.7　　102020708

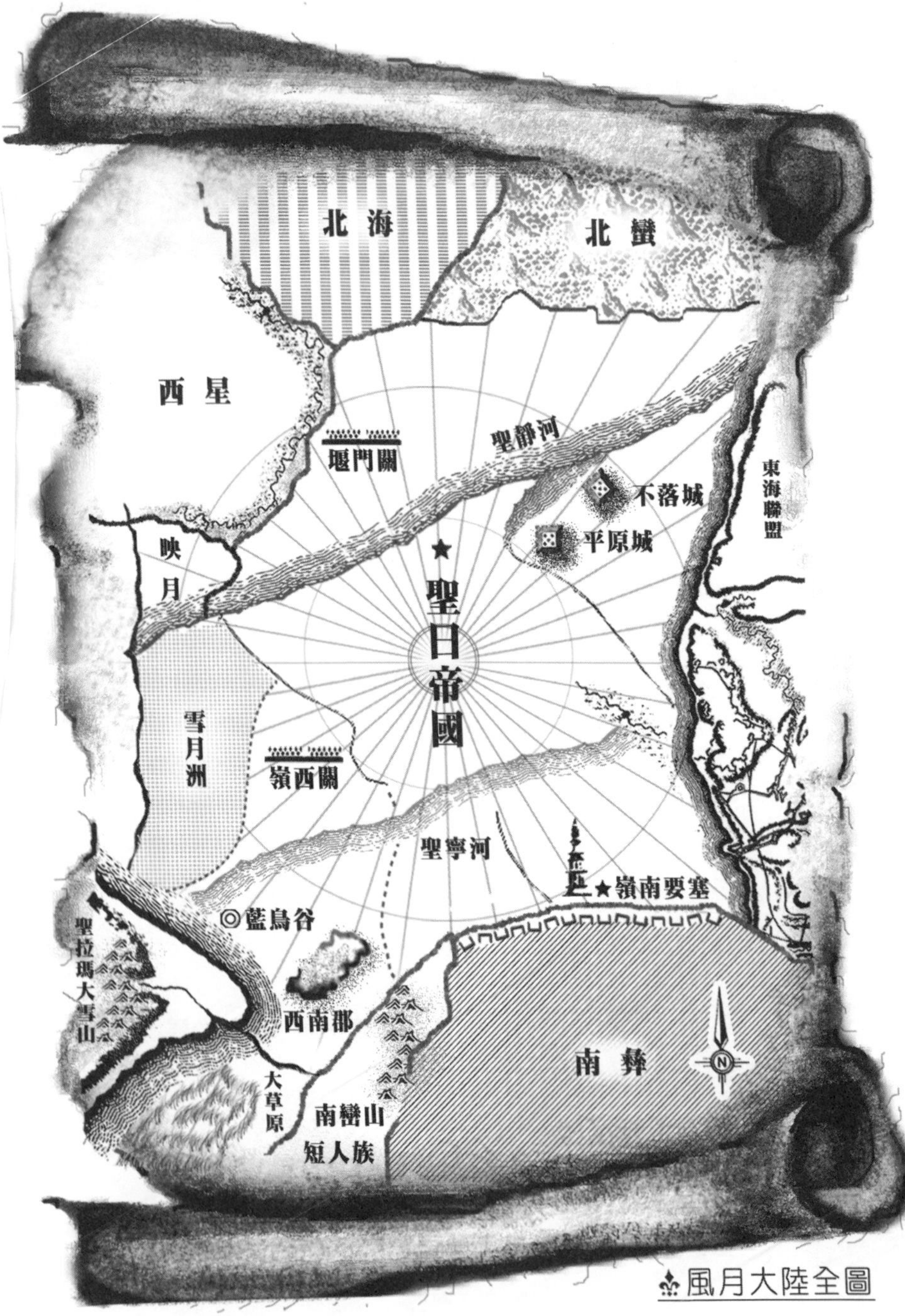
北海
北蠻
西星
聖靜河
堰門關
東海聯盟
不落城
平原城
映月
聖日帝國
雪月洲
嶺西關
聖寧河
嶺南要塞
藍鳥谷
聖拉瑪大雪山
西南郡
南彝
大草原
南蠻山
短人族

風月大陸全圖

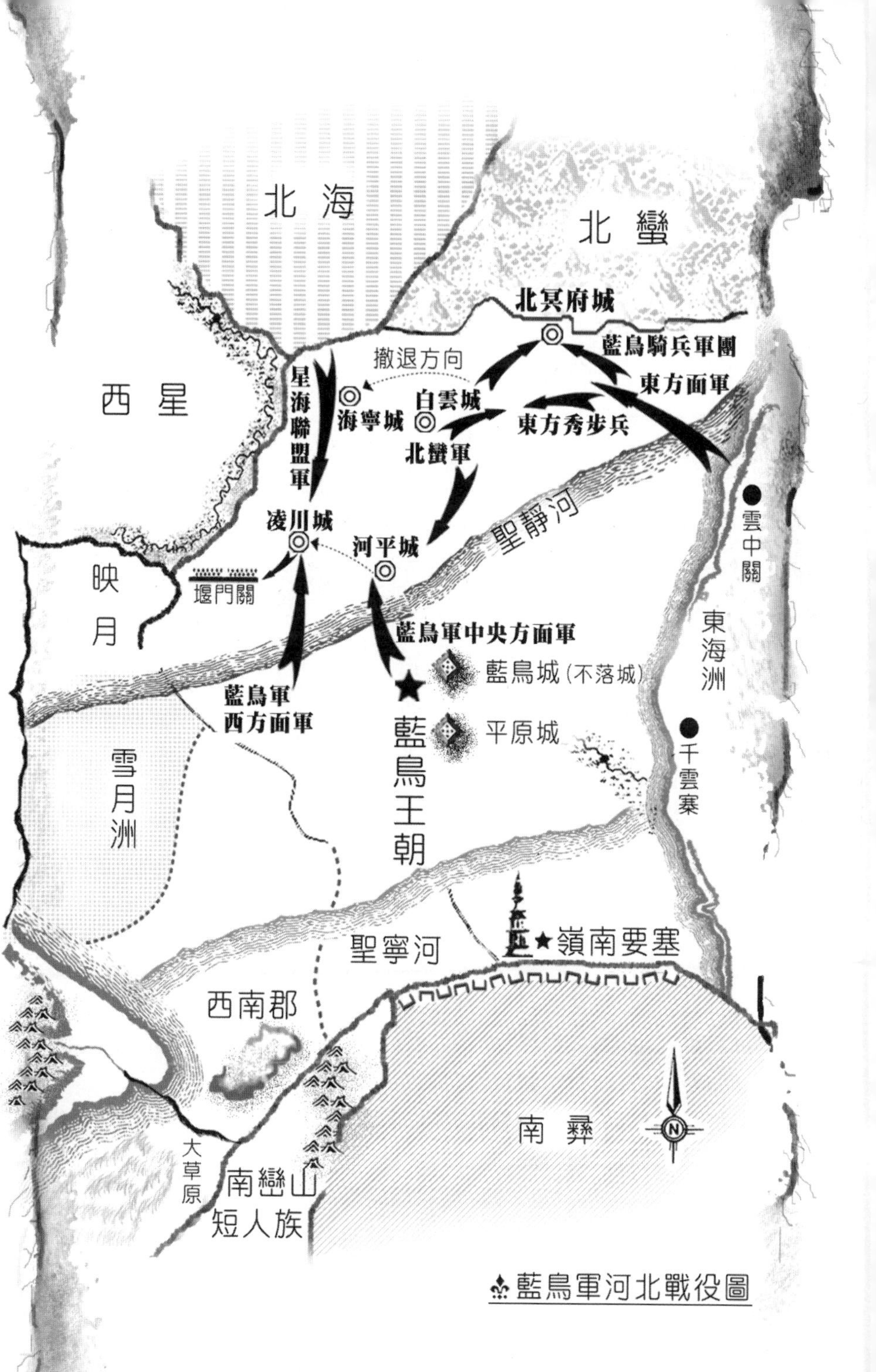
北海
北蠻
北冥府城
藍鳥騎兵軍團
撤退方向
東方面軍
西星
星海聯盟軍
海寧城
白雲城
東方秀步兵
北蠻軍
雲中關
凌川城
河平城
聖靜河
映月
堰門關
藍鳥軍中央方面軍
東海洲
藍鳥城(不落城)
藍鳥軍
西方面軍
平原城
藍鳥王朝
雪月洲
千雲寨
嶺南要塞
聖寧河
西南郡
南彝
N
大草原
南巒山
短人族
藍鳥軍河北戰役圖

第一章 盛世宣言

聖王天雷向周圍揮手致意，然後緩緩舉步進城。

從北門到藍鳥廣場，一路上站著無數的藍衣眾，他們盔甲鮮明，神聖不可侵犯，凡越過警戒線的人立即有人上前制止。

老百姓站在後面，無數的鮮花捧在手上，舉向天空，巨大的橫幅高高舉起，「聖王您好！」、「聖王萬歲！」、「聖王我們愛你！」等等佈滿整個街道，全城的百姓全部出動，男女老少人人臉上掛著幸福的微笑。

聖王天雷一邊向前走，一邊不停地向人群揮手致意，不久，來到了藍鳥廣場前，只見一座高大的彩臺面南而立，臺上用鮮紅的絲綢鋪滿地面，一張方桌上面也是用藍鳥圖案的彩綢罩面，四周圍彩旗飄飄，呼啦啦作響，中央一幅巨大的橫幅上，書寫著「迎接聖王凱旋歸來」幾個大字，兩側有一副對聯，上聯是「藍鳥飛翔傲四海」，下聯是「聖王恩澤滿八荒」，台下，幾十萬百姓翹首以待。

聖王天雷等人在王師凱文的引導下來到藍鳥廣場，轟鳴的禮炮聲不斷震響，人群中，歡呼聲一浪高過一浪，少女們狂熱般地向前擠，嘴裏瘋狂地喊著「聖王聖王我們熱愛你！」少男們狂吼道「聖王聖王我們崇拜你！」喊叫聲此起彼伏，聲聲不絕。

望著狂熱的人群，聖王天雷也是雙眼濕潤，激動不已，如果是在大草原，他也許不會這般激動，但這裏是中原，人們對聖神的虔誠還沒有達到狂熱的地步，而今天人們的瘋狂卻是因爲他而起，爲他們的藍鳥王而歡呼、歌唱。他激動地登上彩台，雙手高舉，台下頓時響起了更加熱烈的歡呼聲。

「聖王萬歲！」

「藍鳥王朝萬歲！」

「藍鳥軍萬歲！」

……

好一會兒，王師凱文來到台前，用含滿真氣的聲音說道：「各位父老兄弟、姐妹們，請安靜，請安靜！下面，讓我們最尊敬的王爲我們講話！」說完首先鼓起掌來。

台下頓時響起了如雷鳴般的掌聲，人們漸漸地安靜了下來。

聖王天雷邁步來到桌前，他用激動的聲音說道：「我最親愛的子民們，我感謝你們，謝謝！」說完，他躬身一禮。人群再次爆發出熱烈的掌聲。

「千百年來，聖拉瑪大陸諸國林立，各民族互相獨立，相互征伐，戰亂不斷，百姓深受戰爭之苦，爲了生存、爲了保護他們最親愛的人，勇士們拋頭顱，灑熱血，譜寫了一首首傳唱千古的英雄之歌。」

「十餘年前，聖日民族面臨危難，但中原的英雄們並沒有退縮，他們奮起反抗，用自己的鮮血譜寫著一曲曲壯麗的詩篇，在大草原雪瑪族、雪奴族、南巒山短人族以及其他少數民族的幫助下，重新站了起來，用自己的忠誠、勇敢、堅強和不屈，果敢地實現自己人生的價值，用鮮血和生命捍衛著民族的尊嚴，他們每一個人都當之無愧的是藍鳥軍的英雄，藍鳥王朝的英雄，人類歷史上的真正英雄！」

「親愛的子民們，聖拉瑪大陸即將翻開嶄新的一頁，書寫自己的嶄新歷史，各民族都將進入著嶄新的時代，在聖拉瑪大神的指引下，藍鳥王朝將繼往開來，平定四海八荒，消滅腐朽的貴族制度，徹底地消滅戰爭的根源，讓全天下的百姓都過上沒有戰爭，沒有剝削，人人有飯吃，人人有衣穿的安定、富足的幸福生活！」

「爲了實現全人類遠大而嶄新的目標，我們有必要發動聖戰，徹底消滅一切敢於阻擋嶄新歷史進程的敵人，無論是什麼民族，在藍鳥王朝的恩澤下，都將平等相處，享受一切待遇，相互尊重，互相輔助，爲開創嶄新的時代而努力，我發誓，如果誰違背今日的諾言，都將受到聖拉瑪大神的詛咒，永不得輪迴！」

「勇士們，讓我們拿起武器，爲開創聖拉瑪大陸的嶄新時代而戰鬥吧！」

人群中爆發出更加熱烈的歡呼聲，他們爲聖王描繪的偉大前景而歡呼，爲聖王的誓言而歡呼，各民族的人熱淚盈眶，爲有這樣的王而驕傲，爲能親眼看到這樣一個嶄新的時代而高興，爲能親手創造和建設這樣的嶄新王朝而興奮，同時更激起更大的熱情和鬥志。

「爲開創聖拉瑪大陸嶄新的時代而戰鬥！」

年輕人熱血沸騰，一個個心情激動，情懷激蕩，參加藍鳥軍，爲親手創造這樣一個嶄新王朝而戰鬥的願望在心中湧起，一股自豪感、英雄感在心底產生，藍鳥軍是所有青年嚮往的地方，他們狂熱地歡呼著，跳躍著。

聖王天雷的這次講話，被後世譽爲《統一大陸宣言》，也有人稱爲《各民族和平宣言》，他第一次在人前徹底地坦白了自己的遠大抱負，並號召各民族的人民爲之而奮鬥，正是由於這次宣言，徹底地擊潰了映月、西星人的意志，奠定了統一大陸的思想基礎，受到了全大陸人民的廣泛擁護，一時間，聖王的理想成爲所有人心中的夢幻世界、理想社會，在所有人民的心中他真正地成爲了聖神的代言人。

無論是軍師雅星，還是王師凱文、王妃雅靈、香妃彝凝香，還是所有的藍鳥軍將士、王朝百姓，全部爲聖王天雷的宣言感動得熱淚盈眶，雅星心情蕩漾，不能自己，他緊緊地抓住聖王天雷的手，激動得說不出話來，眼淚順著臉流了下來，而老百姓的狂熱竟然連續三天都沒有一絲一毫的減退。

《統一大陸宣言》如一聲春雷般響徹整個聖拉瑪大陸，迅速向每一個角落中傳遞著，人們爭相傳閱、傳唱，人們的臉上無不露出崇拜的神色，它就像春風化雨，溫暖著藍鳥王朝的每一個人心，它像瘟疫般徹底地擊潰了映月、西星人的鬥志，爲聖拉瑪大陸的和平統一而企盼。

一石激起千層浪，在新年即將到來之際，藍鳥王朝內掀起了狂熱般的慶祝，大草原雪馬族、雪奴族以及南巒山的短人族、東海各族、南彝的各個民族，都展開了對《各民族和平宣言》的慶祝活動，同時，他們派出了大量的使者，向聖王獻上最誠摯的祝福和衷心的擁護，紛紛表示在來年的春天，都將派出本民族最優秀的勇士參加聖戰，爲實現聖王提出的遠大理想而共同奮鬥，共同開創聖拉瑪大陸的嶄新歷史。

軍師雅星從回到藍鳥城後，就開始接手額部工作，整天忙個不停，在新春佳節即將到來之際，王朝內外前來朝賀的人不斷，各種頌歌、禮物從無間斷，但他的心卻更加充實，更加的溫暖。

如今的聖王天雷在王妃雅靈、彝凝香及兒子中原、女兒雪蓮的眼中，更加地高大，她們的眼神中都帶著崇拜之色，用公主雪蓮的話說就是「父王，我好崇拜你啊」、「父王，這句話是什麼意思啊！」

聖王天雷只有對著女兒苦笑不已，他那裏想得到，一時間的即興演講竟然掀起如此大的波瀾，使整個大陸都爲此震動，遠在北海帝國都城海月城作戰的將士們，用快馬送來了決心書，整整裝了幾大馬車；而在堰門關外西星繁星城作戰的將士們毫不遜色，其中連血書都有，整整裝了十一輛大馬車。

帕爾沙特接到手下的報告後，手捧著聖王雪無痕的宣言書立即就臉色蒼白，癱坐在椅子上，默默無語，他知道自己再也不能擊敗雪無痕了，聖王雪無痕只用了一番講話，就徹底地征服了整個世界，得到了大陸的人心，天下都是雪無痕的了。

聖皇月影同樣也是面目失色，他萬萬也沒有想到聖王雪無痕會來上這麼一手，但雪無痕有這個實力，有這麼說的權力和信心。如今的映月西星帝國內部都在悄悄地傳閱著《統一大陸宣言》或叫做《各民族和平宣言》書，黑爪不會放過這樣的大好機會，他們把聖王講的話印成書冊，散發在整個大陸各地，引導著所有老百姓的心。

雪花飄舞，朔風飛揚。

聖拉瑪大陸的第一場風雪覆蓋整個北部，在北平原以北地區雪特別的大，北蠻極地、雪嶺、北海及北海西部地區，雪厚度達到了一尺以上，聖靜河兩岸的雪比較小一些，再往南就更小了，而聖寧河一帶還溫暖如春，完全看不到冬天的痕跡。

藍鳥城的雪有三寸厚，雪花也比較小，但雪白的雪花把藍鳥城裝綴得銀裝素裹，分外美麗。

聖王天雷眼望著漫天飄舞的雪花，心中充滿了憂鬱，不覺地微微出神。雅藍、雅雪姐妹悄悄地來到他的身後，把一件藍色斗蓬披在他的身上，聖王天雷心頭一暖，眼裏頓時充滿了幸福的神色。

雅藍、雅雪姐妹如今也已經是聖王的偏妃了，但她們平時行事低調，凡事幾乎不出頭露面，全憑王妃雅靈和香妃彝凝香做主，聖王天雷只偶爾到西跨院一趟，和她們溫存一番，但這點她們就很滿足了，畢竟他們從小就跟隨在聖王天雷的身邊，彼此之間的感情很深，況且，她們也沒有什麼背景與實力，只要聖王心裏有她們姐妹，她們就很開心了。

但姐妹倆也不是一點勢力也沒有，凡是從藍鳥谷出身的中低級將領幾乎全是她們的支持者，況且藍鳥騎士團還控制在她們姐妹的手中，儘管目前由大將軍溫嘉統帥，但溫嘉也是孤兒出身，在藍鳥谷中長大，與她們的私人關係非常的深厚，溫嘉還是支持她們的，在高級將領中，無論是維戈、雷格還是啇秀等藍鳥谷出身的人都給她們面子，凡事尊重她們，使她們的地位非常的鞏固，就是雅靈和彝凝香也有顧忌，不敢對她們怎麼樣。

雅藍雅雪軍伍出身，對行軍作戰十分瞭解，在藍鳥軍中，她們是極少數女將領之一。昨晚，聖王天雷夜宿在她們的寢宮內，半夜時分開始下雪，聖王天雷就沒有睡好覺，憂心忡忡，天一放亮，他就跑出了屋外，來到院中看雪。

姐妹倆知道聖王天雷絕對不是像孩子們一樣對白雪感到什麼好玩，而是在擔心北伐西征的將士們。中原的雪都這麼大，那麼在北方的雪就會更大了，對於藍鳥軍中中原出身的士兵們來說，冬天是最難熬過的，在寒冷的北方，他們幾乎寸步難行。

「聖王，你在擔心鎮北侯和鎮東侯、鎮南侯他們嗎？」雅藍溫柔地問。

天雷微微點頭道：「是的，哎，冬雪這麼大，北方的將士們受苦了，我在擔心他們，也不知道他們怎麼樣了，敵人反擊了沒有！」

雅雪在旁柔聲說道：「聖王，你已經爲將士們做得夠多了，棉衣、厚帳篷等全部運到，他們不會缺少什麼，只要幾位主帥多加小心，定不會出什麼問題！」

「我知道，但就是忍不住惦記他們。」

雅藍在旁笑道：「既然聖王惦記著他們，不如為他們送去些酒水，為他們暖暖身心！」

聖王天雷眼中一亮，連忙說道：「極是，極是，雅藍這個主意不錯，風揚！」

「在，聖王！」

風揚立即從一旁閃出。

「傳令給後勤部，以我的名義為西征軍和北伐軍送去些酒水，要好一些，給將士們暖暖身子，告訴他們保重身體！」

風揚一聽，連忙激動地回答道：「是，聖王，我這就去辦！」

聖王天雷揮手讓風揚離開，然後，抬頭望著灰濛濛的天空。

雪仍然沒有停下的意思，從天空中飄落，樹梢上已經被掛成銀串，晶瑩美麗，宮頂的硫璃瓦上、牆頭上到處被白雪鋪滿，彩色的光亮從白雪間透出，分外的迷人。

幾個人癡癡地望著。

聖拉瑪大陸的第一場風雪對於帕爾沙特和北海明來說，是天大的好消息，它不僅僅阻擋住了藍鳥軍的攻勢，也為星海聯盟反攻創造了有利的條件。

北海國主北海明長出了口氣，懸掛的心放下了一半，一個多月以來，藍鳥軍勢如破竹，已經包圍了海月城，主帥越劍親臨前線，指揮作戰，對海月城發起了三次攻擊，都被北海守軍擊退，在北鎮府城方向也是一樣，藍鳥軍在海天將軍的率領下，連續發起了幾次攻擊，也沒有拿下，被守軍擊退。

但藍鳥軍的攻勢不減，在優勢兵力下，藍鳥軍更利用裝備上的優勢，對守軍進行了連續的打擊，每日都有大量的守軍傷亡，北海守軍也是困難重重，照這樣下去，海月城和北鎮府城也挺不了多長時間。

但冬雪卻有效地組織了藍鳥軍的進攻，使藍鳥軍的攻勢爲之一緩，守軍可以緩一下氣來。

北海明利用這一個多月的時間，在京城海月城以西地區秘密集結訓練軍隊，在映月月旺元帥和西星星空元帥的幫助下，已經集結了近四十萬人馬，整裝待發，但北海明和星空等人也知道藍鳥軍的強大，憑藉他們手中現有的兵力還不足以擊退越劍，只有利用冬季季節的優勢削弱藍鳥軍的戰鬥力，然後展開反擊。

北海人在等待著機會，等待著老天的幫忙，這一機會今天終於來了。

北海的風雪非常大，呼吼的北風刮在人的臉上使人感到疼痛，雙眼都睜不開，看不見遠方的景色，迷漫天空的風雪是最好的掩護，北海軍在星空元帥、月旺元帥和北海明的配合下，從三個方向冒雪向藍鳥軍北方面軍展開了反攻。

星空元帥和月旺元帥分別率領十五萬人從西向東展開反擊，北海明率領十五萬人出海月城展開攻擊，他們在風雪的掩護下悄悄前進，向藍鳥軍的大營殺來。

藍鳥軍北方面軍主帥越劍在天氣剛開始變化的時候，就有一種不好的預感，望著漸漸飄起的雪花，他立即命令部隊收縮，嚴密防守。各部拿出了冬裝，在帳篷內點起了篝火，士兵們在一起取暖，保持體力，斥候嚴密監視敵人的動靜，一有情況立即展開反擊。

越劍次帥有一絲慶幸，因爲在他的手中還有著十二萬餘北蠻軍隊，他把北蠻軍當成了冬季作戰的主力，在攻城的時候沒有動用一點，生怕再受到損失。

冬雪對於北蠻人來說小菜一碟，尺許的雪對於他們來說根本不算什麼，北海的冬天比北極地溫暖了不知多少倍，祖祖輩輩生活在北極地區的北蠻人早已經適應了冬季的生活，與嚴寒鬥、與風雪鬥，是他們一出生就開始的生活方式，頂風冒雪打獵覓食是生活的必修課，幾乎每日都有，北蠻的男人都是在風雪中滾爬出來的人，他們早已經適應了風雪中的生活。

也許中原人在風雪中看不出多遠，但北蠻人卻一點也不受影響，長長的眉毛、厚實的眼皮遮擋住了風雪的侵襲，透過風雪迷霧，他們可以看見遠處飛奔的兔子、雪鼠等極小的獵物，在風雪中，人的活動根本就瞞不過他們的眼法。

鎮北侯越劍曾經詳細地向蠻龍詢問過，瞭解北蠻人的特長後，他才決定把北蠻人排除在攻

020

城軍行列之外，在天氣剛剛有變化的時候，北蠻人就告訴他風雪要來臨了，於是越劍及時地撤出戰鬥，全力展開防禦，同時把北蠻人四下撒出，作為斥候監視周圍的動靜。

越劍的這些措施無疑是正確的，北蠻人為他帶來了風雪中無敵喜訊。

傍晚的時候，斥候報告從西、北三個方向發現敵人的三股大軍，各有十五萬人左右，正在風雪的掩護下向大營摸來，西面的兩支部隊目前還有十餘里，行軍速度緩慢，北部軍隊正在集結等待。

鎮北侯越劍聽後心中暗喜，在風雪中，沒有人是北蠻人的對手，更何況他是全力防守，敵人絕對討不了好處。

他環視了周圍的眾將一眼，目光落在了蠻龍、蠻虎、蠻豹三兄弟的身上。

蠻龍兄弟興奮異常，因為他們知道在冬季裏，他們是藍鳥軍作戰的絕對主力，榮譽使他們狂野的原始野性激發了出來，越劍也知道必須依靠北蠻人。

「蠻龍、蠻虎、蠻豹！」

「在，越帥！」

「你三人各領四萬人分三個方向出營埋伏，如果敵人沒有發現你們，就讓他們過去，等大營中打響了再發起攻擊，如果敵人發現了你們，就立即展開攻擊！」

「是！」

「立即執行吧，時間緊急！」

「是！」三人轉身出去，整軍出發。

「彝雲松何在？」

「在！」

「你部埋伏在西南側，一旦敵人攻近後立即開始反擊，配合北蠻軍團消滅敵人！」

「是！」

「東方秀！」

「在！」

「你率領東海兵團埋伏在西北部，配合北蠻軍團消滅敵人，不得有誤！」

「是！」

「夢雷將軍！」

「在！」

「你率領榮譽軍團埋伏在北方，配合北蠻軍團消滅出城的敵人，不得有誤！」

「是！」

「雲武！」

「在，越帥！」

「你率領騎兵保護戰馬、戰象和大營，挑選出三萬名好手分成三個萬人隊配合作戰，要確保大營安全！」

「是！」

「卡萊！」

「在！」

「你率領短人族戰斧團爲預備隊，全體下馬作戰，沒有我的命令不許出擊！」

「是！」

「大家準備吧！」

「是！」

藍鳥軍北方面軍各部分頭準備，騎兵沒有出擊，在如此大的風雪中，騎兵發揮不了什麼作用，還不如步兵好用，但越劍也還是準備了三個萬人隊加強戒備，隨時聽候調遣。

風雪更大，狂風怒吼，殺氣漫天。

月旺元帥率領十五萬人從最南部偷襲藍鳥軍大營，其手下兵力多數爲北海秋季應召的人員，骨幹爲映月軍官及士兵，這些人參加過北平原作戰，從北川鎭一路潰退到北海，可以說都是老手，作戰非常有經驗，但在冬季作戰中，他們還不能算上頂尖的好手，因爲映月帝國儘管在聖拉瑪大雪山北麓，並不少雪，但與北海地區的寒冷卻有明顯不同，北部的寒冷刺骨，南方的冷多少帶著些涼爽，況且北部風沙比較大，天氣更惡劣。

大軍在狂吼的北風中前行，十分難走，每前進一步都要付出艱辛的努力，風雪的沙粒刮著人的臉，迷失人的雙眼，人只能瞇著眼睛看路，但士兵們對榮譽及勝利的渴望激勵著他們奮勇前行。

月旺元帥的心中也並不好受，他也沒有料到風雪會這麼大，一向養尊處優的他對如此惡劣的條件也是心中怨恨，但這是他自己找的，作爲一名軍人，月旺還是打起精神，他邊走邊低聲地鼓勵周圍的士兵，加快速度，早日把藍鳥軍擊敗。

既然是偷襲，部隊就需要有一定的隱蔽性，所以月旺軍隊展開的面積並不大，少許的斥候在周圍監視動靜，並逐步向前推進，但在風雪中，一切聲音幾乎被淹沒，從白雪中越起的人影和閃亮的箭光把人射穿在雪地上，然後迅速地藏匿在雪裏，聲音幾無。

快到藍鳥軍大營的時候，月旺元帥開始命令士兵準備，他抬頭向藍鳥軍的營中望去，孤零零的大營裏閃爍著忽明忽暗的燈光，周圍站崗放哨的士兵抱著武器瑟瑟發抖，團成一團，萎縮在一旁，巡邏的士兵幾乎沒有看見，大營圍欄內，白雪在呼吼的北風中瀰漫，地上一片銀白色，看不見人影。

「各部準備攻擊！」

軍官們向士兵下達著命令，他們排成整齊的攻擊隊形向前摸去，來到大營前百十米距離，從大營內傳出一聲口令：

「放箭！」

成千上萬支箭在北風中如閃電而出，由於兩軍距離比較近，箭支並沒有受到太大的影響，依然射進士兵的體內，慘叫聲立即響了起來。

從雪地上躍起無數的人影，他們身披白色的斗蓬融化在白雪裏，像一隻隻幽靈一般狠殺，嘴裏喊著不知什麼話，月旺心中大驚，知道中了藍鳥軍的埋伏，立即命令士兵廝殺，在這種時刻，也沒有什麼特別的要求，誰的士兵多、素質好，誰就勝利，別無二話。

北海軍隊也是身披同樣白色的斗蓬，所不同的是，藍鳥軍在白色斗蓬內是藍色的內裝輕甲，天藍色的戰旗，而北海人是一身青灰色，士兵一看就知道是沒有經過大場面的人。

彝雲松率領南彝兵團埋伏在西南側翼，士兵們躺在雪地上時間並不太長，風雪把痕跡全部淹沒，幾乎沒有被敵人發現，南彝人沒有經受過像這樣的天氣，心裏充滿著興奮和好奇，加上南彝本身氣候濕潤，士兵在陰雨天比較適應，躺在雪地裏短時間還不是問題。

「殺！」彝雲松低身喝道。

南彝人的彎刀立即和北海人撞在一起，幾乎在同時，從月旺軍團的側後部傳來了驚天動地的怒吼，北蠻人在蠻虎的率領下殺出，巨大的戰斧、狼牙棒在風雪中閃爍，蹚起一溜的血雨，狂吼聲配合著中部地區的吼叫身響徹雲霄，回蕩在海月城二十里外。

星空元帥同樣率領著十五萬人偷襲藍鳥軍大營，所不同的是他率領的部隊中，西星的士兵比較多，實力比較強，從北川鎮地區撤退時，星空一路向北，所部四十萬人馬損失三十餘萬，只有七萬餘人跟隨他艱難地回到了北海，在北海明的照顧下，在海月城西部地區休整，經過北海人的補充後，軍團達到了十五萬人，其中也是以西星軍隊爲支架，士兵幾乎一個帶一個，效果比較好，有較強的戰鬥力。

北海明、星空、月旺三人約定在第一場暴風雪來臨時，同時偷襲藍鳥軍大營，他們並沒有經過特殊的協調，只憑藉約定配合辦事，他們都是殺場中的老手，這點能力還是有的，所以三人幾乎同時出兵，只是星空偷襲的方向是正中央地區，面對著的是藍鳥軍的正西大門。

士兵們同樣在風雪中艱難地向前，只是在臨近藍鳥軍大營的時候，發現了北蠻人埋伏的部隊，由於他這一地區地形比較狹窄，北蠻人埋伏的地區有限，所以被星空的斥候發現了，但北蠻人在族長蠻龍的率領下，發起了瘋狂的攻擊，那種狂野是西星人少見的，北海士兵幾乎沒有人見過，北蠻人身披白色的斗蓬，手舉巨大的兵器，野蠻地向敵人發起了衝擊，幾乎一下子就衝進了星空的隊伍裏。

正西的廝殺帶動了埋伏在大營內的東海兵團，東方秀大將軍幾乎在蠻龍展開攻擊的同時就下令出擊，東海士兵儘管沒有經受過這麼惡劣的天氣，但他們都是殺場中的老手，經驗豐富，戰法兇狠，並且爲了保命也只有狠殺，他們充分利用手中的弩弓箭，迅速向前推進，在東方秀、長空旋、海島宇的帶領下，配合北蠻軍團展開了對北海軍的廝殺。

風雪中夾雜著血水，雪白的地被染紅，遠遠地望去就好似一朵朵盛開的梅花，但這鮮豔的花朵是用鮮血染成的，驚心動魄，扣人心魂。

北海明率領的軍隊速度也不慢，他先派出了斥候，對城外地區進行了偵察，在沒有發現異常情況後打開城門，士兵們在將領的率領下冒雪向南摸去，十餘里的距離並不需要多少時間，半個時辰後，北海明已經望見了藍鳥軍的大營，他和月旺元帥一樣，感覺到藍鳥軍的大營內死氣沉沉，沒有活力，也許中原人不適應北海的寒冷天氣吧，都藏起來取暖，他從帳篷中忽明忽暗的燈光中，可以判斷出藍鳥軍都在帳篷中升起了篝火。

忽然，從雪地上躍起了無數的士兵，他們排著整齊的隊形，在盾牌手、弓箭手、中弩手的保護下從左右掩上來，他們沒有大聲喊殺，沖天的殺氣顯示出這是一支經過多次殺伐的勁旅，士兵個個年輕，雙眼冷酷，筆挺的身軀顯示出他們的高傲，一面高大的藍色黃邊戰旗飄揚在風雪中，上繡幾個大字「先鋒榮譽軍團」。

一名年輕的小將立在正中央，周圍有一萬名藍鳥軍士兵保護著，每一個人都卓而不群，殺氣騰騰，憑藉多年的經驗，北海明知道這一萬名士兵每一個人都有著非凡的武藝，不凡的身手，他知道自己碰上硬角色了，但同時心中又閃出一個可怕的念頭，因爲他想了起來，聖王雪無痕的長子正是榮譽軍團的先鋒官，只要抓住了他進行威脅，越劍就有可能退軍。

「給我上，抓住那員小將者賞萬戶侯！」

北海明下了大賭注，他大聲喊著，心中充滿了興奮。

北海士兵狂吼一聲，發瘋般向前湧來，他們興奮地吼叫著，拼命地向先鋒夢雷殺來。

「殺！」少主夢雷一聲大喝。

「殺！」榮譽軍團士兵大吼一聲殺字，手中弓箭齊射，弩箭如飛而出，士兵們交叉換位，輪流攻殺，把衝上來的敵人成片射倒在地，兩翼則向中央擠壓，爲少主分憂，在榮譽軍團中，少主夢雷就是他們的魂，他們每一個人都以能在少主手下作戰爲榮，誓死追隨，視榮譽爲生命，誓爲少主而死。

在北海明發起攻擊的同時，從左後翼傳來了驚天動地的怒吼聲，「殺！」北蠻人在蠻豹的率領下出擊了。

蠻豹將軍至少知道一件事情，少主夢雷是聖主神的兒子，北蠻的少主神，每一個北蠻人都知道少主的安全重於一切，在北海明喊叫的同時，北蠻人就急了，要想抓住少主，他們首先就必須流盡自己的血，北蠻人開始發揮出狂野的本性，他們爲了救助少主急了，瘋狂地撲了上去。

先鋒夢雷沉著異常，他對藍鳥谷的子弟有信心，更對自己的武藝有信心，在如今的聖拉瑪大陸上，能憑藉純粹的武藝贏過夢雷的人還真不多。他指揮著藍鳥谷的子弟組成五個天罡陣，交叉掩護攻擊，在弓箭手、中弩手的配合下，把一切靠近的敵人捲進大陣，然後再逐個消滅，沒有人在天罡大陣的槍網下生存，一陣好殺。

看著捲進一批又倒下一批人，北海明就有了後悔的意思，少主夢雷是聖王雪無痕的長子，越劍敢把他派出來，就必然有了完全的手段，在夢雷身邊的人一定全部都是好手，果然應驗了他的想法，同時，從側背而上的北蠻人殺法更是兇狠，把一切擋在前面的人全部斬倒，無一例外。

第二章　藍鳥洪流

在三個方向展開戰鬥的同時，主帥越劍也時刻注視著戰場內的變化，但他最關心的還是北面的先鋒少主夢雷，一來是夢雷年輕，二來是北海明老奸巨滑，三來是，如果趁機偷襲海月城，則省下不少的麻煩，軍隊可以在城內度過一整個冬天，找到一處避風港，所以一個時辰後，他立即命令短人族少族長支援北方面，然後叫蠻豹快速偷襲海月城，短人族戰斧團和榮譽軍團配合行動。

短人族少族長卡萊並不停留，只一陣風般從空隙中插入，迅速包圍敵人，然後斬殺，同時尋找北蠻三族長蠻豹，好在蠻豹特別好找，卡萊簡單地交代了幾句，蠻豹立即帶領族人向西北方殺去，然後迅速脫離。

卡萊大將軍會合少主夢雷，把主帥越劍的意思交代清楚，榮譽軍團和短人族戰斧團必須纏住敵人，不讓北海明脫身，為蠻豹爭取時間，好在經過一陣搏殺，北海軍隊已經失去了大半，三萬餘短人族加入立即使榮譽軍團佔據上風，十五萬精銳軍團對付北海明不足十萬人的部隊，想不勝利都不行，戰場漸漸地向海月城南門地區移動。

北海明好像忽然感到了什麼，他抬頭向周圍打量，見北蠻人忽然撤出了戰鬥，短人族戰斧團加入了進來，同時戰場向南移動了幾里，明顯地感覺到藍鳥軍的意圖是海月城，他心中頓時大驚，目前，想憑藉手中不足十萬人對付榮譽軍團和短人族戰斧團兩支精銳部隊，想都不用想，如果不迅速撤離就有可能全軍覆滅，但藍鳥軍不是那麼好脫離的，榮譽軍團和短人族戰斧團緊緊地咬住敵人，糾纏在一起，拼命狠殺，敵人退一步就上前一步，決不離開半步，在榮譽軍團和短人族戰斧團的夾擊之下，北海士兵漸漸地減少，不停地向北移動，早已經頂不住了。

北海明忽然感到了一絲悲哀、絕望，他和月旺、星空相約偷襲，不想又中了越劍的埋伏，他忘記了北蠻人才是風雪中的主宰，北海人與北蠻人相比，在風雪中根本就不成比例，藍鳥軍中有了北蠻人，在整個冬天就是藍鳥軍的天下，他們可以任意縱橫，從此後將本末倒置，任意宰殺北海人。

想明白了這個道理，北海明立即命令部隊撤退，向北靠近，他想看看北蠻人如今在幹什麼，如今在他的心裏，海月城已經危險了，北蠻人唯一可以去的地方就是海月城，但願海月城不失才好。

接近海月城的時候，北海明一下子愣住了，從海月城內響起了更大的喊殺聲、驚叫聲，整個南門洞開，北蠻人高大的身影在門前晃動，這時候，榮譽軍團和短人族戰斧團忽然加強了進攻，顯然是要與北蠻人在城門會合，北海明立即命令士兵拼死抵抗，但不久後，遠方傳來的馬蹄聲徹底地摧毀了他心中最後的一絲幻想。

大將軍雲武親自率領三萬名騎兵趕了上來，在風雪中騎兵蹚起的雪煙瀰漫整個天空，轟鳴的馬蹄聲震顫整個大地，把北風的怒吼聲壓了下去，雪亮的戰刀在雪霧中閃爍，騎兵快速向城門衝去，北海士兵在聽見馬蹄聲後立即向西跑去，再也無心戀戰了。

先鋒夢雷和卡萊立即帶領榮譽軍團和短人族戰斧團衝進了海月城。

月旺元帥在彝雲松王爺和蠻虎的兩面夾擊之下，迅速潰退了下去，他知道事不可爲就有不可爲的道理，保全映月士兵的生命才是第一要務，同時，在風雪中與北蠻人作戰，他一想就明白是一個什麼樣的結果，況且藍鳥軍已有所準備，埋伏在此，這一仗顯然越劍又占了上風，料敵於先機，勝利是必然的，但他想擺脫北蠻人的追殺也不是件容易的事，無論是環境的適應能力，還是風雪中的攻擊力，他們都遠遠不是北蠻人的對手，速度就更談不上，被北蠻人一路追殺，斬敵無數，退逃幾十里外，部隊損失絕大部分，只有少量的人逃離了戰場。

星空元帥的結局並不比月旺部好多少，被北蠻人堵個正著，立即展開血腥廝殺，在東海兵團的配合下一路狂追，屍橫遍野，血流遍地，士兵死傷無數，好在星空果斷，一發現北蠻人埋伏，立即命令部隊撤退，逃離大半，有八萬人離開戰場，脫離死神。

主帥越劍得到西方兩路敵人被殺退的消息，心中大定，知道戰局已經穩固，立即命令騎兵向北增援，如能攻佔海月城是最好的事情了，其餘都是小事，果然騎兵趕在了北海明入城前追上，立即衝散敵人軍隊，衝進海月城。

這時候，海月城已經亂成了一鍋粥了，藍鳥軍牢牢地控制住了南門，逐步向北推進，北蠻人在得到榮譽軍團和短人族戰斧團及騎兵的增援下，已經控制住了局勢，攻佔全城只是早晚的問題。

原來蠻豹率領北蠻人軍團迅速向海月城進發，在到達城門處時，發現一支北海軍隊正要進城，蠻豹不敢耽誤，率領族人迅速向城門奔去，在風雪的掩護下，直到近了才被敵人發現，但守城的官兵也僅僅認爲自己的軍隊，因爲國主剛剛率領部隊出發一個時辰，一點動靜也沒有，藍鳥軍絕對不會在國主大軍的面前偷越過來，所以只吆喝了幾聲，但被北蠻人迅速佔領了城門，想再關城已經晚了，蠻豹率領北蠻勇士瘋狂地衝進城內，把城門處的官兵斬殺乾淨，然後派人控制住城門，自己帶領族人向內殺去。

整整一天一夜的搏鬥，北方面軍徹底地消滅了敵人反抗的勢力，第二天天亮後，越劍立即率領大軍進城，控制各個方向，收復各處，全面佔領了北海的都城海月城。

北海的王室、貴族剩餘人員在藍鳥軍沒有攻佔北門時就悄悄溜走，僅餘的士兵見抵抗不住藍鳥軍後，也打開西門出逃，許多百姓跟隨著從西、北兩門湧出，逃入茫茫的雪夜中，少主夢雷、大將軍卡萊、雲武、蠻豹等人並沒有阻止，任其逃亡，在這樣的風雪天氣下逃亡，也並不是什麼好事，他們只是控制住了海月宮等重要部門，並立即派人通知了主帥越劍，鞏固城防，加強戒備，以防北海明軍隊反覆。

北海都城海月城在新年前最後一個夜晚被藍鳥軍北方面軍攻陷，至此，北海帝國滅亡，國主北海明逃脫。

藍鳥王朝五年的最後一個晚上，是令人興奮的夜晚，北方面軍用海月城向王朝所有子民獻上一份新年大賀禮，獻給聖王一個特殊的禮物，消息被傳入藍鳥城，全城沸騰，舉國歡慶，藍鳥王宮內也是一夜沒有消停過，聖王和所有的人一樣，爲越劍及全體北方面軍將士所取得的勝利而歡欣鼓舞。

軍師雅星接到這個喜訊後，立即起身來到藍鳥宮內，他一見聖王天雷的面就笑呵呵地說道：「恭喜聖王，賀喜聖王，王朝又增添新的版圖，真是最好的賀禮啊！」

聖王天雷也是大喜道：「可不是，雅星大哥，你來的正好，不如我們兄弟倆喝兩杯，爲越劍大哥慶賀慶賀？」

「好，敢不從命！」

聖王天雷忽然感歎道：「十年磨劍斬一朝，聖瑪山河多妖嬈，藍鳥飛渡兩河界，鐵蹄踏遍新神州；東海朝露西山雪，南疆正日北風嚎，中原沃野萬千水，藍鳥王朝展新貌！」

「好詩，真是好詩啊，夫君，我們姐妹可從來沒有聽過你作過這麼美妙的詩歌啊！」香妃彝凝香和王妃雅靈一起進來，彝凝香邊走邊說話，兩個人臉上露出了幸福的微笑，眼神裏充滿了讚許、狂熱之情。

「雅星見過兩位王妃！」

「得了，哥哥，你就別打岔了，你沒聽見夫君正在詩性大發嗎？這是多麼難得的機會啊！」

「哎，雅星今日聆聽聖王抒懷，頓感眼界大開，不說妳們，就是我也是第一次領教無痕的文采啊！」

「夫君，你老實交代還有什麼秘密，一塊說出來。」彝凝香笑道。

「妹妹，妳看他那得意勁，一定還有不少秘密，快說！」雅靈幫腔道。

「沒……沒有了！」聖王天雷見兩位王妃過來追問，忙兩手一攤，無奈地回答。

香妃彝凝香掐了他一把，臉紅紅地追問道：「不對，一定還有什麼秘密，姐姐，在凌川城的時候，我就聽見他彈那個冬布拉琴，如今又作詩，一定還有什麼秘密，對吧？」

「對，妹妹說得對，老實交代！」

雅星見人家一家子如此融洽熱鬧，在旁羨慕地說道：「無痕，你多麼幸福啊，真令人羨慕，你就老實說吧！」

「雅星大哥，你怎麼……」聖王一聽急了。

「什麼怎麼了，老實交代！」彝凝香斜了天雷一眼。

「是，是，我老實交代了，好吧。」

「這還差不多，說吧！」雅靈在旁幫腔道。

「其實也沒有什麼了嗎，不如……」聖王天雷剛說到這，就見女兒雪蓮兒跑了進來，嘴裏叫道：「父王，父王！」

聖王天雷一聽大喜道：「乖乖女兒，父王在這！」說完衝三人一個鬼臉，快步向女兒迎了上去。

雅靈、彝凝香相對微微一笑，雅靈低聲說道：「等回去再追問，他一定還有許多法寶，我記得好像他到過天王殿什麼的地方，一定有不少寶貝！」

雅星在旁吃吃低笑，心想：無痕，無論你多麼英明偉大，在這兩個大美人面前，看你還有什麼辦法和手段。

藍鳥城的夜晚充滿了歡樂、幸福，預示著吉祥如意，爲新的春天敲響了鐘聲，也爲聖拉瑪大陸翻開了嶄新一頁。

相對於北方大陸地區的風雪，西方大陸的雪就小了許多，不過白雪飄飛，從聖拉瑪大雪山上飄落，景色就顯得更加的美麗，在雪色中，聖拉瑪大雪山就彷彿披上了銀白色的衣裝，既巍峨挺拔，又充滿誘惑，從北方向南望去，白雪無垠，連接天際。

次帥維戈和雷格站在大帳篷外，眼望著從聖雪山上漫天飄飛而下的白雪，感慨萬千。十多年前，當他們還是孩子的時候，他們就是在聖雪山腳下長大，他們在藍鳥谷中玩耍、練武，與聖王一起學習，然後一起打天下，如今兩個人都已經三十餘歲了，歲月的腳步催人奮進、成熟，他們跟隨在聖王天雷的身邊，爲藍鳥王朝的強大而不斷地奮鬥。

「維戈哥哥，不知道聖王大哥現在在做什麼！」

「哈哈，雷格兄弟，大哥心裝日月乾坤，哪像我們整天無所事事，不過我想，帕爾沙特也快出來了。」

雷格一聽，精神頓時一振，連忙問道：「維戈，要打仗嗎？」

維戈哈哈一笑道：「雷格，一提打仗你就興奮，難怪大哥說你是出鞘的長刀，鋒利無比，一點也不知道藏拙，兄弟，聖拉瑪大陸戰爭就快結束了，以後你怎麼辦，不如留著慢慢打罷！」

「嘿嘿，那可不行，聖王哥哥說了兩年就是兩年，一點也含糊不得，以後嘛，嘿嘿！」雷格撓了撓頭，不知道怎麼辦。

維戈笑道：「看你急的，大哥說了，以後讓你掌管軍隊，震服四海，沒事的時候多練兵！」

「大哥真是這麼說嗎？」雷格急問。

「是，大哥確實是這麼說的，你放心，大陸這麼大夠你忙的！」

「嘿嘿，就知道大哥會想著我，嘿嘿。」

兩個人邊走邊說，不覺離大帳有了一段距離，維戈向周圍看了看，見沒有什麼人，然後低聲對雷格說道：

「雷格，不管怎麼說，戰爭都快要結束了，以後你可要多長幾個心眼，可不能淨想著打仗的事。另外，大哥對月影這個老小子非常不滿意，但礙於明月公主又不好說什麼，你記住，以後遠征映月的時候，要麼下手又快又狠，要麼就乾脆別動，留個人情，畢竟明月姐姐還是夢雷的母親！」

「維戈，我記住了，不過，映月如保留一定的實力也是極爲不利，我看多殺點，然後再來個順水人情，效果會更好一些，是吧？」

維戈雙眼一瞪，用指彈了一下雷格的頭，然後有些生氣地說道：「你小子一點也不傻嘛，不過你千萬要記住，可別傷了明月姐姐的親生母親就是！」

「嘿嘿，我記住了！」雷格撓撓被維戈彈過的頭。

「大哥真是聰明絕頂，料事如神，事事都安排的妥當，這次大哥出關看似沒有什麼事，但你想，大哥在不動聲色中就收回了雅星的兵權，把兵權重新交回到我的手中，雷格，你仔細算算，豪溫家族的勢力是否過於大了些，雅靈在朝內替大哥掌管宮內外事物，凱文管理額部，雅星掌握西方面軍的全部兵力，這是多麼可怕的實力，如不是大哥在藍鳥軍中有絕對的控制地位，一旦豪溫家族有異心，事情就麻煩大了，所以大哥寧願待在凌川城也不回藍鳥城，名義是就近指揮北伐西征，實際上就是遠離漩渦，逐漸收回雅星大哥的兵權！」

雷格聽後奇道：「那大哥還把西方面軍的兵權交給雅星大哥幹什麼？」

「腦袋不開竅怎麼的？當初我身負重傷，你在北冥府城，聯盟軍百萬大軍威脅凌川，大哥手中已經沒有可用的大將了，不讓雅星大哥征西讓誰去？別人也沒有這份實力，當時的情況就是先解決了敵人再說，自家的事以後再處理，豪溫家族還算穩定，我說的這些都是以防萬一。」

「有道理！」

「雷格，你記住，以後不管你掌握軍權也好，還是我掌握軍權也罷，我們倆人都必須有一人在大哥身邊，牢牢地控制住部隊，保證大哥的絕對安全，可不要忘了！」

「我記住了！」

「藍翎藍羽到什麼時候都是大哥的嫡系，左膀右臂，絕對要有一支留在大哥的身邊，無論是什麼人，只要是對大哥有一點不良的企圖，立即徹底剷除，大哥也許下不了手，但我們能，我們是大哥手中的劍和刀，銳利無比的武器！」

「嘿嘿，那是，那個兔崽子不長眼睛，我雷格定叫他全族滅絕！」

「你記住就好！哎，大陸這麼大，以後我們的事情多得是，王朝內部也不是那麼穩固，那一個都不是好對付的主，南彝實力猶在，彝凝香聰明絕頂，彝雲龍、彝雲松兄弟也不是那麼好收拾的；東海雖然平定了下來，但六大世家沒損失什麼，家底厚實；以後映月也許會來湊上一腳，大哥也不好說什麼；豪溫家族、南越劍派、凌原派，還有那些驕兵悍將，都夠大哥頭痛的，雷格，沒有兵權行嗎？」

雷格雙眼圓睜，楞楞地問：「這麼麻煩？」

「那當然，不過這些相信大哥都能夠對付，況且還有我們兄弟倆及藍鳥谷出身的兄弟幫忙，誰要是不長眼睛就滅了他們，相信只要大哥一句話，那一個兄弟都會站出來！」

「那是，我雷格就是第一個，嘿嘿！」

「好了，雷格，西方面軍的事情相信就要來了，這第一場風雪就是信號，大哥就是聰明，讓我們鍛煉部隊，以後留守相信不會有什麼問題，兩年，嘿嘿，大哥說遠了，開春後，我們兄弟一定會平定西疆，流芳百世。」

三天後，即藍鳥王朝六年元月二日，次帥維戈、雷格接到了京城轉來的飛鷹傳書，北伐軍攻克海月城，越劍次帥坐穩了鎮北侯的寶座。

維戈、雷格接到這一喜訊後，也是非常高興，北伐軍在如此惡劣的冬季裏攻陷海月城，不能不說明越劍的實力，維戈笑著對雷格說道：

「越劍大哥出師大捷，立下如此功勳，我們實在應該祝賀一下！」

「說得是，維戈，越劍大哥與我們出生入死，一晃十餘年，我臨出關的時候他還挽留我，當派人祝賀才是。」

「好吧，不過既然北方面軍取得了如此驕人的功勳，我們就不能差了，否則也實在說不過去，如果讓帕爾沙特占了上風，我們的顏面何在！」

「說得也是！」

西征軍緊鑼密鼓地準備著開戰，不日聖王送來的美酒到達，維戈和雷格及官兵心頭溫暖，戰意高漲。

西方面軍派出的信使快騎奔向海月城，元月七日越過兩鎮峰地區，來到了北鎮府城外海天大將軍的大營，略微休息，然後再前往海月城。

從去年入冬以來，北方面軍後軍就對北鎮府城發起了不間斷的攻擊，主帥越劍奉聖王之命北進，把後軍交給了大將軍海天指揮，海天把青年兵團和新月兵團進行了重新的整合、休整，總兵力達到了二十萬餘人，且恢復了對北鎮府城的攻擊。由於北鎮府城高牆厚，易守難攻，兵力糧草充足，所以短時間內想攻取十分困難，海天大將軍也沒有想在短時間內拿下它，只想著用最小的代價拿下就行，也不著急。

海天是原聖日帝國近衛青年軍團最早期將領之一，跟隨聖王天雷的時間比較早，但由於中間走過一段彎路，在中央方面軍文謹元帥歸入嶺西郡後，才正式投入聖王麾下，十餘年來東擋西殺，戰功赫赫，是藍鳥軍中有數的大將之一。

新月兵團正式成立後，聖王考慮兀沙爾年歲已高，而且手下將領較少，所以派海天爲副手，一直輔助兀沙爾元帥管理新月兵團，並取得了新月兵團官兵的信任，聖王天雷非常滿意，近幾年來，新月兵團從南殺到東海，又從東海轉戰到河北，屢立戰功，海天一步步高升，如今也是高級將領了。兀沙爾出任西方面軍總參謀長後，海天正式接管了新月兵團，在北鎮府城下，被聖王任命爲北方面軍後軍主將。

海天是有能力的大將，爲人比較穩重，不急於求成，對攻克北鎮府城上，就顯示出了獨特治軍特點，他並不急於進攻，而是每日採取攻城大隊轟擊的辦法，把大量的石頭投入北鎮府城內，每日消耗北海青的兵力，積少成多，不間斷地轟擊了近月，把北鎮府城轟擊得面目全非，死傷無數。城內幾乎沒有完整的房屋了，成百噸的巨石被攻城車投入城內，摧毀著北海軍的一切東西，北海士兵早已經傷亡過半，士氣全無，但仍然一點也不敢疏忽大意，生怕海天全力攻城。

北海青雖然是優秀的年輕將領，但每日裏看著士兵和百姓成群地倒下，也是心有不忍，難受異常，作爲一軍的主將，他守土有責，軍人的天職使他硬下了心腸，但時間一長就發生了動搖，看著藍鳥軍每日不停的轟擊，士兵在守城中漸漸耗盡，自己卻一點辦法也沒有，心頭的火大起，幾次想率軍出城與藍鳥軍決戰，都被部下攔住，他並不怕死，作爲軍人，他早有死的覺悟，但北鎮府城三十萬軍隊和幾十萬百姓的生命，他就不得不考慮了，他畢竟還是一個正直的人。

幾十萬軍民每日的消耗是巨大的，北鎮府城在沒有後援的條件下，堅持一段時間尚可，但時間一長就不是辦法了，望著一天天減少的糧食，傷兵一天天增加，北海青焦急萬分，多次與京城海月城聯繫，國主北海明只讓他堅守、堅守、再堅守，別的一點也指望不上，北海青要不是忠義的人，早就率軍突圍了。

幾天來，與海月城方向的消息斷絕，訊息中斷，北海青明白海月城出事了，他望著北方第一場風雪後留下的景色，感到了悲涼，一絲絕望感覺湧上了心頭。

冬季的第一場風雪減小了藍鳥軍攻擊的力度，攻城車輛在雪地裏非常的不方便，大將軍海天也就減少了轟擊的車輛，同時，冬天裏的石料不好找，方圓二十里內的石頭幾乎都被扔進了城內，想找就得從遠處運。

冬天對於攻守雙方都是十分困難，守軍站在冰冷的城牆上被刺骨的寒風吹打，透心地涼，加上心情不同，士氣越來越低落。

而攻擊一方卻可以在城下燃起篝火，士兵們依靠篝火取暖，要攻就攻，說退就退，非常自由，但守軍就不行，無論是什麼時候都必須堅守在城牆之上，嚴防藍鳥軍偷襲。

北海青也想過出城偷襲一兩次，但又被自己否定了。青年兵團和新月兵團是藍鳥軍六大主力兵團之二，士兵素質極高，作戰經驗豐富，且裝備精良，而北海軍則是由平民新組建而成，雖經過了兩鎮峰會戰有了一些經驗，但與藍鳥軍相比，仍然不成比例，要憑藉這樣的軍隊偷襲敵人，自己首先就要付出巨大的代價，一不小心就有被海天趁機攻克府城的危險，得不償失，不如一步一個腳印地固守。

但藍鳥軍攻城裝備早已經是全大陸第一流的裝備了，而且非常的多，一個大隊就有八十輛攻城投石車，雲梯手數百，海天依靠投石車打擊城上的守軍，自己卻躲藏在一旁看著守軍掙扎，實在令北海青忍無可忍，出戰不成，固守被動挨打，這樣一來，早晚會被藍鳥軍消滅乾淨。

幾日來，京城海月城消息中斷，藍鳥軍在城下大肆宣傳海月城被攻陷的消息，勸說守軍投降，守城士兵人心惶惶，鬥志全無，一個個如行屍走肉般面無表情，北海青知道完了，士兵沒有了士氣、生氣，早晚要出事，城內幾十萬父老注視自己的眼神都是那麼的空洞、怪異，讓他們為北海陪葬自己也於心不忍，北海帝國完了。

藍鳥軍停止了對北鎮府城的攻擊，反而加大了宣傳的力度，並把北城門地區放開，鼓動老百姓出逃，但幾乎沒有幾個人離開，在嚴冬裏到處兵慌馬亂，還不如駐守在城內，聽天由命，百姓的奴性完全體現了出來，北海青長歎了幾聲，心灰意冷。

十餘日後，守軍完全放棄了抵抗，北海青考慮了一下，決定投降。

藍鳥王朝六年元月二十日，北海帝國北鎭府城守將北海青率眾投降，藍鳥軍後翼最堅固的釘子被拔出。

消息傳回藍鳥城，軍師雅星和聖王正在額部，得知喜訊後，聖王天雷笑道：

「北鎭府是北方面軍後翼的一個巨大威脅，它不僅僅限制了部隊的移動，而且牽制了大量的兵力，使越劍不敢放開手腳西進，北海青忠義果敢，愛百姓之心天日可見，是條好漢子，風揚，傳令給海天，告訴他善待北海青！」

「是，聖王！」

軍師雅星在旁笑道：「北海青雖然是降將，但其才學不差，是個人才，以後北海地區需要一個熟悉情況的人，我看他能發揮作用，先讓越劍善待他，如能爲我所用，當爲最好！」

「照軍師說得辦！」

「是，聖王、軍師！」

這時候，雅星把插在巨大地圖上標識著北鎮府城上的一支紅旗拔了下來，插上一個藍色的小旗，在整個聖拉瑪大陸的地圖上，只有西部的一塊還有一點紅色，其餘全部被藍色占滿，藍鳥王朝已經擁有大陸四分之三的面積。

鎮北侯越劍得到大將軍海天收復北鎮府城的消息，大喜過望，後翼的威脅終於解除，他可以放開手腳，施展一番了，海天的功績不僅僅在於攻克了北鎮府城，而是使整個北伐軍的態勢呈現了良好的局面，同時挽回了他在北鎮府的面子，青年兵團又可以重新回到自己的手中，北海帝國也大半囊括在藍鳥王朝旗下。

既然已經解決了後顧之憂，越劍就再無顧忌，他立即命令北蠻軍團向西攻擊前進，首先清除海月城以西百里內的敵人，並逐步向西推進，同時，南彝兵團、東海兵團從後配合，騎兵和青年軍團、新月兵團在海月城休整。

蠻龍、蠻虎、蠻豹分別率領一個軍團出發，分三個方向向西推進，東海兵團、南彝兵團隨後跟進，鞏固被佔領的地區，北方面軍在整個冬季裏慢慢地向西推進，把北海明的勢力逐漸地驅逐出北海國內，向西驅趕。

與北海的情況正好相反，在西星繁星城地區，帕爾沙特正集結著大量的軍隊，開始向藍鳥軍西方面軍展開了攻擊。

為了展開冬季攻勢，帕爾沙特殿下進行了精心策劃。首先，他用近三個月的時間集結兵力，把西星所有能動用的部隊都集結在「星盤」的東部地區，並嚴加訓練；其次，他和參謀部進行了嚴格而詳細的計畫；最後，他請求映月軍隊配合對藍鳥軍展開冬季攻勢，以達到最好的效果。

第三章　道窮勢寡

映月帝國在秋季裏，與藍鳥王朝駐銀月洲的凌原兵團進行了小規模的廝殺，地點雖然是在聖靜河以北地區的映月國內，但映月人也從藍鳥軍的進攻中，漸漸地醒悟了過來，凌原兵團不過是對映月進行試探性攻擊，其目的有二，第一是牽制映月出兵西星，爲西征軍減輕壓力；第二就是爲進攻映月做準備。但目前藍鳥軍在北海、西星內集結了全部的兵力，還沒有足夠的實力對付映月，只依靠秦泰的凌原兵團還不足以動搖映月的根本，所以朝中君臣又對前景又看好了些，聖皇月影更加的得意，認爲在目前的形勢下，藍鳥軍不可能有什麼大作爲。

既然秦泰的凌原兵團沒有什麼威脅，那麼對西星的支援就迫在眉睫，因爲帕爾沙特曾經多次請求映月再出兵一些，以爲即將展開的冬季攻勢奠定勝利的基礎。聖皇月影分析了西星的形勢和實力，也認爲足可以與藍鳥王朝一戰，所以也沒有吝嗇，又派出了一個兵團二十萬人支援西星。

但聖皇月影也發現了一個奇怪的問題，那就是軍中圓月教的許多好手軍官並沒有隨軍，而是全部消失，他讓人仔細打聽，才知道是教主下令圓月教直系子弟不許參戰，全部在教總部內不許出來，違背者開除圓月教。

但這個教主卻讓聖皇月映大怒，她就是自己失蹤了十幾年的女兒明月。

明月公主是聖皇月影的三女兒，從小就被月影疼愛，刻意培養，被送入圓月教接受天月大師教導，長大後，明月公主品貌出眾，才華過人，聖皇月影更是喜歡，把帝國中央兵團——月照兵團交給她掌管，可以說，月影對明月的寵愛達到了頂點。

但中原戰爭爆發後，明月公主作爲映月帝國軍統帥，卻在中原失蹤，使映月顏面盡失，以後戰事接連失利，聖皇月影大怒，派出大量的暗探尋找，最後都無結果，其間有不少傳說，說明月秘密跟隨了雪無痕，使月影大怒，因爲這樣的傳說還殺了不少人。

明月公主經過了映月帝國的輝煌，在最鼎盛的時期離開了映月，拋棄了愛她、培養她的帝國和父母親。如今知道明月回來，並掌管了圓月教，但直到現在他才知道消息，聖皇月影那能不生氣、火大。

但聖皇月影至少還懂得圓月教在帝國人民中的地位，明白女兒明月有什麼樣的才華，她秘密回來並接管了圓月教，並非她如何有能力，而是祖姑天月大師的旨意。

聖皇月影這時候就不得不考慮圓月教的態度了，他太瞭解圓月教在帝國人民中的地位有多麼的崇高，月影未必能左右得了圓月教，也未必能左右整個帝國，沒有圓月教的支持，月影想打贏這場戰爭的機會幾乎等於零。

他強壓怒火，轉身回到了後宮。

看著月影陰沉著臉，皇大妃知道一定發生了什麼事情，使聖皇月影心裏不痛快，忙開導地說道：「聖皇，什麼人惹你生氣了？」

月影瞪了皇大妃一眼，氣哼哼地說道：「還有誰，妳女兒明月回來了！」

「什麼，明月回來了？」皇大妃顫聲問道。

皇大妃年近六十歲，保養得非常好，就如四十歲的人，她年輕的時候，也可以說是映月的第一美女，一共生下四個兒女，明月是第三個，在家族中排行第六。

看著皇大妃激動的樣子，聖皇月影的氣消了一些，同時，一絲曙光又閃現在腦海了，他知道明月也許會不理會自己這個父皇，也未必把自己放在心上，但她的母親卻不同，皇大妃從小疼愛明月，母女關係非常好，在映月帝國，皇大妃有如此牢固的地位，明月也起著巨大的作用，明月還會聽母親的話。

「明月在圓月教，回來有一段時間了，如今接管了圓月教，成爲新一代教皇。」

「祖姑她老人家……」皇大妃問道。

「沒聽說祖姑出什麼事情，只是明月突然回來後就接管了圓月教，到今天也沒有回宮，我也是才得到消息，正生氣呢！」

皇大妃心疼女兒，十幾年沒有見面想得要命，這幾年，她沒少派人出去尋找女兒，但一直沒有消息，如今突然聽說女兒回來了，其他的事情都不重要，只要女兒回來了就好，所以她一聽聖皇月影的話忙柔聲說道：

「明月從小受我們溺愛，在外邊一定吃了不少苦，看你這個樣子，她還敢回來啊，不管怎麼說，我們都是她的父皇母后，她是我們的女兒，你就大人有大量，原諒了她吧，她既然不敢回來，我們就到圓月教看看她，接她回來，我可想死她了，女兒！」說完眼淚都掉了下來。

聖皇月影心頭一軟，女兒畢竟是女兒，況且這個女兒的本事非同小可，她從小接受聖拉瑪大陸兩大神仙之一的天月大師教導，武藝天下無雙，如今又掌管了圓月教，聖皇月影也無可奈何，他還沒有權力敢拿圓月教的教主怎麼樣，儘管這個教主是他女兒。

「好吧，既然她不回來，我們就去看看她，哎，女大不中留，這話說得一點不錯！」

儘管聖皇月影心中有氣，但這個女兒他還真沒有辦法對付，他還需要利用這個女兒呢，如今只好低頭求人。

「那我們就快點走吧，來人，備車！」

「哼！」

聖皇月影和皇大妃起駕趕赴圓月教，早有人向圓月教內通報消息，明月剛接任教主之位不久，如今正住在後宮，聽見弟子報告說父母親來了，頓時感到一陣心酸，自己回來這麼長時間了，也沒敢去見見他們倆老，如今倒是他們來看自己，這個不孝的名聲是揹定了。

明月公主又是激動，又是辛酸，但母親來了，她還是很興奮，忙起身迎了出來。

來到圓月教的大門口，聖皇月影及皇大妃的車駕還有很遠的一段距離，她站在臺階上癡癡地瞭望，臉上的表情不停地變幻，忽喜忽悲，苦樂酸甜一起湧上心頭，十餘年來，自己在藍鳥谷中教育兒子，原想從此後再不出世，但爲了兒子、父母親，她還是踏出了藍鳥谷，以防止夫君和兒子與自己的父母兄弟姐妹廝殺，她瞭解藍鳥軍的實力，也瞭解藍鳥王朝如今是多麼的強盛，更瞭解自己父皇的願望和野心，要化解這一段恩怨情仇很難很難。

但她是明月，映月一脈的女兒，她不能眼睜睜地看著這人間的悲劇發生，也許就在不久之後，兒子夢雷就會帶領大軍殺來了，她彷彿看見了自己的父母兄弟姐妹在血泊中苦苦掙扎，伸出雙手向她求救的情景，想到這，明月的眼淚流了下來。

「教主！」玄月在旁低聲呼喚。

「師姐，我……」

「我知道妳心裏很苦，但這是沒有辦法改變的事實，妳既然生在了映月一脈，就必須爲映月一脈負起責任，還有圓月教，這麼多人的生死都依靠妳了，妳不會眼睜睜地看著映月一脈血流成河吧？」

「師姐！」明月的眼淚流得更多，她無力地依靠在玄月大師的肩上，在這個時候，只有這個師姐最瞭解自己，明白自己的心事。

「聖皇陛下和皇大妃到！」弟子高聲唱道。

明月抬起頭來，擦了把眼淚，舉目前望。

聖皇月影和皇大妃的車駕非常壯觀，月魅親衛開道，其後是黃羅傘蓋的香車，整個車駕有三千人，親兵衛隊把聖皇及皇妃的車駕團團圍住，保護得滴水不漏，皇室的威嚴顯露無遺。

明月公主快步向前走去，左右月魅親衛個個臉帶喜色，向左右一分，閃出道路，明月直接來到了車駕前。

聖皇月影及皇大妃緩步下車，明月早已經跪在車前，這時候，所有的圓月教弟子也全部跪倒，明月顫聲說道：「不孝女兒明月參見父皇母后！」說完磕頭下去。

「明月，我的女兒！」皇大妃大叫一聲，忙把明月公主抱在胸前，母女倆一時間哭成一團，心中苦辣酸甜一起湧出。

一會兒，皇大妃拉起了明月，指著聖皇月影說道：「明月，快上前見過妳的父皇！」

「父皇！」

「哼，還知道回來，十餘年了，妳哪還像映月一脈的女兒？」

「父皇！」

「行了，女兒也知道錯了，你就不要再擺父皇的臉色了，好歹女兒如今也是圓月教的一教之主了，你就原諒她吧！」

聖皇月影一聽皇大妃的話，心下一驚，這個女兒如今可真得罪不得，他忙伸手拉起明月，低聲說道：「回來就好，回來就好，映月永遠是妳的家，明月，起來吧！」

「謝父皇！」

望著聖皇月影變化成一副慈祥的面孔，明月心中頓時一軟，眼淚唰唰流下。

「拜見聖皇陛下，拜見皇大妃陛下！」

圓月教弟子齊聲叫道，聲音宏亮、清晰傳出老遠，明月心頭一驚，忙穩下心神。

「好了，都起來吧！」聖皇月影忙叫人起來。

「謝陛下！」

「屬下等參見公主！」

這時候，所有隨車駕而來的月魅親衛一齊向明月躬身施禮，他們盔甲在身，不能全禮，但這份心意，也足夠令明月公主感動。

「各位請起，明月見過各位了！」

「謝公主！」

明月公主無論是什麼時候，都是映月帝國人民心目中的英雄，明月公主親自率領大軍遠征中原，攻克聖日首都不落城，那時候是映月最輝煌的一段時間，至今仍然在百姓中津津樂道，而在所有的將士們心中，明月公主永遠都是他們的統帥。

聖皇月影看著自己的親衛月魅對女兒表現出的那種欣喜、崇拜之情，心下更驚，這才知道女兒明月在帝國士兵中的分量，不錯，明月是離開了十餘年，但這並不代表著她創下的輝煌被抹殺，帝國人民永遠也不會忘記英雄，這是他們的傳統，而明月足夠他們傳唱了，因爲她就是他們心中的大英雄。

「教主，請聖皇和皇大妃陛下進宮吧！」玄月在旁提醒明月。

「父皇和母后請！」明月伸手相讓。

「明月，妳現在是一教之主了？」

「是，父皇，祖姑姑召見明月，明月不敢不回來接下這副擔子，還望父皇成全！」

「很好，既然祖姑姑有話，我還有什麼說的，妳既然已經接下了這副擔子，就必須為映月盡力，妳明白嗎？」

「女兒明白！」

聖皇月影邁大步向前走去，皇大妃緊緊拉住女兒的手，跟隨在後，她生怕這個女兒再丟失了一般，寸步不離開。

幾個人走進圓月宮內，分別落座，明月是這裏的主人，高坐在教主之主位上，即使是聖皇月影到了圓月宮內也不敢太過放肆，在下手相陪，皇大妃緊挨著女兒坐下，玄月大師命令弟子獻茶，然後餘人退下。

聖皇月影見屋內已經沒有旁人，玄月大師不算外人，一直以來，圓月教都是由她來打理，天月大師對這個弟子極其信任，明月還需要她的教導，所以玄月大師的身分、地位相當的重要。

「明月，這些年妳都去了那裏？」聖皇月影雙眼一凝，直視著明月，王者的氣勢顯露而出。

「這個……」

「還不快說？」

「你小聲點，別嚇著了女兒，幹嘛像老虎似的，吃人啊！」皇大妃白了月影一眼，拉著明月的手，柔聲問道：「女兒，這些年妳過得還好吧，跟母后說說，由母后爲妳做主，不要怕，啊！」

明月見母后如此慈愛，溫暖從心頭湧起，是啊，就是爲了愛護自己的母后，自己也要爲映月一脈流盡最後一滴血，絕對不能讓兒子和母后對面動兵，那種場面她連想都會害怕。

「母后，我很好，真的，我很好，我已經有一個兒子了，他今年十四歲，很能幹的！」

明月對母親的問話可一點也不敢隱瞞，同時她也想好了，這事早晚要說，能勸說父皇罷兵當然最好，即使不能，自己也要說出來，盡人事，聽天命。

「那妳爲什麼不把他帶回來讓我們看看，明月，這妳可不對了！」皇大妃並沒有追問明月丈夫的事情，她要說自己會說出來，她不想說，問也是白問，倒不如問問孩子，畢竟這也是骨肉血親。

「他在北伐軍的前線，正在與北海作戰，我不能把他叫回來，請母親原諒！」

「在前線作戰?明月，妳就這麼一個孩子，還這麼小，妳怎麼能讓他上前線呢？」皇大妃急了。

「母后，他不會有什麼危險的，有一萬多好手在保護他，另外，他自己的武藝也很高了，放眼聖拉瑪大陸，已經沒有幾個人能傷得了他！」明月傲然說道。

「這麼好的一個孩子啊，他叫什麼名字？」

「母后，他叫夢雷・雪，是我唯一的孩子！」

「夢雷・雪，明月，莫非外面傳說的都是真的？」聖皇月影驚聲問道。

明月公主輕輕點了下頭道：「是的，父皇！」

聖皇月影大怒道：「明月，妳怎麼能這樣，怎麼能這樣呢？」

「父皇，請你息怒！如今聖拉瑪大陸的形勢相信你也清楚，而你不知道的就是藍鳥軍的實力和藍鳥王朝到底有多麼強大，女兒能爲你做的，就只有這麼多，但是我希望父皇你能聽女兒的話！」

「妳說！」

說起正事，皇大妃可不敢言語，她相信自己的女兒並不是背叛了映月一脈，她一定有自己的苦衷，如果是爲了映月一脈而犧牲自己，那才是她心疼的事情。

「父皇，當初北方四國聯盟進軍中原，大軍達兩百餘萬，氣勢之盛天下無雙，當時，東海南彝也聯盟進犯中原，總兵力百餘萬，與北方聯盟抗衡，但由於北方聯盟過於強大，致使聖日帝國滅亡，但問題就出現在嶺西郡的雪無痕身上！」

聖皇月影知道明月在述說整個中原的事情，沒有開口，只點了下頭，他也想知道在中原到底發生了什麼事情，致使雪無痕強大到今天。

「聖拉瑪大陸兩大神仙之一的聖僧在三十四年前看破天機，知道天下大一統即將到來，他以悲天憫人的心懷苦心培養了一個弟子，這個人就是雪無痕。」

聖皇月影想起來了，當時祖姑曾親自進宮，讓自己休養生息，為未來做準備，當時自己聽了她老人家的話，與聖日修好，換來了大陸二十年的和平。

「雪無痕原名天雷・雪，身懷聖雪山、天王印兩大絕技，小小年紀神罡天成。他十三歲下聖雪山，建立藍鳥谷，收養孤兒幾萬人，傳授聖雪山絕跡，並用四年的時間統一了大草原，成為大草原真正的王，手中有大草原的騎兵勇士幾十萬，並且，西南郡的萊恩與列奇兩人是他的親師兄，擁有西南郡的十萬帝國軍隊，當時就可以與任何一個帝國相抗衡。從十七開始，他進入聖日帝國軍事學院學習，成為年輕一代的最優秀人才，他文韜武略驚人，但含而不露，直到映月出兵嶺西郡，才給了他走上爭霸天下的路。」

「當時，聖日帝國嶺西郡告急，從中原直接派兵時間上要比較緊一些，平安王給聖日帝君出了個主意，由聖日帝國軍事學院的學生組成學生軍，先開赴嶺西郡支援，即使不能起到什麼大的作用，但至少可以穩定軍心、民心，況且，這些人都受過良好的軍事訓練，收集殘兵敗將後，自然能凝成強大的戰鬥力，能抵抗一陣映月的進攻，而聖日帝君聽從了這個建議，爲了更好地控制這些人才，他親自任命爲『帝國近衛青年軍團』，由於雪無痕在三大帝國軍事學院比武大會上的優秀表現，被任命爲『近衛青年軍團』的軍團長，並增調西南郡的軍隊支援嶺西郡，同時從全國各地抽調兵力支援凌原城。」

「由於『近衛青年軍團』的軍團長是督統軍銜，雪無痕到達凌原城後，全面接手了嶺西郡的兵權，並暗中命令藍鳥谷的子弟增援，在一萬五千名鐵血藍鳥谷騎士的支援下，雪無痕三戰陸定城，頂住了兀沙爾元帥的進攻，使映月帝國第一次出兵中原功虧一簣，被迫退出嶺西關，從此後，嶺西郡歸入雪無痕的旗下，擁有了嶺西郡、西南郡、大草原、短人族的全部兵力，麾下實力早已經凌駕於中原各派之上，可笑沒有人知道這些，映月以兀沙爾四十萬軍隊跨聖靜河攻擊嶺西郡，後果不言可知，可憐兀沙爾全家被斬，無奈之下投降了嶺西郡，之後，二十萬映月帝國士兵無家可歸，成爲了雪無痕手中征戰天下的一部分力量！」

提起兀沙爾的事情，聖皇月影低下了頭。

「六國聯盟軍步步緊逼，中原東、南、中三大兵團被擊潰，雪無痕以個人的魅力整合各部，全部歸入嶺西郡旗下，三千里大轉移使聖日最後的力量全部集中到雪無痕的手上，聖日帝國已經名存實亡，可笑各國都在為攻取不落城而沾沾自喜，但雪無痕已經慢慢地強大了起來，他分化瓦解聯盟軍各部，挑起各國間的矛盾，爭取時間，三敗聯盟軍對嶺西郡的進攻，出兵聖靜河北，強佔堰門關，勒斷北方聯盟軍的咽喉，強迫南彝聯姻，穩定南方，東取東海，騎兵長驅直入，坐擁南大陸半邊天，與北方聯盟交戰，不求攻城掠地，消耗聯盟軍有生力量，最後平定北平原，直到如今的局面！」

明月公主沉浸在聖王雪無痕的事蹟中，悠悠神往，她不知道這時候，三個人都用奇怪的表情在看著她。

「明月深感嶺西郡實力的不對勁，心中也惦記映月的降兵，悄悄渡過聖靜河到藍鳥軍中探聽虛實，不想與雪無痕相遇，在他家裏待了七天時間，深被他的才華和心胸吸引，不忍離去，最後終於身陷其中，明月也感到自己做錯了，離開了雪無痕，四處流浪，但……但我已經有了夢雷，只有到聖雪山遊蕩，不想遇見老神仙的兩位弟子，在他們的指引下隱居藍鳥谷，直到今天。」

「其間師父曾去看過弟子，沒有說什麼，但明月惦記著父皇母后和師父，在師父升天之際回來接掌圓月教，但明月真的不想，父皇，藍鳥軍已經擁有大陸四分之三的土地，軍隊幾百萬，兵精糧足，統一大陸是早晚的事情，映月如想保全，就必須與藍鳥王朝合作，順應天意潮流，不可逆天行事，父皇，你就聽女兒的話吧！」

「住口！明月，妳雖然是我的女兒，妳嫁給誰我並不在意，只要妳喜歡就行，但是，妳把這當成了損害映月一脈的條件，我絕對不會答應。」聖皇月影厲聲說道。

「父皇！」

聖皇月影臉色陰森地說道：「我二十三歲繼承映月聖皇之位，把一生最美好的青春都奉獻給了帝國，爲了帝國我苦苦奮鬥，四十幾年來熬盡白髮，爲了能稱霸中原，映月一脈流血犧牲，就因爲妳而前功盡棄，但作爲父親，我還是原諒了妳，因爲妳是我最心愛的女兒，一個最有才華的女兒，但令我心痛的是妳背叛了我，背叛了整個帝國，妳爲了個人的私欲，竟然爲敵人說話賣力，這是我決不能答應的，明月，妳自己了斷了罷！」

明月公主立即哭拜於地，再次叫了聲：「父皇！」

皇大妃也是大吃一驚，聖皇月影竟然讓女兒去死，這是她無論如何也不敢相信的事，但事實就擺在面前，她連忙拜倒在地，苦苦哀求道：

「夫君，你既然原諒了女兒，又何必這麼做，你讓我怎麼活啊？」

「妳也給我住口，看妳生的好女兒！」

明月公主和皇大妃見聖皇月影冷酷無情的目光，傷心之極，母女抱頭痛哭。

玄月大師在旁見聖皇月影如此冷酷無情，也是備感傷心，也許只有師父和她瞭解明月真正的苦心，見如今事已至此，忙接話道：

「聖皇可記得這裏是圓月教，明月不僅僅是你的女兒，也是圓月的教主！」

這幾句話說得極有份量，她告訴聖皇月影不要爲難明月，否則就是與整個圓月教爲敵。

聖皇月影也是氣昏了頭，他最心愛的女兒跟了敵人雪無痕，這他可以原諒，但明月不應該爲了雪無痕而回來勸說他投降，爲了稱霸天下，月影把一生都奉獻了出來，讓他投降是萬萬不能，他可以死，但絕對不能把映月帝國拱手相讓，況且，雪無痕也未必有這個實力。

聽見了玄月大師的話，聖皇月影心底一沉，是啊，他今天來的主要目的是尋求與圓月教和解，讓圓月教出人，但他一時氣憤竟然把主要的目的忘在了一旁，把氣完全撒在明月的頭上，明月說的這些話也有一些道理，但月影並不能接受。

「好吧，既然玄月大師如此說話，月影就沒有什麼可說的了，不過從此後，映月一脈與明月再無瓜葛，我也沒有這個女兒，只希望玄月大師能解除禁令，讓弟子爲國出力！」

聖皇月影讓步了。

玄月大師一聽月影的話，非常生氣，聖皇月影竟然與明月脫離了父女關係，不過也好，明月從此後就不用再爲映月一脈費心費力了，當下她冷笑了兩聲道：

「解除禁令是不可能的，這是師父她老人家下的令，聖皇要是有本事自己去和弟子們說，能帶走幾人我們並不阻攔你！」

聖皇月影見事情越鬧越僵，當下說道：「好吧，我先走一步！」

「不送，聖皇請便！」

聖皇月影一甩衣袖，大步向外走去。

「父皇！」明月哭叫一聲。

聖皇月影的腳步一頓，然後快步離開，在他的眼裏也滿含著淚水。明月公主一見，立即昏了過去，皇大妃抱住女兒，痛哭失聲，玄月大師立即把明月抱進後宮寢室內，皇大妃跟進照顧女兒，不忍心離開。

聖皇月影來到圓月宮外，宮前的廣場非常寬大，親衛在四周圍巡邏保護，廣場上站滿了圓月教的嫡系子弟，都在等待著教主的消息，聖皇月影的來訪，意味著今後圓月教將選擇走的路，他們緊緊地盯著宮門，不忍離去，眼裏充滿了企盼。

聖皇月影心中一動，玄月大師說得好，能帶走多少弟子，她和明月並不阻攔，這就看他自己的本事，這句話一方面是化解他和明月之間的僵局，另一方面也是暗示，看來圓月教內部矛盾也很大，對於未來也看得不十分明確，但這點對於聖皇來說就夠了。

他在宮門前停住了腳步，環視周圍一眼，見教中弟子都把目光集中在他的身上，從他們的臉上，聖皇月影認出了許多軍官，他心中一痛。

「各位，我知道你們都是映月一脈的優秀子弟，因爲有教中的規定而身陷其中，這一點我不怪罪你們，剛才，我與你們的教主和玄月大師商量妥當，玄月大師說了，能帶走你們，就看我這個聖皇的本事，那麼，我就來說說！」他頓了一下，重新打量一番，然後接著說道：「千百年來，映月一脈雖然不敢說是最優秀的民族，但也從來沒有怕過誰，這是因爲有千百萬映月優秀的子弟，有許許多多熱血子民，正是他們，才保全了映月千年威名不墜，我相信你們一個也不差！」

「目前，藍鳥王朝西征北伐，如日中天，如果它滅掉了北海西星，我相信下一個就是我們映月了。作爲你們的聖皇，我沒有什麼好怕的，幾十年來，我把自己的全部精力都獻給了映月帝國，獻給了映月民族，爲了映月一脈的繁榮昌盛，我熬盡白髮，鞠躬盡瘁，爲了映月的生存，我從來就沒有怕過什麼，今天我也明確地告訴你們，映月在我在，映月亡我亡，我要把最後一滴血獻給映月，不辜負祖先的期望，帝國人民的期望，就是身死我也心甘情願！」

「我相信你們，在國家危難的時刻能挺身而出，因爲你們是勇士，是映月民族的英雄，萬千子民都在看著你們，我相信你們不會退縮，跟隨我的腳步爲映月的生存而戰，不願意做孬種的都跟我走，流血我做第一個人！」

聖皇月影的話並不多，但其中的煽動性卻非常的大，況且他即是映月的王，又是教主的父親，他都願意爲映月民族流盡最後一滴血，他們還怕什麼，如果今天再不跟隨聖皇離開，爲民族而戰，他們就不用上街了，不用回家了，因爲他們不配。

「我們願意跟隨在聖皇的身後，爲映月帝國而戰，要流血先流我們的！」

圓月教弟子個個熱血沸騰，齊聲呼喊，周圍的月魅親衛也聽見了月影的話，在旁助威，聖皇月影邁開大步向前走，身後跟隨著無數的圓月教好手。

一陣慌亂後，圓月宮前人影奚落，只有幾十個弟子沒有跟隨聖皇月影離開，他們的眼神中還有一絲的留戀，玄月大師出門一看，懊悔不已，但話既出口已不能挽回，也就算了，她想保全圓月教，但得人家願意才行。

第四章　四方纏殺

聖皇月影圓月教之行雖然與女兒明月決裂，但也算達到了此行的目的，回到月落城內的月落宮後，立即調整軍隊，加緊軍事準備，爲西星的冬季攻勢增派軍隊。

在映月、西星加緊軍事準備的時候，迎來了冬季的第一場風雪，帕爾沙特站在院內，望著漫天飄飛的白雪，心一陣抽碎，曾幾何時西星淪落到如此地步，百萬精銳大軍損失殆盡，要依靠冬季的風雪天氣來與敵人作戰。冬天對於聯盟軍也好，對於藍鳥軍也好，都是一樣，所不同的就是藍鳥軍士兵多爲南方人，對冬天不太適應，戰鬥力有所減弱，但他知道藍鳥軍的實力，百萬精銳部隊要全力防禦，帕爾沙特還沒有必勝的把握，但形勢所逼，他不得已而爲之，否則，一旦冬天過去，春天到來，西星將面臨滅頂之災。

「殿下，映月巴維爾元帥傳訊說已經準備好了，加上從映月國支援過來的二十萬人，總兵力已經達到了四十萬，全部集結完畢，只等殿下的消息就發起攻擊！」

帕爾沙特聽完星智的話，抬頭看了眼天空，他木然地說道：「星智，你認為我們有勝利的把握嗎？」

星智元帥微微一笑，心裏卻充滿苦澀，為了給帕爾沙特增加信心，他坦然說道：

「殿下，要說一定有把握我不敢說，但勝利卻不是問題。目前，我部集結了八十萬軍隊，在繁星城和榮星城一帶待命，映月軍集結在盤頭城，如我們三面出擊，趁風雪天展開攻擊，藍鳥軍雖然也有百萬之眾，但中原人不擅長冬天作戰，在寒冷的冬天裏，無論是行動還是適應性都不如我軍，所以勝利是必然的！」

「好！」帕爾沙特脫口而出一個好字，精神頓時舒暢了許多，這段時間內，他一直為冬季反擊做準備，同時又怕失敗，目前他失敗不起，西星最後的力量都在他的手上，一旦失去，後果不堪設想，他很矛盾，一下子失去了信心，這時候就需要人來安慰，那怕說的是假話也好，都能給他鼓起一戰的勇氣。

星智元帥見帕爾沙特精神振作了起來，忙問道：「殿下，我們什麼時候開始？」

帕爾沙特又看了看天空，然後說道：「這場風雪一時半會兒也不能停下來，通知巴維爾元帥，明天天亮後，無論風雪停與不停都開始行動，南、中、北三線都按照預定計劃執行，成敗在此一舉了，星智，告訴星慧準備！」

「是，殿下！」

「蒼天有情灑白雪，大地無情血染紅，西星的命運就掌握在我們的手中，告訴將士們，衛國戰爭已經到了最後的關頭，誰也不能退縮，將士用命，上下一心，勝利必將是屬於我們的，我們一定能把藍鳥軍趕出帝國！」

星智元帥激動地看著自己最敬愛的殿下，連連點頭，對於他來說，六十幾歲的年紀了，生死早已經置之度外，在生命的最後時刻能跟隨自己殿下為國而戰，死是無限的光榮，他早已經在等待著這樣的一個時刻。

「告訴星輝兵團立即休息，半夜出發，天亮後必須按時發起攻擊！」

「是，殿下！」星智元帥敬了個禮，轉身離開。

帕爾沙特這時候已經下定決心一戰，所以一點也不敢馬虎，他知道一點點的疏忽都將是致命的，藍鳥軍擅長利用每一個小事而扭轉乾坤，畢竟精銳與非精銳之間還是有差距的，他只有依靠最完備的計畫，在戰鬥開始後，不出現一點問題。

帕爾沙特從下午起就開始在各個軍團中走動，把每部作戰的細節反覆交代，又到士兵中間慰問、鼓勵，他利用自己的身分來激勵士兵們勇敢作戰，為西星帝國的存亡獻出熱血，甚至於不惜犧牲生命。

西星士兵被帕爾沙特的親切慰問鼓起了勇氣，西星人本來就民風彪悍，好武藝，對於作戰，他們還是不當成回事的，只是他們沒有經過多長時間的訓練，又沒有見過大戰的場面，經驗少而已，但這些並不影響他們爲國而戰的激情。

一個少年士兵激動得滿臉通紅，他激昂地對帕爾沙特說道：「殿下，我們早就準備好了，殺死藍鳥軍，爲保衛帝國而戰，我們不怕死。」

帕爾沙特眼角濕潤，爲小戰士的激情而感動，他感到一陣心疼，這麼小的戰士，他才只有十六七歲，本應該在家享受安樂幸福，但是如今，他不得不爲了帝國而上前線，流血犧牲，多麼好的孩子啊。

帕爾沙特上前一步，緊緊地抓住小士兵的手，說不出話來，有一會兒他才緩過神來，從身上摘下了一顆代表帝國王室的徽章別在了小戰士的身上，他沒有再說什麼，只用手拍了拍小戰士的肩膀，轉身離去，身後傳來了激動的叫喊聲，士兵們爲殿下的舉動而歡欣鼓舞。

藍鳥王朝六年元月一日，在新年到來的第一秒鐘內，西星、映月一百二十萬大軍趁著狂吼的風雪，展開了對藍鳥軍西方面軍的反擊。

南路，全部由映月帝國軍組成，總兵力四十萬人，在映月帝國元帥巴維爾的率領下，出盤頭城向東，攻擊藍鳥軍南方大營。

北路，以星慧元帥為統帥，集中了西星八個軍團四十萬人，出榮星城攻擊藍鳥軍北大營，士兵們在風雪中艱難地前行。

中路，帕爾沙特親自出馬，在星智元帥的配合下，率領西星星輝兵團及星光兵團計四十萬人，出繁星城殺奔藍鳥軍正西大營。

冬季作戰與春秋季節不同，由於冬季天氣比較寒冷，士兵們必須保持充沛的體力才能發揮戰鬥力，這就要求士兵有非常好的素質，要與天鬥，與人鬥，與自己鬥，要在掩護好自己的同時，有效地殺傷敵人。

西星為冬季攻勢進行了長時間的精心準備，士兵們全部身穿厚實的棉衣，戴棉手套，輕便的棉鞋，外罩雪白色斗蓬，在風雪中極具隱蔽性。他們趁黑夜悄悄出城，保持安靜，在風雪的掩護下向前摸去。

斥候早在一個時辰前出發，他們都是射星派的好手，總人數達一萬零五百人，擔負著刺探軍情、為軍隊引路、消滅藍鳥軍的暗哨等任務，這些好手一身雪白，一個個如白色的幽靈一般，遊蕩在藍鳥軍的大營外。

狂風怒吼，白雪飄飛。

藍鳥軍負責警戒任務的是神武營的好手，經過幾年中原戰爭，神武營內還剩餘三萬餘人，特別是在北冥府城冬季與北蠻人的作戰鍛煉中，神武營的好手們都適應了冬季作戰，能力極強，主帥維戈把擔任警戒的任務交給了他們，也正是看中了此點。

在映月西星軍悄悄出城的時候，神武營的人就發現了情況，他們利用特殊的傳訊方式把消息傳回了大營，主帥維戈、副帥雷格、參謀長兀沙爾等各部將領在得到消息後，立即來到了中軍主帥大帳，維戈臉色嚴肅地注視著地圖，雷格興奮地搓著手，兀沙爾在旁沉思。

一會兒，維戈抬起頭來，見各部將領都到齊了，忙問了一句：「各部都準備妥當了？」

「是，翎帥！」

「很好，據神武營傳回的消息，敵人分三路出兵，每部四十萬人左右，各部要小心從事，按照事先的計畫不得有誤，後勤部的人要立即撤離，能帶走的東西儘量帶走！」

「是！」

「參謀長有什麼要交代的嗎？」

「交代倒沒有，只不過各部要儘量把敵人吸引到大營附近，分階段阻殺，不要倉促行事！」

「很好，按參謀長說的辦。雷格，你負責南線，我負責中路，參謀長負責北線，要儘量殺傷敵人的有生力量。」

「是！」

「各部都行動吧！」

目前，藍鳥軍大營分爲左中右三座，夠六十萬部隊用，但駐守的部隊並沒有那麼多，在南營內只有獨立第二、四軍團十萬人，北大營內有獨立第三軍團和第九、十軍團十一萬人，中央大營只有獨立第一軍團十五萬人，藍鳥騎士團和神武營爲預備隊，其餘部隊都退守在其他各城內。

維戈接手西方面軍後，根據雷格和越和、海東先生的提議，在參謀長兀沙爾的協助下，制定了一份計畫，這份計畫稱爲「陷營計畫」，目的是以消耗敵人的有生力量爲主，各部輪流出動，一邊休整一邊參戰，熬過漫長的冬季。

但是這個計畫是建立在藍鳥軍強大的經濟基礎上，它是一個精心策劃的惡毒計畫，西征軍幾個主將知道，映月西星只能夠發動這一次冬季進攻，後援無力，藍鳥王朝無論是在人力上還是在財力上，這時候都已經強過映月、西星聯盟，況且，北海帝國滅亡在即，北伐軍很快就會南下，從側翼對西星形成夾擊之勢，帕爾沙特必然要花費一些兵力進行防禦，全力對付西征軍還是有一定的困難。

整個計畫從政治、經濟、軍事三個方面進行全面考慮，統籌後，由兀沙爾帶領參謀部統一完成，其中的細節已經和各部主將反覆討論過，並反覆演練，運用自如。

巴維爾率領四十萬映月帝國軍在風雪的掩護悄悄出城，月魂、月魄步兵軍團十萬人爲前鋒，中軍以月玄兵團爲主，後軍十萬人跟進，全軍清一色白色披風軟甲，動作精熟。在大軍的最前部，圓月教五百名好手充當斥候，探聽消息，清除暗哨，保證大軍順利前行。

藍鳥軍南大營距離盤頭城不足三十里，一個多時辰就能趕到，遠遠地望去，整個大營縱橫十餘里，全部被白雪覆蓋，高大的帳篷掩映在飄飛的白雪中，景色格外的安寧、平靜，少許的士兵在營內走動、巡邏，活動著身子。

前鋒斥候分散開來在風雪中潛行，借助風雪的掩護一撲一進，距離大營不足十里的時候，首先與神武營的好手相遇，展開了第一次搏殺。

從白雪中暴起的人影如飛，刀光一閃，行進的映月斥候被斬倒在雪地中，後面的人剛想起來保護，又有幾人同時撲上，這時弓弦聲響，箭支如閃電般飛射而出，把最具威脅的人射穿在地，然後，阻截的人一閃，消失在漫天的風雪中。

巴維爾不久後就接到了斥候遭遇襲擊的消息，知道消息已經走漏，但這也在意料之中，這麼大的行軍動作，況且距離敵人的大營僅有十里，不被發現才是怪事，他立即督促前鋒月魂加快行軍腳步，命令中軍立即展開攻擊隊形，迅速跟上，直向藍鳥軍大營撲來。

這時，神武營的好手已經聚集了三千人，他們是負責南營地區警戒任務，在斥候發起第一波攻擊的時候，他們幾乎同時展開了出擊，一擊即走，決不停留，目的是拖延敵人行進的速度，爭取時間，映月前鋒斥候的人死了近三百，血第一次染紅了白雪。

巴維爾已經沒有時間管斥候的事情了，距離藍鳥軍南大營這麼近，小股斥候間搏殺已經失去了意義，對於大局沒有什麼影響了，他親自指揮中軍前進，直撲敵人大營。

這時候，藍鳥軍南大營內已經忙亂了起來，人影閃動，可以清晰地看見士兵們忙碌的身影，巴維爾一見心下大安，這才是正常的反應。

前鋒月魂軍團已經接近了大營，並開始了衝鋒。

次帥雷格站在大帳篷的門前，黑黝黝的臉上掛著雪花，他內穿一身黑色精緻盔甲，外披天藍色斗篷，腰間懸掛著天罡寶刀，雪淹沒了戰靴。

在他的身旁，參謀長亞文和十幾名將領、參謀站在一起，個個雙眼注視前方，身後的帳篷間，藍羽衛一萬五千人埋伏在此，等待著主帥的命令，他們是預備隊。

雷格眼看著映月軍接近了大營並發起了衝鋒，藍鳥軍的弩車、弩弓，這時候發揮了極大的作用，在怒吼的北風中弦聲清脆，破空的哨聲刺耳，如閃電般的弩箭穿過士兵的身體，把第二個人射倒在地。

月魂士兵前仆後繼，在大營前一百五十米處陷入困境，陷阱阻擋了他們前進的速度，每向前幾步就會遇到一處機關陷坑，在白雪的下面不知道有多少機關在等待著他們，但士兵們沒有退縮，平時的訓練使他們知道後退更危險。

獨立第二軍團阻擋住了月魂的攻勢，在大營前展開了對殺，他們利用弩弓的優勢大量殺傷敵人，並堅守在大營的護欄內，成批的弩箭如雪花般灑下，月魂每前進一步都必須付出傷亡的代價。

巴維爾元帥率領的中軍來得一點都不慢，在月魂、月魄軍團發起攻擊不久，他就指揮部隊從左右兩翼展開了攻擊，自己卻站在原地等待後軍，監視戰場內的變化。

三十萬映月軍展開了全面的攻擊，獨立第四軍團也立即投入了戰鬥，雙方對大營爭奪得十分慘烈，箭雨如飄飛的雪花般漫天飛舞，雙方都有傷亡，但藍鳥軍作爲守的一方，自然就有利多了，死傷比較小。

但映月軍隊必將有三十萬人，三比一的比例使守軍漸漸地困難起來，敵人越來越近，雙方距離只有幾十米了，忽然，格爾和卡斯同時命令部隊邊打邊撤，逐步抵抗，只利用手中的中弩阻擊敵人，大營圍欄地區逐漸失守。

巴維爾元帥見藍鳥軍開始撤退，感到非常滿意，這時候，後軍兩個軍團十萬人已經來到了他的身後，並沒有投入戰鬥，巴維爾在等待，他相信藍鳥軍還有後手，因爲現在作戰的兵力絕對不超過十萬人，這不符合藍鳥軍的兵力。

雷格身形不動，高大的帥旗在身後飄舞，藍羽衛已經全部列好了隊形，等待著主帥的命令，經過一個多時辰的拼殺，東方的天空漸漸地放亮，灰濛濛的天已經能分辨出人的模樣，獨立第二、四軍團經過一陣的拼殺，箭已經將盡，箭網覆蓋漸漸低落，必須立即得到補充，他們後撤的速度更快了。

雷格雙眉一動，身上的煞氣上湧，氣勢飛漲，他手按在天罡刀上，罡氣捲起的氣旋把風雪吹飛在一旁，沒有一個靠近三尺內。

藍鳥軍已經失去了三分之一的大營，但獨立軍團傷亡不大，實力並沒有受損。

「傳令格爾和卡斯繼續後撤，藍羽衛準備！」

「是，羽帥！」兩名中軍官答應一聲，立即轉身離開。

「羽帥，時間還早了點，再堅持一會兒效果會好得多，不過，我看你是閒不住了！」參謀長亞文在旁幽默地說道。

「嘿嘿，亞文，你去佈置一下，認爲行了就發信號給我，我知道該怎麼做！」

「好吧，不過你可要小心了，決不允許向前衝，只能邊殺邊撤，這是紀律！」亞文只好拿出聖王給他的特權要脅雷格。

「我記住了，你去吧！」

亞文點了下頭，轉身和參謀離開。

這時候，獨立第二軍團已經撤退到距離雷格身前的不遠處，整個敵我雙方在大營內拼殺成一團，到處刀光劍影，血花橫飛，屍體一具具倒下，但沒有一絲一毫的慌亂，獨立第四軍團在右翼稍遠些，但情況基本相同。

藍鳥軍十萬人組成的防線邊打邊撤，士兵們在大營內有規律地撤退，行走的路線都有一定的限制，這樣一來就把陷阱留給了敵人，造成敵人許多傷亡，延緩了攻擊的速度與時間，爲中弩手發揮優勢爭取了時間與機會。

卡斯首先退到了雷格的身邊，他一摸臉上的雪水後急問道：「羽帥，可以了嗎？」

「參謀長說了，再堅持一會兒，告訴兄弟們給我殺！」

「是，羽帥！」

「藍羽衛，準備，殺！」

雷格一手抽出戰刀，身形一晃，閃過幾支箭，身體不停地晃動間切入敵人的中央，天罡刀幻成了一道精芒，周圍十幾個人立即被斬在刀下，他並不停留，左右移動，刀光連閃，幾刀間，周圍已經有百十人伏屍當場，這時藍羽衛已經跟隨他殺了上來。

卡斯將軍一見，立即催動部隊反擊，整個獨立軍團開始了反攻，但向前推進的幅度不大，一進一縮間又回到了原地，但場面熱烈兇狠，爭鬥到達了頂峰。

巴維爾元帥看見了雷格的軍旗與帥帳，見敵人當中一員大將縱橫馳騁，所向披靡，這時候心中也一動，他感覺到了藍鳥軍中的兵力並不多，也許是因為冬天的關係，都轉移到了其他各城，這兩個軍團只是留守人員，在雷格身邊的親衛明顯地告訴他這個人的身分。

「命令部隊加緊進攻，敵人的兵力並不多，告訴月魂、月魄給我纏住敵人的主帥，全面佔領大營！」

「是，元帥！」

巴維爾元帥心中大喜，沒想到第一次偷營，敵人就兵力不足，給予了他天大的機會，看來這場風雪來得好，連老天都幫助他的忙。

但巴維爾並沒有讓身後的預備隊參加進攻，目前還沒有這個必要，三十萬對十萬，他已經勝券在握了。

映月軍忽然加大了進攻的力度，雙方在陣前拼死搏殺，寸步不讓，每倒下一批就上一批，鮮血把雪染成了紅色，觸目驚心，扣人心弦。

忽然從藍鳥軍的後營傳出了號角聲，雷格攻勢一緩，知道亞文在催促他後撤，沒有辦法下，他邊打邊撤，漸漸地深入到整個大營的中央，映月軍緊緊地咬住雷格不放。

半個時辰後，從藍鳥軍各個大營中忽然飛出了無數的火箭，落在周圍的大帳篷上，火先從北面冒起，漸漸地向南延伸，在風的吹刮下，把半個大營化爲一片火海，在每一個帳篷上火越著越大，空氣中瀰漫著油味，攻擊的映月軍頓時一陣慌亂。

「殺！」

雷格大吼一聲，率先殺出，他縱身在敵人中間，舉刀狠殺，獨立軍團立即展開了全面的反攻，借助著大火造成的慌亂，藍鳥軍士兵們全部大吼一聲「殺」字，聲音驚天動地，攻勢更加的猛烈，只一瞬間敵人就被斬殺無數。

巴維爾元帥在藍鳥軍大營火起時就感到了不好，隨後藍鳥軍展開了反擊，但畢竟人員不多，沒有新增加部隊，這時候，他可以完全相信藍鳥軍確實只有這一點人馬，但正是這一點人，把他三十萬大軍殺得血流成河，狼狽不堪，如今在大火造成的慌亂下，損失更加大了。

「擊鼓！」巴維爾立即採取了措施。

隆隆的戰鼓聲響起，映月軍逐漸穩定了下來，他們向中間的軍旗靠近，然後漸漸後撤，這時大火已經燃燒得非常大了，雷格身形一停，手中刀舉向了天空，身體漸漸後撤。

敵我雙方在大火的分割下脫離了戰場。

灰濛濛的天空看不見一點星光，雪雖然不大，但呼吼的北風刺骨，小米粒大小的風雪沙粒打在人的臉上隱約地生痛，風刮得人睜不看眼，遠處百八十米處就看不見人影，人全憑感覺前進，一切痕跡都消失在漫天的風雪中。

帕爾沙特站在繁星城門外，望著消失在風雪中的軍隊，心隱隱地生痛，刺骨的寒風沒有對他產生一點的影響，他的心神都放在了前進中的軍隊上，要不是藍鳥軍過於強大，他也不會在這樣一個天氣裏展開對藍鳥軍的攻擊，看著在風雪中艱難行走的士兵，他眼角有些濕潤。

「殿下，前鋒已經遠出十里了，我們也開始跟上吧！」中軍官提醒道。

帕爾沙特默默地點了下頭，舉步向前走去。

帕爾沙特一身雪白狐皮衣，腰紮白色絲帶，懸掛著一口寶劍，外罩一件內紅外白的大斗蓬，灰白的戰靴早已經看不清楚原本的顏色，每抬一次腳，上面都掛滿了雪，尺深的腳印在風雪的吹拂下，轉眼間就形成一個淺淡的印痕。他腰桿筆直，臉上嚴肅，雙眼冷若冰霜。

藍鳥軍正西大營距離繁星城只有二十餘里，被風雪覆蓋在白色的山下，大營雖然寬大，但在這樣的天氣裏，也沒有一絲一毫的生氣，在呼吼的北風中更顯得可怕。

但西星軍隊沒有一絲的懼色，前鋒好手在風雪中急行，迅捷的身影一閃而失，不斷地向前延伸。

突然，雪地上暴起幾個人影，比北風更加讓人心寒的刀光連閃，幾點寒星從雪下暴射而出，幾乎同時斬在前行的人身上，轉眼間，幾個好手血光迸現，慘叫一身倒在了雪地上，鮮紅的血把白雪頓時染成紅色，人掙扎了幾下後就不動了。

射星營的人見被襲擊，幾名好手立即前撲，手中槍向前急射，後面幾名保護的人立即對準雪地上急射手中的箭，快如寒星，動似雷霆，罡風把雪花吹出很遠，地上頓時露出黑土的本來面目。

神武營的藍爪迅速轉換身影，然後寒星再現，幾聲弓弦響後，人影已經消失在風雪中。

「加快攻擊速度，不給敵人喘息時間，快！」星落厲聲斷喝著，然後身影急向前射。

「嗖，嗖！」幾聲弓弦聲響，箭支如流星般急向星落的身上射來，星落身影一頓，手中槍撥開箭羽，身形略微一停，然後繼續前射。

「好身手，好！」伴隨著一聲斷喝，三支箭羽帶著刺耳的呼嘯聲急飛而來，星落不敢再大意，身影一頓，手中槍連閃，三支羽翎落在了雪地上。

星落只感覺到雙臂微麻，手中槍微顫，身形晃了兩晃，倒吸了一口冷氣，他知道遇見高手了，但他並沒有害怕，對於星落來說，他早把生死置之度外，身影再次前射。

「撤！」風雪中傳來一聲低喝，然後箭如雪花飛舞，從四面八方射來，然後再無聲響。

「不要停，繼續攻擊！」星落厲聲喝道。

一萬人精神大振，快速前行。

越和與海東老先生站在風雪裏，舉目西望，眼裏光芒四射，神態威猛逼人，他們早一步得到了報告，知道敵人趁雪夜偷營，而敵人的前鋒約萬人，十分的厲害，兩個老頭子精神一振，抬腿走出了大帳。

兩個人也是一身雪狐皮襖，白色披風，腰懸寶劍。

「怎麼樣，老夥計，我先過去看看，如何？」越和低聲問道。

「哎呀，還是我過去吧，很長時間沒有活動活動手腳了，也該活動活動了，老親家，你是主將，我來吧！」不等越和接話，海東先生身形急射如飛，消失在風雪中。

「這個老傢伙，越來越狡詐！」越和低聲罵道。

「哈哈！」風雪中傳來了笑聲。

越和與海東先生是兒女親家，「鎮北侯」越劍娶了海東先生的侄女兒海雲燕，兩個人執掌神武營，不分彼此，關係好得不得了，十來年的交情，把他們彼此之間的感情融合在一起，每一個細小的動作彼此都非常熟悉。

這次一接到報告，兩個人就命令一萬神武營出擊，在方圓二十里內，神武營的人可以自由阻殺，但不許戀戰，以消滅敵人好手為主，步步收縮，為主帥贏得部署時間。

海東先生順著大營的正西方向而去，與星落來的方向一致，不久，他就碰上了後撤的幾名好手，見他們有些狼狽的樣子問道：「碰上扎手貨了？」

「是，將軍！」

「交給我了，你們準備阻擊，給我殺！」

「是，將軍！」

海東先生身影一閃，立即消失，風雪中忽然傳來了一聲大喝，接著兵器相撞發出轟響，海東先生身影急退而回，略微一頓，然後立即消失。

星落手提著大槍急退了幾步，雙臂發麻，他猛提一口真氣，運功於大槍之上，雙眼透過雪霧前望，見一老者手提寶劍急快而來，雙眼寒光暴射，死死地盯在了他的身上，知道碰上了高手，不敢怠慢，大槍幻化出朵朵槍花，迅速向前射去。

「好，年輕人，不錯，哈哈！」

海東先生精神大振，手中寶劍急射如飛，三尺精芒把雪花吹出老遠，直指星落頂門、咽喉、前心。

兩人很快就撞在一起，迅速分開，海東先生側身右移，順手把一名射星營的好手斬在劍下。

「在下射星派星落，請教老先生！」星落見是一老者，知道是前輩高人，忙問。

「東海海東先生，忝掌神武營副將軍之職，小輩，不錯！」

兩個人雖然說話，但動作並不停留，交戰在一起，四周圍響起了廝殺聲，弓弦聲不停，瀰漫著殺氣。

風雪中人影交錯，刀光耀眼，槍星絢目，弓弦聲扣人心弦，不時傳來的斷喝聲，更增添了風雪中的殺意，兩軍好手戰成一團。

帕爾沙特從後軍急射而來，他得到了前鋒受阻的消息，心急如焚，偷襲變成了明殺，已經不起什麼作用了，如今就看兩軍誰更適應風雪，誰可以在風雪中占上風誰就勝利，大雪籠罩著方圓幾十里的地面內，看不清楚具體情況，但帕爾沙特知道藍鳥軍即使有所準備也不會很快，這時候就看誰的耐心足，殺法狠。

「攻擊，攻擊，各部全部出擊，迅速攻擊！」

帕爾沙特一面前走一面不停地催促著，他知道時間就是勝利，如能在藍鳥軍沒有準備好前攻進大營，他的勝算就大了許多。

「攻擊，攻擊！」風雪中不時地傳出了攻擊的聲音，各部在互相傳遞消息，迅速前撲。

神武營邊打邊撤，海東先生與星落一邊戰鬥一邊向後撤，他知道敵人大部隊就要上來了，星落更是心急，如今海東先生帶人阻擋在他的前面，部隊不能迅速展開，想快速攻擊已經不可能了，神武營有效地阻止了他們。

帕爾沙特來的正是時候，見星落與一老者戰在一起，立即提槍就上，星碧槍法呼嘯射向海東先生，海東身影連閃，手中劍急灑開防禦網，身形倒飛而回，嘴裏喝道：

「厲害，厲害，什麼人！」

「西星帕爾沙特！」

「好，不愧是西方最亮的星，不過想打贏這場戰爭還差了點，告辭！」

海東先生與星落交戰多時，見帕爾沙特上來立即後撤，他知道如今雙方大規模作戰，個人的能力在幾十萬大軍中是非常渺小的，同時，他也沒有勝帕爾沙特和星落的把握，爲主營爭取時間的任務已經完成，沒有必要再消耗在此了。

「星落，立即發起全面攻擊！」

「是，殿下！」

海東先生身向後撤，神武營大隊人馬已經後撤到大營的邊緣地帶，這時候，從大營中傳來了隆隆的戰鼓聲，把風雪的聲音壓下，整個大營地區被鼓聲所籠罩，一隊隊藍鳥軍身披白色披風，手持弩箭嚴陣以待，藍鳥第一軍團在大將軍威爾的率領下，已經做好了準備。

神武營人身影如飛，順著曲線跨越大營外護欄，落入營內，同時，一聲大喝如雷鳴般霹靂：「弓箭手，射擊！」

箭雨漫天，把前方百米內封鎖的如鐵桶一般，百十名射星營的好手立即被箭雨射穿在風雪中，倒在地上。

第五章　民族融合

主帥維戈站在風雪裏，雙眼中精光暴漲，罡風流轉，身後，溫嘉、啇秀兩個高大的身影如兩座山一般挺立，雙手各提一對大劍，氣勢威猛逼人，無數的藍鳥騎士團的士兵排成整齊的隊形在等待。

「殺！殺！」風雪中傳來無數的喊殺聲，西星人如幽靈一般從雪地上冒出，不斷地向前撲來，他們不懼怕死亡，個個奮勇當先。

「殺！」大將軍威爾暴喝一聲，弩箭發出刺耳的呼嘯聲，厲哨破空，把三百米內射穿，無數的中弩如飛蝗一般急飛而出，把前排的敵人射倒在地，但西星人仍然不停，他們踏著同伴的屍體，一湧而上。

血霧在瀰漫，雙方箭雨穿梭，士兵們不計死亡般地攻擊、反擊，他們機械地重複著射箭的動作，前進的腳步聲從沒有停過。

儘管敵人傷亡慘重，但距離越來越近了。

「重步兵準備！」

大將軍威爾手提大棍，向天一舉，身後，幾十排重步兵精神一振，整齊地向上一挺胸膛，他們一手提著重兵刃，一手提著盾牌，等待著最後的攻擊命令。

「反擊！」威爾大吼一聲，所有的重步兵也是一聲大吼，然後一齊邁步，聲音鏗鏘有力，藍鳥軍第一軍團重步兵營五萬人出擊了。

幾十米的距離，轉眼就到，雙方立即殺在了一起。藍鳥軍以逸待勞，重步兵早已經憋足了其所有勁頭，在重步兵的兇狠攻擊之下，遠道而來的敵人立即被衝開了一個缺口，重步兵迅速湧了進去。

十個重步兵方陣如絞肉機器一般把敵人捲了進去，然後吐出一具具屍體，他們互相配合，互相支援，輾轉在前方一里內，把一切圈進的生物斬殺在地。

一個時辰後，重步兵開始後撤，他們緩緩地退入大營內，立即重新整隊，在弩攻營、槍兵營的掩護下做短暫的休整。

帕爾沙特站在遠處，雙眼血紅，身體無風自動，他親眼看見了藍鳥軍第一軍團重步兵發威的整個經過，欲哭無淚，西星軍雖然人多勢眾，但作戰能力與藍鳥軍重步兵相比還是有一定的差距，況且重步兵一進一退，並不戀戰，使帕爾沙特緩手的時間都沒有，但事已經至此，已經沒有什麼退路了，在如此的風雪天氣裏，重步兵並不能保持長時間的攻擊力，這一點帕爾沙特還是明白的，他強忍怒火，催促士兵繼續攻擊。

這時候的帕爾沙特多麼盼望左右兩軍能保持勝利啊，他就是傷亡慘重，也要把藍鳥軍第一軍團拖住在此。

次帥維戈見第一軍團重步兵一進一出，訓練有素，把敵人斬殺無數後，臉上露出了微笑，他向身邊的溫嘉、商秀看了一眼，笑呵呵地說道：「想出手嗎？」

溫嘉立即笑道：「翎帥，我們非常想！」

「好，稍等片刻，命令藍鳥騎士團準備！」

兩人大喜，齊聲回答道：「是，翎帥！」

「帕爾沙特啊，帕爾沙特，我維戈倒要看看你還有什麼手段，呵呵！」

「翎帥，已經準備妥當了！」

「溫嘉、商秀，你們各負責左右一部，悄悄掩上，給我殺，要把帕爾沙特殺得心痛，要讓他心流血！」

「是，翎帥放心，我們明白的！」

溫嘉、商秀幾乎同時轉身，左手重劍一舉，邁步向前，重步兵左右一分，爲藍鳥騎士團讓開道路，在轉眼之間，藍鳥騎士團的飛鳥戰旗就消失在眼前。

「殺！」「殺！」兩聲大吼同時傳出。

「殺！」兩萬五千藍鳥騎士團組成的槍陣殺出，在大槍閃爍間，又重新把湧上來的敵人圈在內，交叉的槍網把站立的人立即刺穿，大營前又展開了血腥的廝殺。

帕爾沙特見到藍鳥騎士團軍旗時候就知道完了，西星軍經過重步兵的打擊後，士氣幾乎殆盡，如今在藍鳥騎士團的攻擊下，幾乎無還手之力，射星營死傷無數，無力再組織大規模的反擊，想止住藍鳥騎士團的凌厲攻擊，他手中還沒有這樣的一支軍隊。

兩陣搏殺，西星軍四十萬軍隊傷亡近半，藍鳥軍三大王牌主力輪番上陣，帕爾沙特知道要想突破神武營、藍鳥第一軍團、藍鳥騎士團組成的防線，是不可能了，大陸上還沒有人能突破這樣的陣容。

東方的天空早已經泛白，風雪漸漸地小了一些，百十米外已經能夠看見，整個戰場一片淒慘，西星剩餘的軍隊已經失魂落魄，無力再戰，還好在風雪的天氣下，藍鳥軍也不知道敵人的具體情況，不敢離開大營，西星軍才沒有完全潰退。

「殿下，我軍傷亡重大，射星營幾乎完了，藍鳥軍動用了神武營、藍鳥第一軍團和藍鳥騎士團，殿下，我們怎麼辦？」星落欲哭無淚，雙眼流血，剛才兩陣搏殺他都參與了戰鬥，殺死了不少人，但對大局一點也沒有產生影響。

「沒想到維戈如此的陰毒，存心想把西星軍全殲滅在此，星落，你看我們還能戰嗎？」

「殿下，我……我看我們立即撤退爲好，否則以後堅守就困難了，藍鳥軍顯然早有準備，我們的好手太少了，還是撤吧，殿下！」

「哎！」帕爾沙特長歎一聲道：「西星軍何時淪落到如此地步，只要我手中有一兩支強大的軍隊，定然叫他們不得好死，哎，星輝也不比第一軍團，何況還有藍鳥騎士團，是我的決策錯誤，星落，立即傳令收兵，你再堅持一下，掩護部隊後撤。」

「是，殿下！」

「曾幾何時慘如雪，射星墜落如頑石，撤吧，撤吧！」帕爾沙特淚如雨下，腳步踉蹌往回走去。

星落集結射星營的所有人馬，在後面掩護，苦苦抵抗，掩護大軍後撤。

次帥維戈見敵人忽然減弱了攻擊，略微一分析就知道帕爾沙特要撤退，但在風雪的天氣裏，他也沒有追擊的把握，只有派出神武營的人手隨後追殺，西大營的血戰漸漸地落下了帷幕。

在正西大營血戰落下帷幕的時候，北方大營的戰鬥也已經接近了尾聲，西方面軍總參謀長兀沙爾利用手中的第三獨立軍團、第八、九、十軍團布下三道防線，輪番防禦抵抗，擊殺敵人的有生力量，迫使星慧元帥傷亡慘重，最後無功而返，隨後，兀沙爾全力收縮部隊，漸漸地向西大營靠近。

西征軍粉碎了敵人的冬季攻勢，消息第一時間傳回了京城藍鳥城，正巧趕上聖王升殿，文武百官都在商議國事，聖王把這個好消息當朝宣布，並給予有功將士以獎勵，全國在新年剛過後，又掀起了慶祝的高潮。

聖王天雷考慮再三，決定晉升次帥秦泰為「鎮西侯」，藍鳥王朝元帥軍銜；晉升次帥維戈、雷格、越劍為元帥軍銜。對四人另外賞賜珍寶無數，各擴修建帥府一座。

晉升大將軍托尼、威爾、尼可、溫嘉、商秀、東方秀六人為次帥軍銜，享藍鳥王朝二等侯爵位，各修建府宅一座；晉升楠天、格爾、衣特、卡斯、里斯、里騰、姆里、拓展、長空旋、漁于淳望等人為大將軍軍銜，享藍鳥王朝三等侯爵位，對其餘眾將各有封賞，王朝內一片歌舞昇平，皆大歡喜。

對於軍師雅星，聖王天雷格外恩賜，晉升為二等公爵位，實授掌管額部，兼領各部，有權獨自處理王朝內的大小事物。

凡身有爵位的將領官員，准許使用藍鳥標誌的家族徽章，但必須到額部備案審閱，批覆後才准許使用。

一時間，藍鳥家族徽章成爲了身分的象徵，在聖拉瑪大陸上刮起了一陣旋風。

聖王天雷特把藍鳥幼字營併入藍鳥軍事學院，開設高、中、低三部，聖王特意恩賜鑄造了藍鳥校徽章，凡進入藍鳥軍事學院的學生畢業後准許到軍隊、神殿內擔任下級軍官，其餘人員不得提拔選用，但大將軍級以上將領有權根據戰時需要特批任用。

藍鳥王朝內又刮起了青年人到藍鳥軍事學院求學的旋風，無數熱血青年紛紛趕赴京城，參加藍鳥軍事學院的入學考試，考取的人成爲女孩子追求的對象，而沒有被考取的人，幾乎無一例外地被女孩子譏笑爲笨蛋。

幾日來，聖王天雷得到了西征軍擊退帕爾沙特、趁風雪掩護發起的第一次攻擊的消息，心中更加的歡喜，同時在新年裏，也想起了遠在外征戰的兄弟，所以特意叫人把雅星、維戈、雷格、越劍、秦泰以及驚雲的孩子接到了宮內，在宮內住幾天，以告慰相思之苦，也讓兒子中原和女兒蓮多幾個玩伴。

聖王天雷站在院內，眼看著幾個孩子歡樂地玩耍，想起自己小時候何曾有過這樣的快樂，那時候，自己一人與師父孤獨地生活在聖雪山上，每天除了與雪雞、雪鳥等玩耍之外，就是練武學習，心中對眼前的幾個孩子多了幾分羨慕，臉上不時的浮現出笑容。

雅靈和彝凝香悄悄地來到了他的身邊，彝凝香見聖王開心的樣子，心中好笑，小孩子玩耍有什麼看頭，自己小時候可比這淘氣得多，於是她笑著對聖王天雷說道：

「見幾個孩子這這麼快樂，你就開心了？」

聖王天雷默默地點了下頭，然後抬頭望向天空，嘴裏幽幽地說道：「白雲輕拂，雪如畫，嬉笑聲悅耳，兒童般的快樂在我來說從沒有經歷過，聖雪山上的白雪、雪鳥就是我的全部，一個人坐在淒冷的雪山上瞭望白雲、草原，嚮往著山外面的世界，這就是那時候的我！」

雅靈和彝凝香倒吸了口冷氣，知道聖王在傷感，回憶起小時候一個人孤獨的生活，心中不忍，雅靈淺淺一笑，低聲說道：「我錯了，應該讓孩子們盡情地玩耍，他們需要生活，需要孩子們的生活，夫君，我知道以後怎麼做了！」

彝凝香在旁聽見雅靈的話，爲了轉移天雷的注意力，忙道：「看這些孩子玩耍得多麼幸福，哎，我真想回到童年時代，享受天真般的快樂。」

雅靈聽後低聲笑罵道：「死凝香，口不對心，回到小時候妳能遇見夫君嗎？能像現在這般幸福快樂嗎？對吧，夫君！」

聖王天雷聽見兩人的笑罵，哈哈一笑，然後低聲說道：「可不是，要不一會我到香妹的屋裏去，問問她還想不想回到小時候，是現在幸福還是小時候幸福！」

彝凝香紅著臉啐了一口，然後說道：「也不怕孩子們聽見，你們倆儘管欺負我，當以後明月姐姐回來了，我看妳們還敢不敢這樣！」

聖王天雷聽後心頓時一沉，沉默了一會兒然後說道：「明月姐姐離開幾個月了，也不知道如今怎麼樣了，我很擔心她啊！」

雅靈忙道：「妳放心，明月姐姐人聰明，武藝又好，一定沒事情的！」

彝凝香在旁吐了下舌頭，不敢再言語。

聖王天雷聽見雅靈安慰的話，輕輕地點了下頭，不再言語。

幾天後，聖王天雷召見軍師雅星入宮，他想出去到嶺西一帶走走，把想法與雅星一說，軍師雅星強烈反對，但聖王天雷實在是悶得慌，幾經勸解，雅星在沒有辦法的情況下，終於還是同意了。

聖王天雷稍微化了下裝，只帶楠天一人悄然上路，出都城藍鳥城一直向西，速度並不快。

聖王出京城的目的他沒有完全說出來，但是，行走的路線還是按照自己心中的想法進行，他一方面要深入地查看一下西部的實際情況，另一方面是爲即將到來的春季攻勢做一些準備。

如今，在藍鳥王朝內，西部地區仍然是根本，許多生產基地基本上都在這一地區，幾年來的發展使西部地區繁榮異常，但也出現了一些情況，由於西部地區人比較多，百姓還不願離開，部分遷移工作非常困難，王朝多次進行工作，效果都不明顯，聖王考慮到西部地區這幾年來為王朝作出的巨大貢獻，也沒有強令執行，算是恩典無比了。

兩人兩匹馬上路，順官道一路向西，路過錦陽城後視野就寬廣了許多，幾里內才出現一座小村落，規模不大，人口也不是很多，但房屋可以看出是新建設不久的，村落也很規整，明顯地可以看出是下了一些工夫，這一點聖王對民政處的人給予了肯定。

由於是冬天，路上的人很少，偶爾遇見一些商隊人員也比較小，藍鳥王朝規定了商隊的人數不得多於五十人，從而控制大量的物資外流，這也是一種比較穩妥的辦法。

地裏的殘雪依然清晰可見，雖然有大部分在太陽的照耀下已經融化，但低處少許的殘雪反射出晶瑩的光亮，刹是好看。

路邊的樹光禿禿的，幾支枝條在微風中搖動，樹叉處點滴的殘雪點綴著冬季枯樹風韻，偶爾折斷的小枝條散落在樹下，孤零零地更顯得孤獨。

冬季帶著蕭瑟、蒼涼、孤獨。馬蹄聲輕輕地敲打著堅硬的路面，不緊不慢的蹄聲帶著節奏般的韻律，馬上的楠天懶洋洋的，無精打采，跟在聖王的後面。

聖王天雷身桿筆直，天藍色的披風順風飛揚，嘴裏呼出的熱氣顯示出他熱血澎湃，明亮的雙眼不時地四下裏注視，白嫩的臉上掛著風霜之色。

前方閃出一個小村莊，三十幾個青年正在村口做著訓練，那股認真的勁頭可看出西部人對民團要求的嚴格。

聽見清脆的馬蹄聲，幾個人抬起頭來，向遠方注視，眼裏充滿了警覺。在藍鳥王朝內，對戰馬控制非常的嚴格，百姓家是不允許飼養的，就是民團中，也就只有一兩匹通訊用的馬匹，平時幹活根本就不用，小心餵養，以應付意外的情況。

看見烏龍馬神俊的身姿，所有的人都停了下來，像這樣的戰馬不是一般人可以隨便騎的，更不可能像這樣悠然地出現在路上。一個年輕人迎了上來，嘴裏輕聲問道：

「什麼人，請接受檢查。」

聖王天雷臉上掛笑，翻身下馬。

在藍鳥王朝內部，民團有權力檢查任何受到懷疑的人，這是多年來戰爭的需要，聖王天雷知道這種規定，所以一聽人問就立即下馬，同時，他也非常想和這些人聊一聊。

楠天聽見喊身，精神頓時一振，跳下戰馬後，快速趕在聖王的前面，伸手從懷中取出一塊權杖，這是全國通用的權杖，級別是最高級的，只有在戰爭最緊急的時候通訊人員才能用，爲了聖王出行方便，楠天特意拿了一塊。

年輕人伸手接過楠天遞過來的權杖，反覆看了看，交給身邊的人，幾個人都看過，確定無疑後才交還給楠天，這時候，聖王已經來到近前，躬身施禮，嘴裏說道：

「在下天雷，與朋友一起到路定城執行軍務，剛才有些勞累了，請允許我們在此休息一會兒，可好？」

幾個年輕人眼中疑雲盡散，領頭的年輕人忙點頭應答道：「兩位軍爺客氣了，請安心休息。」

然後，他吩咐旁邊的另一個青年道：「道爾，你去準備些開水及食物，爲兩位軍爺用飯。」

聖王天雷忙道：「謝謝各位了！」

這時候，有人接過楠天手裏的韁繩，把馬匹牽在一旁，幾個人見烏龍馬神俊的樣子，紛紛稱奇，愛不釋手。

不久，叫道爾的青年拎著水壺回來，親自爲聖王及楠天倒了碗開水，聖王天雷接過，滿飲一碗，然後歎息道：「好甘甜的水啊！」

領頭的青年這時候接口笑道：「謝官爺誇獎了，我叫碩斯，這是我們自己打井的水，當然好喝了！」

聖王天雷聽後連連點頭稱讚，然後話一轉問道：「碩斯，平時你們沒事情的時候都這麼訓練嗎？」

「當然，官爺，冬季裏沒什麼活幹，大家在一起訓練，即鍛煉身體，又能提高能力，一旦有機會參加聖戰，也能儘快地適應軍隊！」

「好，太好了，哎，王朝有你們這樣的好子民，我們聖戰不勝利才怪，楠天，不如你也活動活動，交給他們幾手！」

「是！」

楠天叫過幾個小夥子，讓他們一起向自己進攻，然後展開身法，在他們中間穿梭，不久就把他們打倒在地，幾個人起來，紛紛要求楠天傳授，楠天也不客氣，細細地爲大家講解、示範。

聖王天雷和楠天出藍鳥城，所用的名字倒沒有什麼改變，因爲天雷這個名字在中原很少有人知道，楠天的名字知道的人也不多，不是軍隊的人及朝中的大臣，知道楠天的人還真沒有幾個。

聖王天雷與碩斯在旁觀看，碩斯兩眼放光，羨慕不已，他知道這兩位軍爺不是普通人，而且身懷絕技，楠天一看就知道是一個等級小的人，而天雷無論是氣度、才學，都可以看出是一位有很高職務的人，但他也沒有問。

半個時辰後，有人來喊天雷和楠天吃飯，碩斯在旁相陪，村裏的人都知道小夥子們得到了好處，特意加了幾個菜，更顯得熱情。

太陽過午間後，兩個人牽馬上路，奔向凌原城。

一路上走走停停，不幾日來到了凌原城外，聖王天雷舉目遠望，凌原城高大的城牆顯得越加的壯觀宏偉，來來往往的人進進出出，好不熱鬧。

兩個人牽馬進城，在客棧投宿，聖王天雷不想麻煩當地的官員，也沒有到官府去，晚間的時候，兩個人上街閒逛，東瞧西看，很晚才休息。

凌原城是聖王天雷起兵的地方，對這座城市他感情極深，多有留戀，回想起當初自己率領帝國近衛青年軍團第一次來到凌原城時候的情景，如今還歷歷在目。

第二天上午，兩個人漫步牽馬出城，然後飛身上馬，快馬加鞭奔向路定城。

路定城與凌原城之間不足百里，午間的時候兩人就來到了城外。如今的路定城比以前大了許多，擴建了幾乎兩倍，東南西北四面都是簡陋的工廠，手工作坊多如牛毛，商店、糧店等隨處可見，比往昔更加繁華。

路定城的內城如今幾乎空閒，原大將軍府院作爲紀念性的標誌被嚴格地保管了起來，仍然保持著原樣，周圍的兩座學校被佈置成了總督府及郡府辦事處，藍鳥孤兒院成爲了軍事訓練處，總督比奧就居住在內城的總督府內。

各個衙門的辦事處都在內城，閒雜人員是不允許靠近的，路定城作爲嶺西的郡府所在地深受重視，總督比奧身分地位不同與一般，他想怎麼做，也沒有什麼人敢開口管。

內城的門口有士兵把守，對進出的人嚴格檢查，聖王天雷和楠天有權杖在手，倒沒有受到爲難，兩個人直接來到了總督府外，楠天牽過烏龍馬，聖王天雷抬眼看了看總督府院，剛想邁步進去，就被守門的士兵攔住。

「什麼人，證件，你想幹什麼？」

聖王天雷抬眼看了看，張嘴沒有說出話來。對於堅守職責的士兵，他是沒有什麼好抱怨的，因爲這是他們的使命，但後面的楠天一聽可急了，他忙把馬拴在一旁，快步走上前來，臉一沉低聲喝道：

「住口，快讓你們總督出來，快去！」

守門的士兵被楠天的喝聲嚇了一跳，楠天的口氣非常的大，在整個藍鳥王朝內，幾乎沒有人不知道嶺西郡的總督比奧是元帥雷格的父親，出身西南郡府，與藍鳥聖王關係非同小可，而楠天以這樣的語氣說話，他們還是頭一次見到。

一旁的一個軍官倒是有些經驗，見楠天的臉色，就知道來人決非一般人，他向後面的天雷看了眼，感覺上有一絲的熟悉，雖沒有認出是聖王天雷，但豐富的經驗告訴他要小心，所以他立即喝止了士兵，低聲叫道：

「兩位請稍等，我這就向裏通報。」

第六章　北國巡行

不久，腳步聲響，一個年過五十的大漢快步走了出來，他陰沉著臉停在臺階上向下打量，臉色突然大變，慌忙下來，撩衣跪倒，剛想說話，聖王天雷快步上前，伸手相扶，嘴裏低聲說道：

「比奧，起來吧，我是微服私訪，小心說話。」

「是！」比奧答應一聲，然後起來。

「比奧，你一向可好？」

「我很好，請！」比奧話不多，伸手向裏讓。

聖王天雷邁步先行，向門內走去。

比奧來到門前，低聲對門官說道：「從現在起，我什麼人都不見，你們什麼人也沒有見過，命令調集所有的好手秘密保護總督府，快去！」

比奧說完快步跟上。

「比奧，算了，何必驚動這許多人，我前來嶺西，就是不想驚動大家才秘密前來！」

「臣不敢，保護聖王安全是我們做臣子的責任，請原諒。」

「哎……」聖王天雷歎息一聲，也就作罷。

來到客廳之內，聖王天雷居中而座，比奧這才翻身跪倒，重新見禮。一番客氣後，比奧親自安排聖王梳洗，又命令準備酒宴，為聖王接風洗塵。

總督府內緊外鬆，戒備森嚴，無數的好手一刻時間也不敢怠慢，閒雜人員一律擋在門外，不許靠近。

晚間，聖王天雷和比奧談了許久，就嶺西郡內外的形勢聽取了比奧的彙報，就今後的發展提出了許多要求，比奧一一記下，然後休息。

第二天，聖王在比奧總督的陪同下參觀了原將軍府，再一次親眼見到自己生活過多年的地方，聖王天雷感慨萬千，但如今身分地位不同以及安全等等原因，他沒有住在此處，目的就是不想影響太大。

但總督府微妙的變化，還是對路定城產生了一些的影響，街上巡邏隊比平時多了一些，老百姓感到發生了什麼事情，各級官員心中納悶，小心行事，探頭探腦的人也不少。

休息了兩天，聖王天雷起身西行，總督比奧親自相送，聖王天雷多次婉言謝絕，但都被比奧拒絕，一直把他送出嶺西關外，這才灑淚而別。

嶺西關外就是銀月洲，它在聖拉瑪大雪山的北麓，相隔不遠。白茫茫的聖雪山在冬季裏越加顯得蒼白，山北側的積雪還沒有融化，直插雲霄，彷彿天地連在了一體。

聖王天雷從小就生長在聖雪山上，對聖雪山的白雪有著特別的親切之情，如今在聖雪山的北麓看雪山，別有一番風味，即使他是生長在大雪山上，也是第一次從北方遙遠的地區看雪山、美景。

銀月洲的冬天比較寒冷，比北部地方的西星一帶要冷許多，原因就是陽光不夠充足，有聖雪山在南側，陽光照耀的時間就比較短暫，天氣自然就比別的地方涼上許多，在冬季裏就顯得特別的冷。

但銀月洲也有自己獨特的風韻，在冬季裏白雪連天，如詩如畫。

聖王天雷在西行的路上不知被聖雪山陶醉了幾回，沉浸在銀月洲美妙的景色中，速度自然就慢了下來，好在兩個人很有氣勢，又有權杖在身，少了許多麻煩，但就是這樣，楠天也是叫苦連天，擔驚受怕。

經過半個月遊山玩水般的慢行，兩個人終於來到了銀月洲的都城——雪月城。

如今的雪月城比從前氣派了許多，是整個銀月洲的總督府所在地，同時也是凌原兵團的駐地，民團等預備隊多駐守在周圍地區，爲了保證軍隊的攻擊力，凌原兵團幾乎都集結在雪月城一帶，總督列科、兵團元帥秦泰都住在城內。

來到總督府外，楠天同樣費了半天的口舌才見到了元帥秦泰大人，秦泰見是聖王親自駕臨，也是吃了一驚，忙往裏讓，來到內府，秦泰重新見過禮後，楠天才有時間長出了口氣，同時對秦泰說道：

「元帥，可累死我了，以後可就是你的事情了，我可要好好休息兩天，聖王就交給你了！」

「是，楠天將軍一路辛苦，這點秦泰明白，以後的事就交給我了，你放心休息就是！」

「謝謝！聖王，我可休息了！」楠天苦著臉對天雷說道。

十幾天來，楠天沒有睡過幾次好覺，晚上他不僅要守夜，還要照顧聖王生活，白天就更不用說，時刻跟隨在聖王的身後，偶而在馬上打個盹，多半沒有時間和機會可好好睡一會兒，擔心受怕也是可以理解的事情，聖王天雷雖然也勸過楠天休息幾次，但楠天不爲所動，他那敢自己休息，忘記自己的職責。

聖王天雷也知道楠天很勞累，如今一聽楠天的話忙道：「你下去休息吧，吃飯的時候我叫人叫你！」

「別，聖王你就別喊我了，讓我多睡一會兒，飯吃不吃都無所謂！」

秦泰一見忙笑道：「我已經命人準備了，一會兒給你送去一份，你先洗梳一番，立即就好了！」

「謝元帥！」

「聖王，你也梳洗一下吧，秦泰已經叫人準備好了！」

「好吧，等一會兒我們再說話！」

「是，聖王請！楠天將軍請！」

秦泰趕緊把聖王及楠天往裏讓。秦泰與聖王的私人關係極好，但畢竟還是君臣間的關係，許多地方還是不能越禮的，而楠天職位雖然是將軍級，但他是聖王身邊最受信任的人，秦泰即使是元帥也要禮讓幾分，所以語氣間非常客氣。

晚間的時候，雪月城總督府召開了一個小型的宴會，聖王和楠天經過半天的休息，已經恢復了體力，銀月洲總督列科、元帥秦泰等幾位高級將領出席相陪，宴會上氣氛異常熱烈，凌原兵團的將領多時沒有見著聖王，都過來敬酒，聖王天雷也不客氣，多飲了幾杯，好在他功力深厚，沒有多大的問題一夜無話，第二天，聖王天雷吃過早飯後，與元帥秦泰、總督列科在帥府客廳裏聊了起來。

「無痕，你怎麼想起到銀月洲來了？」秦泰親切地問。

「這個……主要原因是新年剛過，春天將近，西方映月西星會戰將臨，這最後的一仗必須打好，我心裏不放心，到處看看，另外，我也是悶的慌，出來走走。」

列科聽後啞然一笑道：「天雷，你可真行，能說服軍師雅星讓你出來，你本事就不小，要是我，一定不同意的。」

「是呀，雅星大哥說什麼也不同意，我死磨爛泡了好幾天，他沒辦法才答應，你以為軍師那麼好說話啊！」

「也是！」秦泰接口笑道：「我們幾個兄弟就數我這個大哥清閒，沒立什麼功勞倒得了不少好處，前幾天，無痕把鎮西侯的爵位賞給了我，真是受之有愧啊！」

「秦泰大哥千萬不要這麼說，想做點什麼還不好辦，這次我來可是給你找活幹的，冬季過後，相信你就閒不著了！」

秦泰一聽，忙道：「無痕，這次會戰你可千萬讓我出去，眼看著大陸即將平定，我這個鎮西侯再不做點事情就讓人說閒話了，說什麼我也要拿下映月的都城月落城，如何？」

聖王天雷點頭道：「好吧，秦大哥，這回你一定閒不著了，我就把映月的都城留給你好了，省得你到時候總在我面前說三道四，其實大哥已經做得夠多了。」

「謝聖王！」秦泰大喜，忙站起身來敬禮。

聖王天雷和列科一見，都笑了起來。

「秦大哥，月落城交給你是可以，不過凌原兵團的實力不足，我想我們必須配合好，然後再戰，時間上，你恐怕要落後一些！」

「沒問題，我聽你的，無痕，只要不把月落城交給我就行了！」

「好吧！秦大哥你來看！」聖王天雷來到地圖前，指著映月、西星的版圖說道：「北方面軍越劍部在春季開始後，將從北側對西星發起攻擊，總兵力達六十萬人馬；在東部繁星城地區，維戈和雷格也將相繼發起攻擊，配合作戰，總兵力一百萬人馬，我估計三個月的時間他們就能夠在星落城會師，然後，藍羽將南下，這時候，就是你全力攻擊的時機了，你們將南北呼應，爭取在年底前拿下映月，如不能完成預定目標，後年開春後再戰，我相信兩年的時間內，一定可以消滅這兩個帝國！」

秦泰大喜道：「好，無痕，如你所說，我將在八月左右發起攻擊，配合北線消滅映月，不過，先期我也不會閒著，儘量拖住映月軍隊北上，爲西星戰役做好準備！」

「是，秦大哥，但戰爭不是絕對的事情，戰機瞬息萬變，也可能提前，也有可能落後，但無論如何，在開春後必須先消滅西星，然後再圖映月！」

「我知道，畢竟我還有許多準備時間，況且要與北方面軍和西方面軍配合作戰，時機的把握非常重要，我會時刻與維戈他們保持聯繫的，只要一有機會，凌原兵團將迅速渡河，直指月落城！」

「這一點我相信秦大哥的能力，只要大哥精心準備，我相信沒有什麼大問題！」

「謝謝！」秦泰搓了搓手，興奮的說道。

列科在旁說道：「目前銀月洲的主要任務是做好攻擊的準備，越完善越好，等到時機成熟一舉渡河，攻佔月落城，不過，這也是一場惡戰。」

「師兄，聖拉瑪大陸這最後一戰即使是再艱苦也是值得，從此後大陸將不再有戰爭，百姓安居樂業，休養生息。哎，十餘年戰亂，百姓苦不堪言，沒有過上一天好日子，我發動聖戰，並不是爲了我自己，而是爲全天下的百姓。」

「天雷，你悲天憫人的胸懷，師兄我深感敬佩，這十餘年來你沒少受苦和受委屈，大家都很清楚，不過聖拉瑪大陸即將一統，你也要做一些準備啊。」

「是啊，無痕！」

「謝謝兩位了，說實話，我對西征勝利從未懷疑，充滿信心，不過擔心的是損失太大，西星也好，映月也好，我都不希望破壞殆盡，以後建設需要大量的人力物力，這些都是老百姓的血汗，而藍鳥軍更是王朝的中堅力量，能少損失就少損失，當然，戰爭是要付出代價的，以最小的代價取得最大的成果，這才是我希望看到的，我這次一路西來，見到嶺西郡和銀月洲繁榮富強，心裏非常高興，更希望在王朝的大西部同樣是繁榮昌盛的樣子。」

兩個人聽見聖王天雷如此說話，感動不已，聖王胸懷天下，爲萬民求福，不願意看到西部損失殆盡，這份心意是無比高尚、崇高的，就是有如此的胸懷，藍鳥王朝才能大治，坐穩天下。

當下，秦泰激動的說道：「無痕的心意我明白，也知道怎麼做了，不到萬不得已，我決不使用非常手段，映月將來也是王朝的一部分，現在破壞一分，將來就要多建設一分，能儘量減少損失才是上策。」

「秦大哥，正是如此！」

「天雷，下一步你有什麼打算？」列科笑問道。

「這個……」聖王天雷沉吟了一下，抬頭看了兩人一眼，有一些爲難地說道：「我想從此處進入映月，橫貫星月聯盟考察一番，爲開春後的軍事行動做些準備。」

兩人聽後大吃一驚，秦泰急聲說道：「無痕，這萬萬不行，我決不答應！」語氣斬釘截鐵，毫無餘地。

列科也勸道：「天雷，你這個想法一點都不好，王朝黑爪、藍爪遍佈西部，什麼樣的消息沒有，那用你這個聖王親自出馬，如果這樣，還要我們這些臣子幹什麼，你這不是爲難我們倆嗎？我想你在京城一定是沒敢說！」

聖王天雷苦笑一下說道：「我明白你們的心意，也知道大家的心意，不是非要我進入星月聯盟不可，可是這件事裏也包含著我個人的私事，你們也許聽說了，明月已經回到了映月，目前情況不明，我非常擔心她的安全，同時，如果明月能在這中間起到一定的作用，我相信能加快西征的步伐，減少許多不必要的損失，如能和平解決映月，西部大局早定，爲西部百姓計，我只好親自走一趟。」

「無痕，這太危險！」秦泰一聽聖王天雷如此說法，知道牽連甚廣，不願多言，只能以另一個角度勸聖王取消此行。

「這我倒不擔心，想如今的聖拉瑪大陸上還沒有什麼人能攔住我，只要我一心想走，脫身決不是問題！」

「這個……」秦泰無奈地看了列科一眼。

「天雷，你如此一說，我們也不好說什麼，不過，我是不贊成你親自過去，這太危險，但是你決心已定，我們只好把你的行蹤報告京城，請王妃和軍師定奪！」

「別，別，師兄，秦大哥，算我求你們了，這件事情純粹是我個人的私事，我不想驚動大家，讓大家爲我擔心，我是相信你們才說的，否則我就不說了，悄悄進行了就是。」

列科和秦泰互相望了一眼，列科有一絲爲難地說道：「這，好吧，天雷，你可要小心了，別讓我們擔心，我們會命令潛伏在映月內的黑爪照看你的。」

「無痕，你也要多帶些人手！」秦泰也急忙說道。

聖王天雷一見打動了兩人，這才長出了口氣。他長笑一聲後，傲然說道：

「映月雖有圓月教、西星也有射星派，但我還沒有把他們放在眼裏，我正想會一會他們當中的高人，如果不是我這個聖王的身分，早就前往了。如今月影囂張一時，帕爾沙特叫囂著反攻，不久前，星月聯盟軍被維戈、雷格、兀沙爾殺退，這次我過去，不過是爲了明月的事，順便看看兩國內的情況，人手就不必了，有楠天一人跟隨就行了，多了反而不好。」

「無痕，這可不行，以後要是叫人知道我連個人手都沒有派，就讓你孤身進入敵國，我的日子可不好過，這樣吧，我派出十個好手跟著你，如何？」

聖王天雷見秦泰如此說法，也不好駁他的面子，這次進入星月聯盟，秦泰擔了很大的責任，再不退讓一步，也實在說不過去，於是回答：「好吧，秦大哥！」

元帥秦泰見聖王天雷答應，這才稍微鬆了口氣，然後問道：「無痕，你準備什麼時候起身？」

「我看就明天晚上吧，省得麻煩。」

聖王天雷知道映月帝國在聖靜河以北地區布有重兵，封鎖聖靜河地區，嚴防凌原兵團出兵偷襲，白天渡河非常容易被發現，晚間會好一些。

秦泰心總是懸著，他雖然知道聖王天雷武藝高強，人也多智，但身邊的人手畢竟太少，又身入敵國，一旦有個風吹草動，根本就來不急援手，但又阻止不住聖王前往，只有寄託蒼天保佑。他一方面加緊挑選好手，一方面與大將軍楠天協商，把潛伏在映月帝國的藍爪、黑爪向楠天做交代，同時協商意外情況下的援手的辦法。

藍鳥王朝六年二月七日，夜，聖王天雷率領十一人悄然渡過聖靜河，從而提前拉開了統一西部的序幕。

晚風輕拂，聖靜河在明月下如一條銀色的彩帶，與聖雪山相映照輝。

聖靜河上游的二月天依然是風雪漫天，寒冷刺骨，河被冬天的酷寒封凍成巨大的冰面，殘雪依舊，月兒如霜。

聖王天雷帶著楠天及十名好手趁月色悄悄地渡過聖靜河，在河邊找一處僻靜處站起身來，整理衣裝，然後大搖大擺地向北走去。

一行人夜間渡過了冰月渡口，天亮時趕到了白雲鎮，鎮裏的居民見一隊映月軍過來，也沒有敢進行盤問，幾個人在小店裏吃過早飯，略微休息，然後向北部的攬月城進發。

攬月城在北方八十里外，中間隔著一座小城白雲城，過了攬月城就深入到映月腹地，四百餘里外就是映月的京城月落城。

如今映月帝國東南部地區佈有重兵，銀月洲凌原兵團蠢蠢欲動，威脅映月河北本土，人心不穩定，目前藍鳥軍雖然沒有直接對映月本土作戰，但在戰略上，已經形成了對映月的包圍之態，人人都知道對藍鳥王朝一戰在所難免，對未來不抱有好的希望。

但多年來，映月帝國畢竟沒有受到戰爭的蹂躪，銀月洲雖然被藍鳥軍佔領，但可以說已經從映月分離出去，兩邊跨河而治，安靜了幾年，只有近年來凌原兵團進行了幾次試探性的進攻，爲全面出兵做準備。

就是秦泰這樣幾次攻擊，使映月百姓意識到了戰爭已經近在咫尺，家門口就要成爲戰場了，穩定東南的呼聲越加高漲，對銀月洲防禦比增援西星的呼聲高了不知多少倍，無論是聖皇月影還是朝中大臣，對銀月洲秦泰防範要重許多。

在這種情況下，攬月城的戰略位置就一下子顯現了出來，它不僅是月落城的南門戶，也是聖靜河天塹防線的指揮部，承上啓下的作用，使這座城市幾百年來第一次受到了如此的重視，聖皇月影不得不把西南防線的指揮部設在了這裏。

從攬月城向南，隨處可見到巨大的兵營，行人不許靠近，南北穿梭的訊使者不斷，三三兩兩上街的士兵也不少，如今是冬季，南方局勢平穩，不像北線西星那裏正在交戰，士兵可以在冬天裏偷閒，喝兩口燒酒，暖暖身子，調節情緒。統帥部也沒有對士兵要求得那麼嚴格，除必要的訓練外，士兵比較輕鬆自由。

天雷等人經過三天的慢行，於十日到達了攬月城。一路上，幾人對地形、軍營規模、兵力、番號等一一進行觀察、記載，與前來接應的黑爪會合，把掌握的消息發回銀月洲，然後住在攬月城內的一處小店內。

晚間，城內突然進行了查夜，守城軍兵還算客氣，對幾個人略加詢問，查看了隊長權杖，詢問些河岸邊的情況，然後就算了。但是，幾個人也是嚇得一身冷汗，好在隊長對答如流，沒出什麼意外。

第二天一早，聖王天雷上街走了一趟，把攬月城的情況觀察一番，見沒有什麼新奇之處，除守軍多一些、防禦裝備好點外，就是比別的地方緊一些，中午時分，在黑爪組織的商隊的掩護下出城，向北趕赴月落城。

映月帝國幾年來內部比較穩定，沒有受到戰爭的波及，商業貿易比較繁榮，商隊南北穿梭，備受重視，在這一點上做的比較好，繁榮了經濟，又為南部士兵提供了許多方便，軍部對商人也比較優待。

像一小隊士兵護送商隊的情況也有，主要是軍隊採購物資，押運一些軍用裝備，為部隊提供服務，在各城之間幾乎暢通無阻，不會受到留難。

聖王天雷一行順利地進入了月落城，在黑爪的安排下，在外城僻靜處住進一所大院內，然後安心休息，晚上，負責的黑爪被天雷找來問話，把月落城的情況一一向他進行了講解，並把圓月教月落宮的情況用圖形標示了出來。

映月圓月教並不在月落城內，它位於月落城西南十五里處的一座風景秀麗的小山上，方圓五十里內都是圓月教的領地，百姓可以自由進出月落宮拜見月神，當然也有一些規定，但基本上不是很嚴格，映月人對月神的信仰是無窮大的，不會褻瀆神殿，也沒有人敢這麼做。

近一段時間以來，圓月教與朝廷之間的關係比較緊張，由於新教主頒佈的教令違背了帝國的利益，聖皇月影對教方控制比較嚴格，老百姓困惑不安，但也沒有人埋怨聖皇與新教主，畢竟明月公主是映月人心目中的英雄，又是聖皇的女兒，父女之間的事情好說，但許多優秀的弟子卻不敢回到教中，因爲他們已經被圓月教除名了。

聖皇月影爲此也大怒一場，把皇大妃罵了個狗血噴頭，皇大妃一氣之下，跑到月落宮內與女兒明月一起住了。

黑爪把圓月教的事情對聖王天雷解釋一番，天雷心中有數，明月雖然沒有回藍鳥城，但也沒有什麼危險，放下心來，同時心中對明月的感激之情又增加了許多，明月不惜與父親決裂，爲的也就是他這個丈夫，這份情誼就使他這一趟沒有白來，同時也增加了他強烈地見到明月的願望。

次日一早，天雷吃過早飯，換過一身普通衣裝，帶上「幻月」劍來到了郊外月落宮。

小月山蒼松翠柏，白雪相映。一條大路在松柏之間，彎彎曲曲通往山上的月落宮，早課的弟子隨處可見，耍槍舞劍，刀光劍影，好不熱鬧。

天雷被小月山的風景所迷，知道這是明月公主從小生活過的地方，就如同自己心中的聖雪山一樣，神聖不可侵犯，同時，就在這座小山裏，住著聖拉瑪大陸的另一個老神仙天月大師。

忽然，天雷的腦海中想起了一個聲音：

「天雷，你來了，快進來吧，我等待你多時了！」

天雷大吃一驚，愣在原地，很長時間才回過神來，他穩定穩定心神，確定周圍沒有人喊他，這才舉步向前走去，他知道剛才那個聲音絕對不是明月。

來到月落宮前，天雷舉目光打量。月落宮廣場寬大，宮門寬敞，建築物一色的白色大理石精雕細刻而成，在威嚴中帶著聖潔，在莊嚴中帶著幽雅，讓人肅然起敬。門前，一溜大理石臺階，共有九十九階，一塵不染，兩個女弟子正在門前值勤。

聖往天雷雖然穿了一身的映月民族服裝，但怎麼看都不是十分的得體，與他本人的氣質不相配。守門的兩個人在打量他的同時心中嘀咕：這樣的一個人怎麼會配上這樣一套衣裝，簡直是浪費人才嘛，但既然人家來了，必是月神的信徒，忙上前答話道：「先生早啊，有什麼事情嗎？」

目前，圓月教弟子分成兩大派，一派主戰，跟隨聖皇月影走了，一派主和，屬於溫和派，大都留在教會裏，留下的弟子中以女弟子居多，年紀也比較小些，這時見天雷這樣一個人前來拜祭月神，弟子們感到非常的意外並格外的客氣。

「謝謝兩位了，不過我是來找人的，請問明月公主在嗎？」

兩個女弟子這才大吃一驚，她們細細地打量了天雷一番，確定這個人絕對不是在說謊，這才回答道：「先生要見我家教主嗎？之前可否有約？」

「沒有！」

「這……先生，這就有點困難了，教主吩咐不見外人，我們也不好讓你進去，先生請回吧！」

天雷這時候才想起，如今是在人家明月的地盤上，你想見人家教主就見，是不可能的，不由得啞然失笑道：「兩位，我這有一件信物，麻煩妳們誰進去通報一聲，就說一個叫天雷的人求見，教主如果見我就好，如果不方便，我立即告辭，如何？」說罷，解下了幻月神劍，

兩人接過幻月劍，對望一眼，略微一猶豫，然後其中一人小聲說道：「師妹，我看就進去通報一聲吧，看來真是教主的故人，否則那來的幻月，見與不見由教主決定。」

「好吧！」

兩人商量完畢，這才有一人向內走去。

明月公主剛吃完飯，在客廳內與母親說話，近日來她心情極差，與父親決裂使她心靈備受創傷，加上母親因爲自己的事情來到圓月教，她深感內疚，但也沒有什麼好辦法。

忽然，一個弟子進來通報說道：「啓稟教主，門外有一個自稱叫天雷的人求教，請教主定奪！」

「什麼？」明月吃驚地叫道：「妳說他叫什麼？」

「他自稱說叫天雷！」

明月壓下激動的心情，低聲對母親說道：「母親，我有客人，要出去看看！」

「去吧！」

明月這才領著弟子走出月落宮。

門前的臺階上，聖王天雷倒背著雙手，舉目正在向外的天空中瞭望，心底也不平靜，明月不知見不見自己。正在想著的時候，就聽見腳步聲響，一個略帶激動的聲音說道：

「天雷，真的是你！」

天雷轉過身來，見明月雙眼發紅，雙眼欲滴地站在面前，望著自己。

「妳受苦了！」天雷低聲說道。

明月公主聽見此話，眼淚唰地流了下來，心底掠過一股暖流，低聲說道：「進去吧！」

明月公主在前領路，兩個人誰都沒有說話，默默地走到後宮明月的住處，關上門，明月這才撲進天雷的懷中道：「無痕，你怎麼來了，想死我了！」

聖王天雷拍了拍明月的背，低聲說道：「我不放心妳，所以過來看看。」

「這太危險了，你怎麼能這樣？」

「沒什麼，只要見到妳很好，再大的危險我也會來的！」

「無痕！」

「明月姐姐！」

兩個人親近了一會兒，明月莫名其妙笑了起來，眼睛上下打量著天雷，聖王忙問道：「姐姐，妳笑什麼？」

「瞧你這身衣服，怎麼看怎麼好笑，晚上我給你做件好了！」

「別太麻煩，姐姐，買兩件就算了。」

「嗯，也好！」

沉默了一會兒，明月公主說道：「我的事情你也許聽說了，母親如今正在宮內，你要不要見見？」

天雷沉吟了一下，然後說道：「見見也好，母親畢竟很疼妳，我是應該見的！」

明月眼角一紅，低聲說道：「好吧，你跟我來。」

第七章　玄妙之門

兩人一前一後，不久來到了一個房間內，明月輕輕敲門，一個並不很蒼老的聲音說道：

「是明月吧，進來吧！」

「是，母后！」

明月公主答應一聲，然後推門進去，天雷隨後跟了進來。

房間不是很大，也沒有什麼傢俱，但非常整潔，一個貴婦人般的老夫人坐在雲床之上，雙眼細細地打量著天雷，明月公主一見，臉色一紅，拉了天雷一把，兩人跪倒在地，明月低聲叫道：

「母后，女兒女婿給妳老人家叩頭了！」

「女婿天雷雪拜見母親大人！」聖王天雷低聲叫道，然後叩了三個頭。

老人臉現驚色，急忙下床，伸手拉起明月道：「明月，他就是妳說的那個人嗎？」

「是，母后。」

老人這才拉天雷起來，上下打量一番，正所謂丈母娘看女婿，越看越喜歡，一會兒才低聲說道：「你好大的膽子，映月你也敢來嗎？」

聖王天雷微微一笑，然後說道：「我心中惦記著明月姐姐，縱有千難萬險，我何所懼！」

「好，不愧我女兒跟你一場！明月，妳帶他出去，就當我沒有見過他，不過我很喜歡！」

「謝謝母后！」明月雙眼一紅，就要流下淚來。

聖王天雷趕緊拉住明月公主的手，兩個人這才慢慢退出。

回到明月的房間，坐了一會兒，明月叫了些酒菜，兩人邊吃邊聊，天漸漸地到了晚上。

「明月姐姐，有一個人始終在呼喚著我，不會是師叔她老人家吧？」聖王天雷這才想起腦海中呼喚的聲音。

「真的？」

「是真的！」

「也許是吧，不過，你要見見師父嗎？她老人家正在坐關呢！」

「我想見見！」

「好吧，你等會兒，我跟師姐商量一下！」

「好，妳去吧！」

望著明月公主走出房間，天雷坐在床上，平靜了一下心，靜靜地等待著明月的消息。

圓月教天月大師自入關以來，就沒有再管俗事，教中的事情都交給玄月大師打理，明月雖然是教主，但並不真正管事情，如果天雷要拜見天月大師，就必須經過玄月大師的同意。

玄月大師知道今天明月有客人，詳情並不清楚，見明月進來，明白有事情商量，當下說道：「坐吧，明月！」

「師姐！」明月答應一聲，坐在旁邊。

「聽說妳有客人，所以我沒去找妳！」

「師姐，是他來了！」明月低著頭，小聲說著。

玄月大師這才吃了一驚，明月嘴中的他指的是什麼人，她很清楚，也早就想見一見，但是在圓月教內見面，她還從沒有想過，同時爲聖王的膽量所折服。

「他怎麼來了？這很危險！」

「他心裏有事，不放心才過來，以他的自負，也未必把這點危險放在心上，師姐，武功到了他這等地步，早已經沒有人能攔得住他。」

玄月大師點了下頭後才說道：「也是，明月，妳找我有事？」

「他感覺到師父在呼喚他，想拜見師父，所以我才來與師姐商量。」

「師父呼喚，難道師父知道他來了？還是師父有什麼事情？」

「這我不清楚，飛升的事情只有他見過，他送過聖僧他老人家。」

玄月大師騰地站了起來，然後急忙對明月說道：「這一定是真的，以他的身分地位和與妳的關係，不會說假話，師父一定是遇到了困難，走，快去見他。」

「是，師姐！」

明月領著玄月大師來到屋內，見聖王天雷正坐在雲床之上，閉目養神，聽見腳步聲響，這才睜開眼睛。

玄月大師用目光打量眼前這位傳說中的人物，只見聖王天雷自有一股雍容華貴的氣質，儒雅中含有一股飄逸，身上流光暗動，功力已出神入化。

見明月領一人進來，聖王天雷知道是玄月大師，忙跳下雲床，站在一旁。明月過來低聲說道：「天雷，見過我師姐玄月大師。」

聖王天雷躬身一禮道：「師姐！」

玄月大師一面還禮一邊說道：「客氣了！聖王視天下在囊中，爲明月甘願涉苦，這份胸懷與情誼，玄月深感佩服。」

「師姐過講了。」

「請坐。」

三人坐下，玄月大師這才問道：「聽聞明月師妹說，師父在呼喚你，可有此事？」

「是，從我入山以來，有一個蒼勁的聲音在呼喚我，我想是天月師叔！」

玄月大師沉默了一會兒，然後問道：「師父可有危險？」

「這我不敢確定，如有心魔就需要兵解，否則就不會有事情。」

玄月大師和明月眼圈一紅，玄月站了起來，然後說道：「天雷，你多費心了，如有事情，還需你相助一臂之力！」

「應該的！」

三人默默地向後院走去。

圓月宮內分為內外兩進院落，內院多為教中的重要人員居住，由於教主、護法等都為女人，所以對內院的管理非常嚴格，等閒人員不得靠近，外院則為次一等人員活動的地方以及月神大殿。

在內院裏，又分為幾層，最深的一層院落被重重包圍，是天月大師閉關的地方，院子很小，也很儉樸，非常整潔，幾棵松樹蒼勁有力地挺立在院落中，翠綠的松針青翠欲滴，在冬天的微風裏格外的顯眼。

玄月大師領著天雷和明月走進小小的院落，放緩了腳步，她臉帶嚴肅表情，輕柔地推開房門，領著天雷和明月走進了內間。

天月大師安詳地端坐在雲床之上，雙手成印放在胸前，多日的閉關使她的臉上掛著灰塵，慈祥的臉上掛著笑意，呼吸輕柔幾無。

「師父！」玄月、明月雙雙拜倒。

「師叔！」聖王天雷趕緊行禮。

幾乎在同時，三人的腦海裏出現了一個聲音，不過內容並不相同，在天雷的腦海裏所出現的內容是：「天雷，你來了，我等你很久了，我需要你助我一臂之力。」

在明月公主的腦海裏出現的內容是：「明月，妳找了個好丈夫，妳要把圓月教維護好！」

而在玄月的腦海裏出現的聲音則是：「玄月，聽天雷和明月的話，我要走了，需要天雷的幫助。」

三人幾乎同時說道：「是，師父！」「是，師叔！」

三人重新站起，天雷低聲問道：「師叔，我要怎樣幫助妳？」

「你把天王神功輸入我體內即可！」

「是，師叔！」

聖王天雷轉身來到雲床後面，雙手緊貼在天月大師的背後，運起天王神訣，金色的光芒漸漸地升起來。

一會兒，天月大師的身軀開始微微地顫抖，顏色漸漸地變紅，伴隨著天月大師的顫抖，天雷也開始顫慄起來，輕微的劈啪聲輕輕地響起，在寂靜的小院內格外地清脆，不久，天月大師頂門天靈穴開始發生裂變，突然一道紅光沖天而起，把屋頂衝破一個大洞，紅光瀰漫整個小院，色彩繽紛，豔麗奪目。

在小屋內的紅光中，一個一尺大小的小人模樣與天月大師一般無二，她面色紅潤，臉帶微笑，雙眼注視著三人，輕柔的聲音更是清晰可聞：「百年相逢，同升天道，少造殺孽，一統大陸！」說完，小人隨紅光紅天而去。

「送師父！」

「恭送師叔！」

三人再次拜倒，恭送天月大師升入天道。

伴隨著漫天的紅霞，月落宮內梵音四起，鐘鼓齊鳴，所有的圓月教弟子無一例外地跪倒在地，高唱頌歌，而尋常的百姓人家，則是焚香祈禱，對月長拜。

整個月落城一帶，在不到一個時辰內全部活躍了起來，圓月教的弟子則瘋狂地向月山神殿內趕，人人都想在第一時間內拜見聖蹟。

飛升成神仙對於平常老百姓來說是神話中的事情，像今晚這樣紅光沖天，彩霞繽紛就如見神蹟，圓月教本就在百姓中有著崇高的地位，如今更增添了它的神秘。

在皇宮內，聖皇月影站在屋外，望著漫天的紅光，楞楞地出神，別人不明白發生了什麼事情，但月影知道他視如神仙的祖姑姑飛天了。

在映月帝國如此動盪的危機時刻，天月大師的飛升無疑是對聖皇一個沉重的打擊，他心中的一座燈塔破滅了，精神上的一座支柱轟然倒塌，月影黯然神傷。

明月和玄月撲伏在地，淚水長流，嘴裏不時地說著祝福師父的話。

聖王天雷首先起來，對玄月大師和明月說道：

「師姐、明月，我們應該恭喜師叔才對，妳們不要難過，百年以後，她老人家會來接引我們。」

「是，我們在替師父高興。」明月掛滿淚水的臉上一紅，強辯道。

「是，是高興，不過，師叔的肉身需要立即處理，否則麻煩大了。」

玄月大師一聽，立即說道：「我明白，師父入關前已經交代好了，我立即召人辦理。天雷，謝謝你！」

「師姐，應該的！」

這時候，圓月教的高級護法、堂主及一些有身分的弟子，都已經聚集在小院外，剛才這麼大的場面，他們不過來才奇怪呢，但是沒有人敢擅自進入，主事的護法知道發生了什麼事情，又是高興又是難過，同時也把做法事準備的東西帶了過來。

玄月大師一出門就被護法們包圍在中間，他們以期待的目光看著玄月，玄月大師強做笑臉，低聲唱道：「月神召喚，駕鶴飛升，圓月仙道，大師歸天，千百年來，圓月教的第一聖事剛剛在此發生了，祝賀師父，賀喜各位道友了！」

眾人一聽，立即臉上浮現出笑容，齊聲唱道：「月神召喚，駕鶴飛升，圓月仙道，大師歸天，可喜可賀！」同時，全體跪倒，向小院內參拜。

玄月大師等眾人起來，這才低聲說道：「師父的法體要立即進行處理，都準備好了嗎？」首席護法弟子罡月立即上前一步，回答道：「大師姐，都準備好了！」

「八大護法隨我進去，其餘人等立即準備法事！」

「是！」眾人轟然應諾。

玄月大師帶領八大護法進入院庭內，其餘弟子立即準備各項事宜，這座不起眼的小院落，被圓月教的弟子層層包圍，梵音四起，香煙繚繞。

天雷把明月扶在一旁，這時候的明月腦中一片空白，什麼也想不起來了，師父飛升雖然是個大喜事，但對於明月來說，就如同失去了一根支柱，垮了一半，還好天雷就在一旁，否則麻煩大了。

玄月大師帶人進來，見明月呆呆的樣子，也沒說什麼，只對天雷低聲說道：「師弟，還有什麼特殊的要求嗎？」

「沒有，師姐，就按照師叔生前交代的辦吧。」

玄月大師點了下頭，立即招呼護法們開始動手。

天月大師的法體處理事情麻煩的多，不像聖僧只交代天雷封鎖玄冰洞即可，圓月教畢竟是個國教，天月大師盛名百年不墜，享受的待遇自然要高許多，況且，圓月教爲了鞏固在人民中樹立的地位，儀式隆重、浩大。

第二天一早，聖皇月影親自率領文武百官前來朝拜，爲天月大師送行。

經過七七四十九天的法事，天月大師終於入葬，在小月山的後山，矗立起一座最高大、華麗的佛塔，爲天月大師的靈塔。

這一個多月來，天雷安身在圓月教內，不敢離開，明月公主身爲圓月教的教主，事情繁多，人也瘦了一圈，精神也萎靡不振，天雷怕發生什麼事情，沒敢離去。

但是，在聖拉瑪大陸的大西方，驚天動地的大戰卻因爲聖王天雷身入星月聯盟而拉開了序幕。

南方面軍主帥秦泰和銀月洲總督列科在聖王天雷離開銀月洲後，越想事情越感到不對，深感害怕，聖王從銀月洲深入敵國，一旦有什麼意外，以藍鳥軍各級將領對聖王的愛戴和百姓的擁護，秦泰和列科將承擔起全部的責任，而這個責任是他們負擔不起的，是滅族的大罪，所以兩個人商量了一下，也不敢聲張，立即秘密給軍師雅星、元帥越劍、維戈、雷格去了密函，不日，京城藍鳥城軍師雅星立即回信詳細詢問，然後吩咐秦泰立即整軍備戰。

不久，從繁星城、海月城方向也傳來了責問信，秦泰和列科頭上冒汗，不敢隱瞞，對各方交代了清楚，維戈、雷格、越劍雖然沒有說什麼，但不滿的情緒是必然的，三方約定立即進兵，爲聖王天雷做掩護。

消息第一時間就傳到了攬月城，然後迅速傳向月落城。

聖皇月影剛剛從小月山圓月教回來，天一亮，通訊官就把藍鳥軍渡河的消息報告給他，月影吃了一驚，藍鳥軍選擇冬季開戰是他沒有想到的事，這要比他的估計提前了至少一個月，但是他也知道，藍鳥軍作戰變幻莫測，沒什麼奇怪的。

早朝時，聖皇月影宣布了這個消息，並立即派出京城一帶的部隊南移，增援南線作戰，同時命令聖靜河前線總指揮沙維爾元帥死守，等後續部隊到達時展開反擊。

消息迅速傳遍了月落城的每一個角落。

小月山上月落宮內的明月公主剛休息一天，把師父的後事處理完畢後，她就沒有什麼事情了，她雖然是一教之主，但平時不管什麼事情，一切由玄月大師在打理，對於夫君天雷，明月又是感激，又是欽佩，在映月帝國之內，天雷安如泰山，毫無懼色，平時陪伴自己，要不是有他在，明月真不知道自己現在是個什麼樣子。

剛聽說銀月洲凌原兵團渡過聖靜河的消息，明月就大吃一驚，凌原兵團主帥秦泰乘冬季展開全面的進攻，這不合道理，但藍鳥軍行動歷來不按照常規作戰，明月倒也沒有感到意外。

但是，聖王天雷從明月公主嘴裏知道這個消息後，略微一思考後就笑道：

「秦泰與列科終不敢隱瞞我渡河的消息，彙報給了雅星大哥，我想，秦泰大哥必然要受到奧卡的警告而提前進攻，前鋒必然是藍衣眾，風揚在坐陣指揮，不久，越劍與維戈、雷格必將展開全面的進攻，西方統一大戰因爲我前來見妳而提前開始了。」

明月公主吃驚地問道：「這麼嚴重？」

天雷一笑後說道：「只要我平安無事，秦泰大哥就沒事，否則他麻煩大了，奧卡不殺了他全家才怪。雅星和維戈、雷格、越劍雖不好說什麼，但統一行動是必然的，這是我們幾個兄弟間的默契，我既然來了，他們又怎麼能不動手？」

「但只憑藉秦大哥的凌原兵團，並不足以對映月帝國造成什麼重大打擊啊！」

「明月姐姐，妳認爲凌原兵團實力如何？」

「凌原兵團滿員只有二十萬人馬，加上預備隊也就四十餘萬人，映月帝國在聖靜河防線兵力足有六十萬，秦泰大哥占不到任何便宜。」

「哈哈，明月姐姐，妳錯了，銀月洲計有兩個整編兵團，妳忘了還有一個驚雲兵團在銀月洲嗎？驚雲兵團雖然被我取消了番號，但秦泰大哥早就把驚雲兵團補充訓練完畢，加上預備隊、藍衣眾、黑爪，實力如何？」

明月公主這才吃驚地說道：「你早有準備了？」

「哈哈，西征的計畫早在幾年前就定好了，腦部早有具體的計畫，這次我深入星月聯盟，只不過促使其提前實施而已，另外，相信雷格藍羽騎兵兵團和藍鳥騎士團很快就會從西星南下，兩線作戰，南北夾擊，妳認爲情況如何？」

「雷格也會南下，那征西星的部隊夠嗎？」

聖王天雷臉色一肅，然後誠懇地說道：

「明月姐姐，西征計畫勢在必行，目前，帕爾沙特自保不足，越劍已經平定了北海，六十萬大軍從北線夾擊南進，前鋒北蠻三兄弟和南彝彝雲松部一直在向西南攻擊，維戈和雷格手中有一百萬大軍，抽調藍羽和藍鳥騎士團並不能對西線造成什麼重大影響，維戈手中有足夠的兵力擊敗帕爾沙特，況且，這是早就制定好了的作戰計畫。」

明月公主呆呆地坐著、想著，許久才喃喃自語地說道：

「從繁星城開始分兵，維戈和雷格各自統領一部，維戈向西，保持對帕爾沙特施加壓力，持續打擊，雷格率領機動兵團快速轉進，斜向西南，遠距離奔襲映月，造成映月西星間聯繫中斷，各自爲戰，映月以南，秦泰凌原兵團跨河攻擊，水軍全力配合，加上藍衣眾、黑爪等獨立部隊參戰，使映月南北兼顧；西星北側，越劍率領北方面軍攻擊前進，使帕爾沙特兩線作戰，天雷，統一大陸的最後一戰開始了嗎？」明月公主突然激動地問。

聖王天雷看著明月公主，輕輕地點頭說道：「是的，明月姐姐！」

明月公主直愣愣地看著天雷，機械地問道：「天雷，你將自己置身於險地，居中指揮，你要親自參與統一大陸的最後一戰，感受大戰的氣息，看著萬馬奔騰，千軍搏殺，看著西方千萬子民在藍鳥軍的鐵蹄下呻吟，看著我爲了父母、兄弟姐妹痛苦地掙扎，天雷，你這不是魔鬼是什麼？」

「姐姐，妳要原諒我，統一大陸是大勢所趨，時代發展的必然，我要讓戰爭從大陸上徹底消失，讓天下所有的百姓從此後不再受戰亂之苦，爲了這個崇高的目標，藍鳥軍有必要消滅一切阻礙歷史進程的人。我知道姐姐妳很苦，但是映月不願意放下手中的武器，要與藍鳥軍拚個你死我活，我有什麼辦法？我已經給他們機會了，姐姐妳回來不就是處理這件事情嗎？藍鳥王朝是我一手締造的，但並不是所有的事情都是我說了算，統一大陸是所有藍鳥軍將士的共同心願，是腦部的集體決定，有沒有我並不能改變什麼，當初映月西星進犯中原，就應該知道他們應當承擔什麼樣的後果。」

「天雷，我應該怎麼辦？」明月公主倒在了天雷的懷中。

「姐姐，別怕，有我在，沒什麼事的，妳放心就是！」

「天雷……」

晚上，楠天來到了月落宮。

聖王天雷見楠天匆匆而來，知道有事，於是問道：「楠天，什麼事情，說吧！」

「聖王！」楠天四下看了一眼，遲疑不決。

「沒事，你放心說就是！」

「聖王，黑爪派人來找您，軍師和幾位元帥已經知道了你的事情，藍衣眾已經到達了銀月洲，正配合凌原兵團發起對映月的攻擊，目前已經突破聖靜河防線，藍衣眾重劍營已經到達了攬月城下。」

「越劍和維戈、雷格在幹什麼？」

「越劍元帥已經開始進攻了，目前沒有受到什麼巨大的阻力，大軍進展順利；維戈、雷格元帥也快要行動了。」

「很好，你告訴奧卡，不要難爲秦泰與列科，這不關他們的事，同時讓各路放心，我沒事，該怎麼辦就怎麼辦，不要以我爲念，相信我要走還沒有什麼人能攔得住我！」

「是，聖王！」

「楠天，星月聯盟內的各路黑爪等人暫由你全權指揮，該做些什麼，相信黑爪比我明白，你放心做就是，不要把時間和人力浪費在我的身上。」

「是！」

「通知下去，所有藍鳥軍等不許靠近小月山月落宮一步，否則軍法從事！另外，凡是不反抗的月落宮子弟不許傷害！」

「是！」

「約束各路將士，不許傷害百姓，盡可能減少破壞，以最小的代價完成西征任務！」

「是！」

「明月姐姐，妳還有什麼要吩咐的，我一併傳下去。」

「天雷，謝謝你！你已經做得夠多了，如有可能，請儘量不要攻陷月落城，以和平解決爲上！」

「我會盡力的！」

「謝謝！」

「楠天，吩咐下去，放手施爲吧！」

「是！」

同一天時間內，藍鳥軍南方面軍、西方面軍、北方面軍二百二十萬將士，展開了有史以來的最大的一次戰略包圍戰。

史稱「最後的聖戰」。

第八章　虎傲平崗

世上沒有不透風的牆，聖王天雷在圓月教月落宮內住了將近兩個月，日夜陪伴著明月公主，自然會使圓月教的弟子產生懷疑，私下議論的聲音漸漸地多了起來，起初沒有引起聖皇月影的注意，但時間一長，流言就多了，漸漸地傳到了月影的耳裏，他心下一轉，能日夜陪伴女兒的人只有一個人，當然是夫婿了，但明月的女婿非是旁人，聖皇月影怎麼想也不會認爲是聖王天雷親自過來，所以只好派人監視，探聽消息再說。

在其後的一個月時間內，聖拉瑪大陸的西方發生了驚天動地的變化，而這一切，都與聖王天雷與明月公主息息相關。

映月帝國的四月雖說不上溫暖如春，但天氣也不是很冷了，畢竟季節已經進入了春季，溫暖的風正從東南吹來，積雪融化，萬木開始復甦。

而西星帝國的四月也同樣如此，甚至於比映月還要快幾天，季節的差異因爲地區的關係而有所不同，西星大地上的小草已經吐出了尖綠，風裏傳遞著春天的氣息。

但映月西星兩國所面臨著同一樣的事情，是藍鳥軍在步步緊逼，漸漸地收縮包圍圈，地盤在一天天地縮小。

在聖拉瑪大陸風起雲湧之際，小月山與月落宮同樣不平靜，映月帝國朝廷派出了許多暗哨監視小月山動靜，同時，對月落城的檢查也嚴了許多，這樣一來，就不可避免地有黑爪露出了蹤跡，他們爲了聖王的安全，已經放棄了自身的安危，散落在各處，與映月的秘爪進行周旋，雙方暗殺的事情時有發生，形勢越來越嚴峻。

聖王天雷在小月山已經住了兩個多月了，要不是天月大師飛升，明月公主情緒低落，天雷也許早就離開了，但是，在這種情況下，他不願意離開月落宮與明月，所以一直拖到現在。如今，聖拉瑪大陸西方展開了全面的戰爭，藍鳥軍爲了他的安全提前展開了戰略進攻，多傷亡的人不問可知，特別是雷格率領三十萬人馬出繁星城向西南攻擊前進，明顯地可以看出是爲了策應他，雷格受到的壓力非常大，映月帝國動用了所有的騎兵部隊及精銳步兵軍團，拚死抵抗、熬殺，雷格每向前一步都要付出血的代價，加上西星帕爾沙特從後方搞鬼，雷格兵團的日子並不好過。

至於南線、北線及東線，天雷並不擔心，因爲他們後方穩定，無後顧之憂，只要穩步前進就沒有什麼大閃失，所以聖王天雷最惦記擔心的就是插入映月、西星中間的雷格兵團。

映月朝廷的動作，天雷也非常清楚，就是要確定自己是否真的就在月落宮，山下的零星搏鬥也促使天雷有提前離開的想法了，這不僅僅是他一個人的安全問題，他涉及到千百萬優秀藍鳥軍士兵生命的大問題，他不能因爲自己，把士兵置於險地，白白犧牲。

有了這樣的想法，天雷在離開前，自然要與明月商量一番，爭取能勸明月跟隨自己離開，至於圓月教，天雷根本就沒有把它放在心上。

「無痕，你有事情？」

「明月姐姐，我想離開了，妳是否與我一起走？」

明月公主沉默了一會兒，然後說道：「無痕，你離開也好，省得我擔驚受怕，而藍鳥軍爲了你拼死向前攻擊，這要犧牲許多人。不過，在戰爭沒有結束前，我是不會離開小月山的！」

「姐姐，映月一族已經拋棄了妳，妳又何必爲了他們苦了自己，如果妳擔心血親和圓月教的姐妹，只要他們放下武器，我赦免他們就是，妳還是跟我走吧！」

「不，無痕，是我爲了你首先背叛了他們，並不是他們拋棄了我。我犯下如此滔天大罪，父皇爲了維護皇家的威信而與我決裂，而沒有對我採取任何措施，這份情誼你感受不到嗎？無痕，就衝著這，我也不會離開，更何況，月落城和圓月教幾百萬子民的生死都在你一念之間，我一定要爲他們盡最後的努力。」

天雷沉默了一下，明月公主說得不錯，明月會走到今天這般地步，可以說全都是爲了他，從私人的感情上，他認爲明月做得對，於是他說道：

「姐姐，我瞭解妳的良苦用心，我會盡力，但是，事情並不是妳想像的這麼簡單，戰爭是需要死人的，而且戰爭並不能因爲我而改變什麼，歷史的進程是蒼天所恩賜，人力不可逆轉，我們只有順應天意而盡人力。既然姐姐決心已定，我就不再說什麼，只希望姐姐保重，不要做出過激的行爲，以後的事自有我來處理！」

「無痕，謝謝你，明月能與你成爲知己一生足矣，更無它求，你放心就是，我會保重自己的！」

天雷再次沉默，一會兒後他起身說道：「既然如此，姐姐，我就告辭了！」

明月公主輕點了下頭，起身說道：「無痕，你小心了，儘快回去，不要以我爲念。」

「姐姐，保重！」

「保重！」

天雷轉身走出，明月公主並沒有相送，但淚水已經掛滿腮邊。

天雷回到自己的房間，楠天已經恭侯多時了，見天雷進來，立即高興地問：「聖王，可以走了嗎？」

「走吧，楠天，在小月山一帶不要動手，儘快向北靠近。」

「向北？不與藍衣眾會合嗎，難道要與藍羽會合？」

「正是！」

「聖王，這太危險！」

天雷瞪了楠天一眼，嚇得楠天不敢再說什麼，對於楠天，天雷多有喜愛，跟隨自己這麼長時間了，楠天的苦沒少吃，從私人的感情上說，天雷對楠天充滿了感激。

「走吧！」天雷帶領楠天大步走出了月落宮，直下小月山。

在二人動身的那一刻，明月公主的眼淚再次流了下來，她漫步走出宮門，癡癡地望著天雷漸漸消失的背影，無聲地哭泣。

隨著天雷步下小月山，映月京城內立即掀起了狂風暴雨，聖皇月影幾乎同時就接到了消息，他又是激動又是氣憤，聖王雪無痕對於女兒的情誼令他感動，但這份藐視映月的氣焰也令他非常生氣，同時，當此聖拉瑪大陸大戰的時刻，雪無痕竟然敢隻身前來映月，無疑也給了映月帝國一個機會，雪無痕是藍鳥軍的靈魂人物，只要消滅了，他藍鳥軍就會不戰自亂，爲了映月的千秋基業，爲了自己的中原夢，犧牲女兒的幸福也是在所不惜，於是，聖皇月影立即命令映月帝國月魂衛高手出動，截殺雪無痕。

天雷自然知道他步下小月山將面臨一個什麼樣的情景，但是他並不害怕，更有一股無名的興奮與憤悶，好似要發洩一番，伴隨著他心情的變化，身上的氣質也隨之而變，氣勢龐大了許多，漸漸露出一股霸氣，天雷心想：

「來吧，來吧，讓映月人見見藍鳥聖王是何等的氣勢，何等地傲視西方群雄，月影，我來了。」

楠天跟隨在天雷身後，被他的豪氣所感染，心情也漸漸激蕩起來。常言說得好，什麼人帶什麼兵，聖王和楠天的情況正是如此，楠天跟隨聖王一路西來，常常是膽戰心驚，非常害怕，但楠天並不是因爲自身的安危而害怕，他是爲聖王的安全而擔心，如今事已至此，楠天反倒放下心來，想到憑聖王的蓋世身手與自己的武功，加上周圍黑爪的配合，映月人想留下聖王也不是那麼容易，況且聖王自己一點也沒有把映月西星的好手放在心上，自己還有什麼擔心的，絕對不能給聖王丟臉，讓映月人小看了自己。

兩人從小月山下來，一路向北走，漸漸地偏離了月落城的市區，進入城北地區，順大路一路北行，身後的人漸漸地聚集在前後左右，暗中形成對聖王天雷的保護網。

「楠天，吩咐下去，武功差一點的不要跟隨在左右，最好繼續在映月國內潛伏，在如今這種局面下，他們起不了多大作用，反不如讓他們發揮所長，以收集情報與探聽消息爲第一任務。」

「這個……聖王，我們的人手是否少了點，不如讓他們距離遠一點跟著，如何？」

「不必，楠天，他們起不了多大作用，也不頂什麼事，倒不如讓他們徹底地離開，省得白白犧牲！」

「好吧，聖王！」

楠天向身後打出了一連串的手勢，隨後，遠處有人開始離開，不再跟隨。

從銀月洲帶出來的十人，這時候已經漸漸靠近了天雷和楠天的身邊，他們雖然不清楚聖王的身分，但天雷的氣勢就使他們明白，這是一位相當大的人物，而作爲藍鳥軍凌原兵團的好手，他們在出發前就有了死的覺悟，生死對於他們來說，早已經不放在了心上。

「楠天，周圍有多少好手？」

「回聖王的話，黑爪奧卡派出了一百六十七人，加上藍衣眾跟來的好手，一共三百二十人，實力不差。」

「很好，他們大都不知道我的身分吧？」

「是，聖王，除領隊的人外，幾乎很少有人知道這次他們的具體任務，秦泰派來的十人更是不清楚。」

「這……楠天，告訴他們具體情況，不要讓他們因爲什麼而犧牲的都不清楚，我看這樣吧，前面有一處樹林，讓他們領隊過來我見見，另外，你派人向雷格傳遞消息，就說我很好，正在向北移動，前去與他會合！」

「是！」

兩個人腳步不停，不久來到不遠處的一座小樹林，楠天早已經打出了手勢，十幾個人正在加速向前趕過來。

天雷剛剛站定，身後不遠處的十名銀月洲的好手就跟上來了，他們見天雷和楠天站在林中，忙過來問好，領隊的大隊長躬身施禮道：「大人好，有什麼事嗎？」

楠天低喝一聲道：「還不快上前見過聖王！」

十人聽得清楚，在目瞪口呆中不由自主地跪下，大隊長愣了片刻才顫聲說道：「小人拜見聖王！」

天雷微微一笑道：「都起來吧，你們十人表現都很好，回去後我會爲你們記功的，這位是藍衣眾統領楠天大將軍。」

「小人拜見楠天大將軍！」十人再次拜倒。

楠天上前一步，低聲說道：「都起來吧，保護聖王的安危是我的責任，也是大家的責任，今後大家要齊心協力面對困難，如果成功而返，我將把你們招入藍衣眾中。」

「謝大將軍！」

這時候，十幾個大漢快步來到近前，翻身跪倒在草地上，嘴裏齊聲說道：「小人拜見聖王！」

「大家都起來吧，一路辛苦了！」天雷微笑著讓大家起來。

「聖王辛苦！」言罷，規矩地站在一旁。

天雷臉色一肅，然後說道：「這次大家跟隨我深入敵國，相信大家都知道即將面臨的是一個什麼樣的局面，但是我相信，你們都有深刻的覺悟，也並不害怕，否則你們就不會來了，這使我很高興並感到非常的安慰，你們是王朝的勇士，真正的勇士，只要這次大家不死，我會記得每一個人。吩咐手下的兄弟們，讓他們知道是爲誰而戰鬥，讓每一個勇士都明白他的忠誠獻給了誰。楠天，記著每一個人的名字！」

「是，聖王！」

「謝聖王！」

在場的人沒有一個不是激動萬分，熱淚盈眶。作爲一名軍人，他們早就把自己獻給了軍隊，獻給了王朝，獻給了他們無限崇敬的藍鳥聖王，如今他們就面對著他們心中的王，並爲了保護王而作戰，他們就是死也感到無限的光榮。

「聖戰已經接近了尾聲，映月西星註定了要走向滅亡，藍鳥王朝必將一統大陸，新的時代就要展現在大家的面前，而你們正是親手締造了新時代的人，歷史會記得你們每一個人，王朝的歷史上會銘刻上你們的名字！」

「是，聖王！」

「楠天！」

「在，聖王！」

「吩咐兄弟們分散開來，以小組爲單位互相配合，要以最小的代價贏得最大的收穫，儘量減少損失。」

「是！」

楠天隨後與幾位黑爪的小隊長商討，銀月洲來的十人站在一旁，他們激動地望著聖王天雷那張從容不迫的臉，心中的崇拜之情浮現在臉上、眼裏。

「走吧！」

「是，聖王！」

以楠天爲總指揮，銀月洲的十名好手爲貼身衛士，聖王天雷繼續北行。中午時分，他們在一座小鎮上用飯，然後繼續向北，路上不時地看見映月的騎兵匆匆而過，急向北趕路。天漸漸地暗了下來。

一天的時間內，聖王天雷一行向北遠出四十餘里，晚間的時候才在一座小村內休息。

映月帝國派出追殺的好手有兩千餘人，分成四個中隊，每隊五百人。他們一路上跟隨天雷向北走，並不急於動手。聖皇月影曾經吩咐過，不要在京城月落城一帶動手，怕傳出去影響整個映月人的士氣，要讓老百姓們知道了藍鳥聖王雪無痕孤身前來映月，一定會沉重地打擊百姓的士氣，使映月百姓在藍鳥軍面前抬不起頭來。另外，聖皇月影也害怕圓月教從中破壞，要是明月不顧一切地援手雪無痕，事情就壞了。

映月帝國月魂衛隊是聖皇月影的親衛隊，相當於藍鳥王朝的藍衣眾，其中聚集著映月一族所有的軍中好手，圓月教中的優秀弟子無數，而映月武林人士也不少，他們爲了映月一族的存亡而不惜一切了。

這次行動的總負責人是金月。金月年近四十，高大威猛，武藝也非常好，更重要的是，他一直是映月帝國月魂衛隊的總領，忠誠無二，並曾經與聖王雪無痕見過面。十幾年前的三大帝國軍事比武大會上，金月曾見過雪無痕，並給他留下深刻的印象，有金月前來執行，也絕對不會把人搞錯，聖皇月影自然放心。

金月對聖王雪無痕一行的行蹤調查得非常清楚，保護的人員基本上也心中有數，但金月知道雪無痕的武藝非常的好，況且他詭計多端，想留下雪無痕也不是件容易的事情，同時也嚴防雪無痕脫離監視範圍，被其趁機走脫，所以把兩千人分成四隊，撒開大網，正等待一個最佳的機會收網。

白天的時候，聖王走得並不快，一路向北行，一點也沒有隱藏蹤跡的意思，讓金月心生敬佩，如果不是因爲民族間的戰爭，金月倒希望兩個人能成爲好朋友。同時，金月也把公主明月與聖王雪無痕聯繫在了一起，他曾偷偷地觀察過雪無痕，見他氣度非凡，雍容華貴，與明月公主非常相配。

金月與明月公主從小一起生長在圓月教內，受圓月教的指點練習武藝，當然，明月的地位要比他高得多，金月雖然是武將的兒子，本身並帶有爵位，但與公主明月還是不能比，他雖心中暗戀明月，卻不敢表現出來。

映月帝國遠征中原的時候，金月曾經跟隨在明月的身邊，明月率領映月軍橫掃北平原，擊敗聖日帝國軍隊，步步緊逼，向聖日的都城不落城靠近，一度使金月成爲明月的崇拜者，但好景不長，明月背棄了帝國與軍隊，私自消失得無影無蹤，使舉國上下傷透心，金月個人也不例外。

但如今，這個當年把明月公主拐帶走的人就在自己的眼前，況且，雪無痕是映月帝國所有百姓眼中的大敵人，金月還得忍住不出手，這份忍耐力也真難爲了他，但金月明白對於雪無痕必須一擊必中，否則後患無窮。

天色漸晚時，金月見雪無痕一行在小村內休息，暗自高興，夜間是最好的殺人場，況且離開京城月落城已有四十餘里，下手正是時候，也是最好的地點。

「各部都在什麼位置？」

「回總領的話，二隊在東十里處休息，三隊在西十二里處，四隊遠在北，並有一個大隊三千人的軍隊在一起攔截，如果晚間動手的話，正是最好的時機。」

「傳令下去，半夜時分開始動手，各部要儘早休息，保持最佳的狀態與體力，不得有誤！」

「是，總領大人。」

月魂衛軍各部抓緊時間休息，等待著最後進攻的時刻。

天雷一進入小村後，幾十戶人家立即就被黑爪控制住，吃過晚飯，天雷對楠天說道：

「吩咐兄弟們利用時間休息，我估計半夜時敵人就會動手，我們要在一個時辰前做好撤離的準備，還有近兩個時辰的休息時間，抓緊時間恢復體力。」

「是！」

「楠天，不要傷害百姓，也不必看著他們，告訴他們，我們休息一會兒就走，不會對他們進行傷害。」

「是！」

「去吧！」

不久，楠天返回，對著天雷說道：「聖王，我已經吩咐下去了，你還有什麼事情？」

「你也趕緊休息一會兒，然後我們倆出去一趟，看看敵人的動靜。」

「聖王，這件事情讓他們做就行了，何必你親自去做？」

「楠天，知己知彼，才能百戰百勝，我們要知道敵人到底來了多少人馬，是什麼樣的身手後才能行動，畢竟我們身邊有三百多名好手，這些人都是黑爪的精銳，損失了太可惜，能減少一分是一分。」

「是，聖王。」

「你先去休息一個時辰，然後我會叫你。」

「是！」

楠天下去休息，天雷自己也調息一番，一個時辰後，他吩咐身邊的大隊長帶人守護小村，不要驚慌，自己帶著楠天出去，一路向北潛行。

月光如水，明亮如鏡，忽隱忽現的雲在天空中流動，不時地從明月前掠過，空氣涼爽，帶著春的氣息。

天雷和楠天一路小心翼翼，隱匿行蹤，路上摸掉了幾個暗哨，向北潛行了近二十里，來到了一座小鎮，見鎮上駐軍不少，有一個大隊的規模，全部都是騎兵，巡邏的士兵不少，戰馬都圈在幾個院內休息。

天雷摸進了鎮內，以他的身手如一掠而過，他挨著屋子看了看，見不少於五百個好手在不同的房間內休息，氣息忽長忽短，有的凝重，有的輕柔，使用的武器也各不相同，明顯地可以看出是不同出身的人。

但不管他們是何派出身，全部是前來截殺自己的卻毫無疑問，天雷心頭火漸漸升起，對楠天說道：「你回去通知我們的人過來，我先觀察一陣，然後在此會合。」

「是！」

楠天走後，天雷越看越火大，這些人都是好手，如果截殺自己，身邊至少有近半的人會被留下，加上一個大隊的騎兵配合，能走的人根本就沒有幾個，況且天雷相信，月影絕對不會僅僅派出這一路人馬，其他方向必然還有，他們是存心想留下自己。既然你不仁，又何必我要義，想到此，天雷迅速展開了行動，他從腰間拔出了幻月短劍，身形一掠而過，在每一個房間內停留一會兒，劍光如梭，從脖子上掠過。

以聖王天雷的身手，如心存暗中殺人，在黑夜中幾乎沒有幾人能看得清楚，半個時辰後，他已經走了一小圈，把近五百名好手斬殺在火炕之上，其間甦醒的幾人被他以更加凌厲、雷霆的手段擊殺，倒沒出任何動靜。

半個時辰後，楠天返回，見月下天雷如死神一般展開擊殺，也是嚇了一身冷汗，同時心生敬佩。

天雷見楠天回來，忙問道：「這麼快，沒發生異常情況吧？」

「沒有，聖王，我在快進村的時候碰見了暗哨，然後就返了回來，兄弟們也快到了。」

「楠天，你去接應，我到前邊再看看，吩咐兄弟們到了此處後，立即搶奪馬匹，然後向北急行，不可戀戰！」

「是！」楠天答應一聲，立即消失在黑夜中。

聖王天雷重新返回，到馬圈附近觀察一番，見幾千匹馬在兩處大院內看押，幾十名士兵在巡邏守候，無精打采的樣子，沒有感到什麼特殊情況，心下稍安。這駐守在此地的三千騎兵並非專門截殺他們的隊伍，而是向前方前線趕路的部隊，他們從京城以西較遠的地區調過來，正巧趕上今天這事，月魂衛立即把他們留下，以備不時之需，在他們的心中並沒有感到事情是這麼的重大。

兩刻鐘以後，楠天已經接到了先頭趕過來的人手，後方敵人已經發現了黑爪離開的消息，立即燃放煙火，命令各部截殺，從東、南、西三面趕過來的月魂衛正盡全力向小鎮方向趕，並從三面實施包圍，好在楠天已經提前通知大家離開，斷後的人也是好手，邊打邊退，壓力並不非常大。

楠天趕過來後，立即對天雷說道：「聖王，兄弟們已經過來了，是否立即行動？」

「馬上奪取馬匹，到手後立即向北撤，不要耽誤時間，在敵人合圍前衝出包圍圈！」

「是！」這時候，幾十條人影已經趕了上來。

「快，跟我來！」

楠天低聲招呼一聲，向前掠去。背後的重劍隨著身形的起伏而順勢抽出。楠天直奔巡邏隊而去，重劍揮舞間，幾個人已經倒了下去，這時餘下的人才大聲叫喊起來，舉兵器抵抗。

後上來的人立即對楠天進行了支援，他們都是好手，對於普通的士兵自然應付自如，沒有費多大的勁，把幾十個看守士兵斬首在地，然後向戰馬掠去。

天雷一手提弓，一手提幻月寶劍站在一堵牆上，身後揹著兩壺箭，正縱目光向遠處打量，見許多人快如飛一般向前掠來，十幾條人影在邊打邊撤，弓弦聲在夜晚顯得格外的清脆，中箭人的慘叫聲劃破夜空，格外的淒涼、幽長。

路過天雷身邊的人都略一停頓，但天雷揮手讓他們向後趕，儘快奪取馬匹，這時，楠天已經完成了奪馬的任務，許多人正向北撤，楠天見天雷還在牆上，忙過來說道：「聖王，快撤吧，敵人快上來了。」

天雷還劍入鞘，低聲對楠天說道：「讓各隊立即撤離，留下幾個兄弟掩護後面的人，把馬匹備好，快！」

這時候，側院內的騎兵人已經起來了，並紛紛提兵器向這面趕過來，幾百人亂轟轟的一團，早幾名軍官的組織下正向東院趕過來。

天雷抽箭入弦，箭如流星般飛射而出，裂空的箭哨聲淒厲，把百米外的兩名騎兵射穿在地，巨大的衝擊力把箭定在地上，入土近半，騎兵立即趴在地上，天雷弓箭不停，箭箭奪命，在淡淡的月光下如一個死神一般。

護衛天雷的幾個好手見聖王一心殺敵，也不多說話，立即舉弓就射，也是箭箭奪命，從南方過來的人已經進入了鎮口，正向此處撤過來，見有人掩護，毫不猶豫的飛掠而來。

天雷低聲問道：「還有人嗎？」

一個黑爪小隊長一見天雷大吃一驚地回答道：「沒有了，聖王，你怎麼還不撤退，這太危險了，你快走我們掩護！」

天雷在月光下微微一笑道：「沒事，弟兄們沒事就好，撤！」邊說邊把手中的箭射出。十幾個人翻身上馬，提韁繩向北鎮口奔去，楠天緊挨著聖王天雷，手提重劍在保護，天雷回頭向後望，見月光下幾條人影飛快地向前趕來，心頭火起，他彎弓搭箭，快如閃電般射出一箭，把最前面的一人射穿在地，隨後又連環發出三箭，把前方的幾人射倒。

戰馬帶起塵灰，一溜煙地向北奔去。

小鎮亂作一團，人喊馬嘶，不久，轟鳴的馬蹄聲震響，向北追了過來。

天雷一行順大路向前趕路，戰馬在他們的催促下飛奔，三百人成一條線，不敢稍加停留，一夜的激戰，眾人突出敵人的包圍圈，傷亡不大，只有十幾個斷後的人永遠地留在了後方，其餘安然無恙。

楠天雖然沒有親自參加戰鬥，但也是最忙的一個，他前後接應還要組織人馬突圍，忙前忙後，汗水已經打濕了衣衫，如今跟在聖王天雷的身側，才有時間擦把汗水，嘴裏低聲地問道：

「聖王，就這麼一直向北嗎？」

「對，讓兄弟們不要停，順路向北就是！」

楠天立即吩咐旁邊的一人催馬向前趕去。

快天亮的時候，眾人已經奔馳了兩個半時辰，人馬都相當疲憊，借著朦朧的月光，不遠處閃出一座小村莊，天雷立即命人到小村打探情況，準備休息一會兒，吃點東西然後再趕路。

一陣奔出兩百餘里，後方的馬蹄聲已經不可聞，估計敵人也已經疲倦了，人可以忍受，但戰馬可不行，必須休息，眾人要不是逃命，絕對不會像這樣催馬，整個馬背上也全是汗水。

小村在馬蹄聲中甦醒了過來，雞飛狗跳，眾人挨家挨戶地尋找能吃的東西，並儘量地多帶上一些，有幾個條件好的家庭立即升起了炊煙，抓緊時間做飯，眾人把馬鞍卸下來，爲戰馬擦汗飲水，餵一些糧食，同時用手鬆弛馬匹的肌肉，爭取儘快地恢復戰馬的體力。

金月這時候幾乎已經瘋狂，他不停地破口大罵，並要求眾人起程，但沒有戰馬的眾人速度快不起來，用腳步怎麼能趕上四條腿的馬，所以眾人雖不言語，但也沒有行動。

小鎮上的戰馬並不少，但天雷等人已經帶走了大部，又驅趕走許多，一時半會兒要組織起來有效地追趕，也非常的困難，金月雖然知道自己的要求過分，但他還是忍不住催促，同時，信鴿四起，要求北方各地的駐軍協助攔截，爭取延遲眾人的時間與速度，使他們儘快地趕上。

但黑夜是最好的掩護，儘管信鴿速度比較快，又很方便，但在夜晚也容易迷路，效果並不好，一直等到天亮，當第二批信鴿飛起時，兩方的距離已經有幾十里了。

京城月落城距離北方邊境重城北月城只有六百餘里，加上月境城也不過七百餘里。目前，藍鳥軍藍羽騎兵兵團和藍鳥騎士團正在北月城前方一帶，以藍鳥騎士團爲前鋒，向前攻擊前進，雖然速度不是很快，離開北月城的距離也不是很遠，但藍鳥騎士團的聲威還是使映月的各個軍團有所忌憚。

映月帝國緊急向北增調騎兵部隊，爲了加快速度，各部從不同的地區分別向北方前線趕，目前全部集結在京城以北兩百里外至北月城之間，並開始集結整合，以便編隊。

聖王天雷一行如今正趕到這一地區，雖然距離北方前線只有三百餘里的路程，但也是最危險的一段，前方敵人重兵集結，要穿越映月帝國精銳部隊組成的北部防線也是非常困難。

目前，天雷的位置與藍鳥騎士團的位置正在一條線上，距離三百餘里，互相之間並不瞭解對方的具體情況，騎士團代理主帥溫嘉次帥還不知道聖王正在向北趕路，在前往與他會合的路上。

眾人在小村休息了一個多時辰後，天雷命令大家起程，經過一陣休息，戰馬體力有所恢復，眾人簡單地吃了點東西，不敢多加停留，繼續趕路。越往北走，天雷的心越加忐忑不安，倒不是因爲自己，而是跟隨在身邊的這幾百名兄弟。

騎著戰馬，穿著映月士兵的服裝，路上不仔細盤查，還真看不出他們這三百來人是敵人，還認爲是向北方前線趕來參戰的騎兵部隊呢，起初眾人還算順利，遇見幾支小規模的部隊，都讓他們矇混了過去，黑爪大都精通映月語言，聊幾句就算了，在如今北方危急的時刻，能有如此熱情高漲的勇士前往前線參戰，許多人都備受鼓舞，對他們的一點疑慮立即風吹雲散。

但太陽升起後不久，路上盤查的就比較嚴格了，每前進一段都要受到當地駐軍的嚴格檢查，天雷一行雖然看似映月的士兵，但並不能經受得起仔細的盤問，許多破綻在有心人的眼裏，一下子就成爲了可疑之處，在前進百十里後，他們的行蹤終於暴露了。

第九章　龍翔淵海

經過兩波檢查，總算沒有出現什麼大事，被矇混過關，但天雷明白這只是暫時的，危險還在後面，果然前方路旁閃出了一片營地，大路上百十名士兵對過路的部隊仔細盤問，一行人並不說話，能混就混過去，不行只好硬闖了，眾人也是早有準備。

「你們幾個，停下接受檢查！」一個士兵喝道。

眾人跳下戰馬，手裡拉著韁繩，兵器放在順手處，緩步向前走去。

黑爪的一個小隊長快步向前，邊走邊笑道：「兄弟們辛苦了，我們是西南增援來的騎兵，人數雖然不多，但保衛帝國的覺悟還是有的。」

檢查站的幾個士兵聽見小隊長的話，神情一緩，其中的一人也笑道：「老兄們也辛苦了，沒有辦法，上命所派不得已而為之，請諸位老兄原諒。」

「應該的，應該的，喏，就這三百零一個兄弟，全在這了，這是我們的調令。」

僞造信是黑爪們的拿手好戲，做一張假調令還真難不住他們。

士兵仔細地看了看手中的調令，順手還給了他，然後笑道：「各位老兄路上小心，聽說有奸細混進來了，如果發現，請立即報告。」

「當然，一定照辦，一定照辦！」

黑爪小隊長正想組織人過去，就聽見一個宏亮的聲音喝道：「且慢！」

一個軍官模樣的人走了過來，他順著人群走過去，挨個察看，從頭走到尾，又走回來，然後停在聖王天雷的身前，忽然問道：「那裏人，叫什麼名字？」

他見聖王天雷人氣質非凡，爲人出眾，混在這樣一個隊伍裏，顯得有點格格不入。

聖王天雷的映月話說得不怎麼好，只簡單的幾句口語還可以，況且語音的韻味也不是很純正，像這樣面對一個軍官的盤問，想對答如流卻不行，見軍官問自己，天雷就知道壞了。

既然如此，天雷倒也坦然，與其讓人家問出，倒不如先下手爲強，於是，天雷臉色一沉，提雙掌忽然印在了軍官的胸口上。

楠天就站在天雷的側身，見他臉色一沉，知道要動手，與天雷出手的同時抽出雙劍，向前猛搶幾步，掄劍就剁，檢查站上的幾名士兵當場血濺在地，人群頓時一陣大亂，黑爪飛身上馬，舉兵刃向前殺去。

轉眼之間，天雷和黑爪奔馳而去，身後一陣大亂，號角聲四起，向遠處延伸，軍營內人影閃動，不少人紛紛上馬，催馬追了上來。

遠處，許多騎兵也向路上趕，進行攔截。

楠天手提雙劍，一馬當先衝了過去，凡是攔住的人立即被他斬在馬下，黑爪一湧而上，殺開一條血路，急向前奔去。

聖王天雷混在整個隊伍的後部，一個映月騎兵舉槍當胸便刺，天雷雙眼寒光一閃，右手一動抓住槍桿，微一用力，騎兵立即向天雷馬前倒來，左手一掌把他劈出老遠，手中大槍一順，槍尖連點，剛趕過來的兩名騎兵被他刺穿胸膛，倒落馬下，天雷雙眼四下一掃，然後催馬就走。

聖王天雷神功蓋世，槍法舉世無雙，如今利刃在手，幾乎沒有人能靠近馬前，在天雷一條大槍的照應下，敵人紛紛落馬，後部的黑爪立即衝了出去。

一行人邊殺邊走，急向北行。

與此同時，遠在北月城附近的藍鳥騎士團也接到了一匹快馬，馬上之人一身映月士兵的服裝，嘴裏大口地喘著氣，不停地催馬，遠處騎士團的官兵見一名敵人衝了過來，立即斷喝一聲：

「什麼人，快停下，否則放箭了！」

「莫要放箭，我是黑爪，有王的消息！」

騎士團的官兵大吃一驚，立即報告給了次帥溫嘉，溫嘉片刻也不敢停留，大踏步走出，見一名士兵被押近身前，忙問道：「你是什麼人，聖王在那裏？」

黑爪喘了口起，這才對上暗語，然後把聖王怎樣離開月落宮，怎樣在小樹林內與眾黑爪見面，坦誠身分，又怎樣夜襲小鎮，目前正向北來，自己怎樣接受楠天大將軍的命令，星夜報訊等事情說了一遍。

次帥溫嘉一點也不敢產生懷疑，寧願信其有也不願信其無，他立即喝令道：「騎士團立即集合，馬上出發！」

然後，他瞥了報訊的黑爪一眼，又接著說道：「兄弟，先委屈一下，把你送到雷格元帥處，請原諒！」然後立即吩咐人把他向後方藍羽大營送去。

溫嘉飛身上馬，大喝一聲道：「帶三日的乾糧，其餘全部留下，出發！」當先催馬就走。

藍鳥騎士團的官兵聞言，紛紛把多餘的東西扔在地上，然後催馬跟上，在行進中重新編好隊形，向前衝去。

溫嘉心急如焚，同時也在心裏估算了一下，如今距離聖王的位置最多有三百里，如果這一段時間內，聖王一行又向北走了一段，頂多有兩百里路程，以藍鳥騎士團的腳程，半日可和聖王會合。他不停地催馬，整個隊伍擺成攻擊隊形，如長龍般向前趕路。

藍羽主帥雷格大營距離藍鳥騎士團不太遠，三十餘里路在戰馬的奔馳下，半個時辰就到了，騎士團中軍官帶著黑爪走見雷格的中軍大帳，雷格元帥正與亞文參謀長在看軍事地圖，忽然有人報告說，騎士團的中軍官帶一黑爪求見，雷格精神一振，感覺到有聖王天雷的消息，立即召見。

「羽帥，有聖王的消息！」中軍官也顧不得問好了。

「快講！」雷格也不在意，雙眼緊緊地盯住眼前的黑爪。

「事情是這樣的，前日……」黑爪迅速地把話重複一遍，雷格越聽臉色越沉，待黑爪說完，雷格額頭上的青筋幾乎都要暴了起來。

「亞文，你怎麼看？」雷格暴喝一聲，問道。

「這個……我看溫嘉做得對，這件事寧可信其有，不可信其無，況且這個兄弟說得夠詳細了，我看是真的，我們要立即行動，接應溫嘉！」亞文斷然說道。

「好！立即傳令藍羽準備，帶足三日的乾糧，立即出發！」

門口藍羽的中軍官立即答應一聲：「是，羽帥！」

號角聲立即響起，整個藍羽立即忙碌了起來。

雷格又詳細地詢問了一些有關聖王天雷的事情，越問越加信服，如果是奸細編的，也不會編出天雷與楠天的一些動作、習慣，行事作風，在雷格的心裏，已經確認了這個黑爪說得是真的。

雷格長出了口氣，對亞文說道：「你留下與威爾會合，要守住後方線，穩住陣腳，待我與聖王會合後再確定下一步，無論如何必須守住北月城！」

亞文點頭道：「是，羽帥，你要小心了，一旦與聖王會合立即後撤，不可戀戰，一切以聖王的安全爲第一要務！」

「我明白！」雷格說完，大踏步向外走去。

十萬藍羽騎兵跟隨雷格出發，其餘的人在亞文的率領下回歸北月城，與步兵軍團會合，亞文看著雷格與藍羽漸漸遠去的背影，心提得老高了。

聖王天雷與黑爪一路拼殺，闖過了也不知道多少阻截部隊，一直向北移動，在太陽快落山的時候，眾人才在一處靠小山的村莊稍微喘了口氣，略微休息，吃了口乾糧，給戰馬飲水，天雷望了眼四下休息的黑爪，還剩餘百十人，其餘之人都傷亡殆盡，他心一陣陣地疼痛，爲了他這些藍鳥軍最優秀的戰士不惜犧牲了自己的生命，來實現他們最崇高的誓言，天雷的眼前彷彿閃過一個又一個活生生的面孔，他們還年輕，但是，如今他們已經常眠在了異鄉的土地上了。

春天的黃昏十分燦爛、美好，晚霞把西邊的天映照得通紅，晚霞掛在天邊，絢麗多彩，望不到頭的地平線彷彿與天連在了一起，把晚霞襯托得更加的美麗。

映月的騎兵不時地閃現在地平線上，幾十個偵騎四下遊蕩，尋找著他們的蹤跡，戰馬的嘶鳴在原野上格外的清晰，成千上萬的大隊組成一張大網，從四下裏漸漸地收緊。

無數的村莊被映月騎兵蹚過，老百姓的喊叫聲震顫四野，軍隊從一個又一個的村莊走過，把他們懷疑的人就地格殺。

聖王天雷心中忽然掠過一絲的恨意，眼裏也流露出濃濃的仇恨意志，一直以來，爲了明月公主和兒子夢雷，他從沒有把映月當成真正的對手、敵人，也沒有一點的殺意，但是，自從他踏下小月山的那一刻起，這種恨意卻越來越明顯、強烈，隨著跟隨在身邊的人一個個的倒下，這種仇恨的意志終於讓他明白敵人就是敵人，敵人是會永遠想著要你的命，直到你倒下爲止。

天雷忽然感到好笑，笑自己癡，也笑自己傻，民族的戰爭並不能因爲一兩個人的私情而改變什麼，戰爭是用血鑄成，只有鐵血才能征服，才能消滅敵人。

楠天等人已經渾身是血跡，也不知道是敵人的血跡還是自己的血跡，每一個人的臉上都很疲倦，但眼裏卻流露出冷漠的光，這些鐵血的軍人永遠是那麼的倔強，永遠的忠誠。

「聖王，我們還需要休息嗎？」楠天來到天雷的身邊，低聲問。

天雷抬頭四下裏看了看，然後無奈地說道：「敵人的包圍圈相信距此已經不遠了，大家再休息一會兒，待夜幕降臨後再突圍，在黑夜中也許會好走些。」

「是，聖王！」

天雷忽然對藍羽有了一絲的思念，他感慨地說道：「也不知道雷格在那裏，得到了消息沒有。」

「聖王，以我的估計，如果不出現意外，羽帥應該得到了消息，而且正在路上！」

「楠天，你估計一下他們距離我們能有多遠？」

「這……最多百里，最少也就幾十里路了！」楠天安慰地說著，其實他心中也沒有底。

忽然，一個黑爪的小隊長跑過來興奮地說道：「聖王，我好像聽見了馬蹄聲，是重裝馬蹄聲！」

楠天忽然趴在地上，用耳緊貼在地面之上，仔細聆聽，一會兒他忽然大聲說道：「聖王，是重裝騎兵，一定是，決不會錯，我想是騎士團來了，對，就是騎士團！」

周圍的人一下子靜了下來，全部用精神在仔細聽，伴隨著大地的顫抖，馬蹄聲越來越響亮，在輕柔的微風中，忽隱忽現地傳來了藍鳥軍歌的聲音，伴隨著轟響的馬蹄聲越加的悅耳。

眾人心頭大振，眼裏的疲倦立即無影無蹤，天雷立即跳了起來，他激動地吼道：「上馬，全體上馬，向北殺，是藍鳥軍的歌聲，是藍鳥軍歌聲！」

沒有一個人不是激動萬分，這時候聽見藍鳥軍歌聲，比什麼音樂都動聽悅耳，它就如仙樂一般使人振奮，使人激動。

次帥溫嘉率領藍鳥騎士團馬不停蹄，半日間奔馳出兩百餘里，越過映月騎兵小股部隊無數，擊殺敵人也不知道多少，漸漸地，映月騎兵越來越多，但是，他們並不是向北方靠近作戰，而是像在搜索什麼，溫嘉人壯心卻細，心下一轉，確定敵人一定是在搜索聖王等人的行蹤，溫嘉大喜，聖王一定是在這一帶地區，而且敵人並沒有發現聖王的行蹤，這說明聖王是安全的，天已經漸漸地進入黃昏，騎士團想尋找到聖王的蹤跡也不是件容易的事情。很快他就想出了辦法，藍鳥軍歌，用藍鳥軍歌聲召喚著聖王，只要聖王聽見歌聲，他們一定會向騎士團靠近，於是，藍鳥騎士團的士兵們賣力氣地歌唱著。

藍鳥騎士團一路南行，越過村、鎮、城市幾十座，但溫嘉不敢讓眾人多加休息，聖王一行命在旦夕，遲到一分鐘也許就是千古遺恨，所以眾人只在馬背上吃一點乾糧，必要時為戰馬飲一些水，添一點食料，但人馬不休息，繼續南行。

映月騎兵部隊也不是不想攔截藍鳥騎士團，但是，在騎士團如雷霆般的攻擊之下一擊即潰，騎士團也不追趕，繼續南下，經過幾陣絞殺，已經沒有人願意阻擋騎士團的道路，他們只能遠遠地監視著藍鳥騎士團的行動。

這就使騎士團的速度快了許多，在黃昏時，終於使聖王天雷一行得到了騎士團的消息。溫嘉催馬前行，身後跟隨著近衛隊，兩翼騎士團的官兵成攻擊隊形排開，個個手提騎槍，兩眼中寒光四射。而在溫嘉的心中，這時候是多走一點路是一點，這樣一來，距離聖王就近一分，休息對於這時候的藍鳥騎士團來說，簡直就是奢望。

忽然溫嘉雙眼一凝，側耳細聽，遠處沖天的哨聲在騎士團轟鳴的馬蹄聲中格外的清亮，一浪緊似一浪，而這熟悉的哨聲立即使溫嘉熱淚盈眶，他抽出雙劍大吼一聲：「騎士團，為了聖王，前進！」

轟鳴的馬蹄聲立即緊了起來，而騎士團的勇士們個個精神大振，眼裏含著淚花，他們把大槍舉在胸前，大吼道：「為了聖王，前進！」

沖天的殺起立即騰空而起，吼聲不斷，不斷地與哨聲相符相依，伴隨著轟鳴的馬蹄聲，雙方的距離越來越近了。

遠處殺聲四起，人馬交錯，戰成一團，聖王天雷一身天王神功把黃昏的大地映成金色，金光四射，不停地閃動，而清亮的哨聲從沒有停止過。

映月幾百名好手正與聖王一行殺在一起。

金月將軍自從失去天雷一行的蹤跡後，不停地督促周圍的騎兵部隊幫助搜索，同時催軍北上，他明白聖王一行是要與北方的藍羽會合，方向絕對不會搞錯，只要一發現其蹤跡，立即全力展開圍殺，其間他得到了兩次消息，但都被聖王走脫，金月心有不甘，同時更是焦急，因爲他已經接到了消息，藍鳥騎士團已經趕過來了。

經過一個上午的搜索，金月將軍確定天雷就在前方這一帶休息，而且是在大軍的包圍中，於是，他把聖王天雷就在包圍圈的消息透露給騎兵的高級指揮官，並立即要求他們率部隊全力圍剿。騎兵將領自然是大喜過望，這是天大的功勞，自然不敢怠慢，騎兵的搜索圈逐漸減小，近晚時，他們終於確定了聖王就在前方不遠處的一個小村莊內休息。

金月將軍得到消息後，立即帶人趕過來，他身邊的月魂衛還有一千五百人，加上周圍的大軍總數在三萬以上，對於聖王，這幾百人應該不是問題。金月同時也知道藍鳥騎士團距離此處也不遠了，必須馬上行動。

天雷聽見藍鳥騎士團的馬蹄聲，立即帶人出小村向北趕，剛走出不遠就被發現，映月騎兵把他們堵個正著，天雷帶人猛殺，但月魂衛這時候也趕上來了，並且敵人是越來越多，他立即發出哨聲，與藍鳥騎士團聯繫，在這生死存亡的最緊要關頭，爲了手下的兄弟，他也只有盡全力了。

天雷運起天王神功，展開霸王槍法東擋西殺，周旋在敵人的中間，儘量減少黑爪的傷亡，但敵人實在是太多了，而且，月魂衛也是悍不畏死，全力強攻，要在藍鳥騎士團到來前消滅天雷一行，黑爪逐漸地倒下，聖王身邊的人越來越少，戰鬥進入了白熱化。

爲了儘快擊殺聖王天雷，約五百名月魂衛好手在金月的帶領下，對聖王進行圍攻，他們瘋狂地撲上，不計傷亡地向天雷進攻，在霸王槍下死傷加重，但沒有人在意這些，他們的心中只有一個念頭殺死聖王，消滅映月的心頭大敵人。

天王神功把黃昏後的天空、大地映照得如金色一般，以聖王爲中心就如一輪金色的太陽般明亮，光亮的中心在不停地左右移動，大槍在天王印訣的催發下變得扭曲，而斗大的槍花在罡氣中不斷地閃動，忽隱忽現，每出現一次就有幾人倒落馬下，幾乎沒有人在聖王的槍下走過一合，不死也要重傷。

溫嘉遠遠地見聖王天雷與敵廝殺，幾百名好手在圍攻天雷，溫嘉立即暴怒，手中重劍一擺，跨下戰馬暴叫一聲猛向前竄，距離越來越近，溫嘉身影忽然拔空而起，如大鳥一般向前飛落，手中重劍劃起兩道圓弧，精光燦爛，立即灑落敵人的中央，在重劍的大力殺傷下，連人帶馬被溫嘉擊出幾米之外，鮮血灑滿天空，灑落在地，溫嘉並不停留，向前殺出一條血路，向聖王靠近。

金月將軍立即組織人阻擋溫嘉，但溫嘉本身就是好手，且武功大成，秋水神功早就練至第六層，他人高馬大，手中重劍長而沉，起落間真如猛虎下山般無可阻擋。

溫嘉也是急了，他心中最敬愛的聖王在被敵人圍攻，這是他絕對不能容忍的事情，無論他是什麼人，若膽敢威脅聖王天雷，那麼他就只有死，溫嘉的邏輯十分單純可愛，但暴怒下的溫嘉就更加危險了，只要向他靠近的人，無不被他擊殺出去，在重劍擊殺下，血肉橫飛的場面尤其恐怖。

轉眼之間，溫嘉已經靠近了聖王身前，他激動地叫著：「王！」頓時熱淚盈眶。

「溫嘉，保護黑爪，殺！」聖王天雷這時候也已經暴怒了。

兩個人一左一右，立即把月魂衛殺得人仰馬翻，同時用目光搜索楠天與黑爪。

楠天舞動雙劍在聖王右前方不遠處，同樣，楠天的周圍也有百十名月魂好手，把楠天圈在中間，分別絞殺，防止他與聖王會合，楠天的身上已經有幾條血口，鮮血染紅戰袍，他雙眼如血，嘴裏暴喝著：「殺，殺，聖王，聖王！」

聖王天雷心中一疼，身影拔空而起，手中大槍幻化出一片槍芒，把楠天護在中央，槍花落下，楠天周圍已經倒下了一圈的敵人，楠天手中重劍仍在不停地揮舞。

「楠天，是我，聖王！」

楠天一震，神智一清，眼漸漸地明亮了起來，他看清楚了眼前的聖王天雷，眼淚立即流了下來，同時嘴裏叫道：「王，你沒事嗎，太好了，殺，殺！」

「我沒事，楠天，你要保護好自己，溫嘉和騎士團上來了！」

「溫嘉來了，好，太好了，溫嘉，給我殺，狠狠地殺，他們要殺王，他們要殺王，給我狠狠地殺，一個都不留，殺！」說完立即向敵人撲去。

溫嘉這時候也已經殺到近前，見楠天如此，心中大疼，爲了聖王，楠天付出了太多，像這樣的兄弟，溫嘉沒有什麼好埋怨的，他暴喝一聲道：「好兄弟，辛苦你了，好，殺！」

這時候，藍鳥騎士團如狂風般撲了上來，迅速把敵人淹沒在黑色的洪流中，手中大槍電閃，如雷霆般吞吐而出，交叉掩殺，一衝而過。

同時，每一個人嘴裏都在喝道：「聖王，殺！」

藍鳥騎士團兩萬五千名騎士把周圍一里內斬殺一空，大隊人馬立即把此地圍成鐵桶一般，在鋼鐵般的騎士面前，映月的輕騎兵實在是太脆弱了，簡直是不堪一擊。

聖王天雷用目光向周圍打量，努力尋找倖存的黑爪，但是很不幸，沒有幾個人能活下來，黑爪中只有三人倖存，從銀月洲跟隨過來的大隊長幸運地活了下來，但是，每一個人的身上至少有五六處傷口，人早已經昏死過去。

溫嘉次帥正抱著渾身是血的楠天，喊著騎士團的醫官過來幫忙，十幾個醫官迅速地過來對四名傷者進行救治。楠天因爲疲勞過度加上傷勢沉重，也已經昏死過去了。

聖王天雷眼含熱淚，愣愣地望著前方出神，他的身上早已被鮮血染紅，頭髮蓬亂，白淨的臉上滿是悲傷。

溫嘉低低地叫了聲：「聖王！」

天雷回過神來，臉上悲傷不去，語氣沉痛地說道：「我很心痛，三百一十六名兄弟就只剩下他們四人，他們都是藍鳥軍中最優秀的戰士，是王朝最忠勇的戰士，今天我失去他們，就好像失去了親兄弟一般，我很難過！」

「聖王，他們的死是死得其所，是爲了偉大的王才犧牲的，他們死的重於泰山，是藍鳥軍中的魂，我們會爲他們報仇的，這筆帳，我們會以千百倍來償還！」

聖王天雷點了下頭，然後吩咐溫嘉道：「溫嘉，吩咐手下的兄弟尋找屍體，我要把他們帶回去，放入藍鳥忠義堂，流傳後世。」

「是，聖王！」

天雷精神一振，接著問道：「溫嘉，你來得好快啊，一路辛苦了吧？」

溫嘉苦笑了一下道：「聖王，兄弟們從午前開始出發，馬不停蹄地趕路，一點都沒有休息，還好正趕上與王會合。」

天雷說道：「這樣吧，溫嘉，吩咐兄弟們就地紮營，休息一夜再說。對了，雷格呢？」

「聖王，我接到消息後立即出發，一點也不敢耽誤，並派人通知了羽帥，相信明天一早我們就會會合。」

天雷聽見溫嘉這麼說，放了心，於是他接著說道：「好吧，這我就更放心了，命令騎士團的兄弟們休息，熬過這一夜再說。」

「是！」

溫嘉馬上傳令休息，藍鳥騎士團立即開始佈署防禦大寨，雖然簡單了一點，但這是暫時性的，他們以大隊為單位，把中間這一塊圈在中央，周圍有小隊負責監視，士兵們輪番休息吃飯，等待天亮。

夜晚，營地上燃起了無數的篝火，把夜空照得明亮，無數的藍鳥騎士團官兵在忠實地巡邏，觀察周圍的動靜。

聖王天雷和溫嘉坐在篝火前，談論著事情，楠天和三個兄弟剛剛醒過來，吃了點東西，然後又睡下，藍鳥騎士團把犧牲的黑爪找出來，然後放火燒了屍體，把骨灰裝了起來，準備帶回去安葬。

晚風輕拂，空氣中飄蕩著血腥味，篝火霹啪做響，忽明忽暗，騎士們橫躺豎臥，懷抱著兵器在熟睡。

聖王天雷站在一處高坡上，向四野打量，溫嘉和幾名好手站在身後，默默無語。昨晚一夜敵人也沒有採取行動，按說敵人知道他們在此休息，一定會傾盡全力進攻，再次進行圍殺，但敵人沒有。

其實，聖王天雷並不知道藍羽雷格距離他們紮營的位置也不過四十多里的路程，敵騎大部參加了對聖王的圍剿，沒有形成大集結，對抗藍鳥騎士團和藍羽實力還不足，所以沒有採取行動，況且，金月將軍手中也沒有多少好手了。

雷格從北月城出發，心急如焚，一路上快馬加鞭地向前趕路，令雷格最爲放心的就是藍鳥騎士團，只要尋找到了聖王，以後的事情就好辦了，在騎士團的保護下，聖王的安全不是問題，要擊敗並消滅藍鳥騎士團，沒有十萬騎兵敢死隊是不夠的，況且映月騎兵都加在一起也不一定能有這個數，所以雷格儘管心急，但並不擔心。

天完全黑下後，雷格才命令紮營，天一放亮，雷格就催軍前進，要在最短的時間內確定聖王天雷是安全的。

前進了二十幾里，前鋒發現有騎士團的小隊過來，雷格忙令人把軍官帶過來詢問，小隊長興奮地對雷格說道：「羽帥，聖王很好，目前正與溫嘉次帥在前方休息！」

雷格長出了口氣，揮手說道：「很好，上馬！」然後帶領大隊繼續前進。路上，雷格仔細地詢問了藍鳥騎士團與聖王會合的經過，雷格是越聽越心驚，越聽越後怕，同時心中的怒火漸漸升起。

雷格沉著黑臉，催軍趕路，半個時辰後，遠遠地看見藍鳥騎士團的營地，雷格大手一揮，命令士兵暫時下馬休息，自己帶著幾個軍團長前去見聖王天雷。

聖王天雷站在小坡上，遠望著藍羽漫天的騎影，心情漸漸地好轉，見雷格和幾個軍團長騎馬過來，在不遠處跳下戰馬，快步上前，心情也是有些激動。

雷格雙眼如電，仔細打量聖王天雷，見天雷身上血跡斑斑，已染成紫色，乾透了的血痕凝成血塊，臉上疲倦，顯然沒有休息好，頭髮暫時用一條藍絲巾繫住，在微風中顯得格外的孤單、淒冷。

雷格自從認識天雷以來，還是第一次見到他如此憔悴模樣，心頭的火騰地燃燒起來，同時心中大痛，他搶前幾步跪道說道：「聖王，臣雷格迎駕來遲，你受苦了！」說罷，眼淚流了下來。

聖王天雷也是眼含熱淚，他上前兩步伸雙手扶起雷格，眼裏頓時充滿了關愛般的兄弟之情，他激動地說道：「雷格，好兄弟，我很好，你也辛苦了！」同時，對跪在雷格身後的姆里等人揮手道：「都起來吧，我很好！」

「謝聖王！」幾個人站起。

雷格伸手摸了摸天雷的身上，嘴裏卻問道：「大哥，你沒受傷吧？」

「沒有，有這麼多忠勇的兄弟保護我，那裏會受傷，只是可憐三百一十六名兄弟長眠在此，我很心痛！」

「楠天呢，他怎麼樣？」

「楠天還在休息，他傷得很重，暫時還起不來，這次可辛苦他了！」

「大哥，這是楠天應該做的，還好你沒有受傷，否則要是你受傷了，我不殺了他才怪，大哥你放心，這個仇是結定了，嘿嘿，藍鳥軍的王，月影這老小子也敢動，雷格誓報此仇！」說完，手中天罡刀飛射而出，轟的一聲把前方劈出一條大溝，塵煙四起。

聖王天雷從見到雷格的那一刻起，就知道他已經暴怒了，雷格是一個性格暴躁的人，思想上也是單純的人，但雷格恩怨分明，忠肝義膽，對聖王天雷是敬如神明，如今映月出動幾千名好手追殺他，雷格能忍到現在，也實在是難爲了他，見雷格如此生氣，天雷忙安慰地說道：「雷格，你要冷靜，我不是很好嗎？」

「大哥，你不用勸我，我知道該怎麼做，映月人膽敢如此，分明是有意截殺，雷格歷來恩怨分明，誰對我敬一分，我報之十分，但誰要是敢傷害大哥，我是堅決不答應，你問問在場的所有兄弟，那一個會忍下這口鳥氣，他娘的，給我殺！」

「聖王，我們決不容許他們對你的傷害，這是對王朝的侮辱，是對強大的藍鳥軍的侮辱，是對我們每一個人的巨大侮辱，這口氣，我們說什麼也咽不下！」溫嘉斷然說道。

「對，這口氣我們說什麼也不能咽下去，殺！」

周圍的士兵們齊聲嘶吼，群情激昂。

天雷見惹起眾怒，也沒有再說什麼，作爲一個王者，最重要的是提高士兵的士氣，這才是最重要的，在如此的情況下，那怕是他說一句不好的話也會打擊他們的士氣，所以他乾脆不再開口。

「大哥，如今我們怎麼辦，是先回北月城嗎？」

聖王天雷沉吟了一下，然後抬頭對雷格說道：「不，如今映月人還沒有集結起強大的軍隊，力量比較分散，要立即採取行動。雷格，我不需要攻城掠地，只管給我殺就是，要儘量消滅敵人的力量，為後續作戰奠定基礎！」

「明白，大哥，那你與騎士團先回北月城吧，有我在就行了！」

「不，騎士團也留下，分頭截殺，以萬人隊為單位，快速攻擊前進，最遠不得到月落城地區，然後迅速回軍，到北月城休整，路上要注意給養，明白嗎？」

「明白！」

「大哥，那你……」

「派五百名好手給我，我先回北月城！」

「好，溫嘉，交給你了，大哥，我要立即行動了！」

「去吧！」

「是，大哥保重！」

雷格雙眼一瞪，提天罡刀走下土坡，身後藍羽的各個軍團長分別向聖王告辭，跟隨雷格而去。

雷格在坡下上馬，策馬回歸藍羽本隊，然後吩咐各個統領分頭行事。藍羽十個萬人隊在軍團長及統領的率領下分十個方向殺出，向南方奔馳而去。

見各隊離開，雷格再次望了一眼小土坡上，然後率領藍羽衛策馬向南奔去。

聖王天雷見雷格藍羽離去，忙對身邊的溫嘉說道：「注意雷格的行蹤，確保他的安全，騎士團不必分散，集中力量應付意外情況！」

「是，聖王！」

「走吧！」

眾人來到坡下營地，騎士團已經準備就緒，溫嘉分出一個大隊三千人交給天雷，聖王也沒說什麼，畢竟這是溫嘉的好意，他又叮囑溫嘉一番，這才率領眾人離開。

溫嘉從整藍鳥騎士團，然後順著藍羽雷格消失的方向殺了過去。

在聖王天雷下小月山後的三天時間裏，圓月教與宮廷間矛盾激化，原因當然是聖王天雷了。起初，明月公主並不知道聖皇月影對天雷實行追殺，但一天後，明月公主就感到了不對勁，忙派出弟子下山打探，知道從京城一帶有大批宮廷的好手向北而去，回來後忙向明月公主彙報，明月公主一聽急了，立即就要下山，但被玄月大師死死地攔住。

玄月大師畢竟也是映月人，聖王天雷即使對圓月教有大恩，也不能影響玄月對圓月教存亡的關愛，對映月一族的關心，她對明月說道：

「師妹，妳不能下山，這對妳一點好處都沒有，而且並不能影響到什麼，於事無補。天雷既爲藍鳥之王，身邊的好手一定不少，況且他身懷絕技，想殺他還很困難，也未必成功，妳去了要怎麼做？與月魂衛動手嗎？要記住，妳畢竟是映月一脈的女兒，天雷即使是妳的夫君，但他同時也是藍鳥之王，如果這次他命裏該死，那麼映月一脈就能繼續生存下去，否則，就是天亡映月，妳也盡到了心力了。」

明月公主一聽淚如雨下，她對玄月大師說道：「師姐，我怎麼能看著他有危險而無動於衷呢？我辦不到啊！」

「辦不到也要辦到，我是不會允許妳下山的，妳想想，天雷一人卻關係到映月千萬人口的安危，孰輕孰重妳應該分得清楚，親情重要，但民族更重要！」

明月站起身來，叫了一聲：「師姐！」

玄月大師順手點了明月身上的穴道，把她放在了床上，起身吩咐弟子仔細看護明月，走了出去，但玄月大師的眼裏也充滿了淚花。

第三天，明月公主衝開了穴道，忙走了出來，玄月大師沉著臉坐在室內，明月淒然地問了聲：「師姐，他還在嗎？」

玄月大師臉色一沉，低聲說道：「三天時間了，應該做的事情應該做完了，如果這三天時間還殺不了聖王天雷，映月就真的完了。明月，我不知道確切的消息，但估計應該是完成了吧。」

明月公主身影晃了兩晃，接著問道：「師姐，妳不清楚嗎？」

「不清楚！」

「師姐，我求求妳，派人到宮裏打探一下，好嗎？算師妹求妳了！」

玄月大師見明月憔悴的樣子，點頭道：「好吧！」

下午，弟子回報說並沒有殺死聖王，並且，藍鳥騎士團和藍羽大軍已經順勢南下，幾乎就要接近京城了，一路上，映月軍隊被斬殺無數，北方的百姓全部向京城一帶逃難，而藍鳥騎兵如狼似虎，京城以北早已經血流成河了。

當此危難之際，聖皇月影命令圓月教教主明月公主率軍前去抵抗藍羽雷格，但被明月斷然拒絕，聖皇月影暴怒，幾乎下令封殺圓月教，雙方氣氛緊張異常。

玄月大師這時也意識到，追殺藍鳥聖王是一件多麼愚蠢的事情。

「明月，妳就救救北方的子民吧！」玄月大師悲傷地跪在明月公主面前。

明月公主面無表情，如一具屍體般僵直而坐，不言不語，淚水早已經流盡了。

「明月……」

「師姐，妳讓我對雷格怎麼說，說我知道父皇殺害夫君而無動於衷嗎？說我無能爲力嗎？

我說不出口，雷格也未必相信！」

「明月，這件事情不管是對錯與否，都不重要了，重要的是讓雷格手下留情，對百姓手下留情啊！」

「好吧，既然妳如此說，我也沒有什麼拒絕的理由，我就走一趟吧！」

明月公主僵硬地起身，向外走去。

「明月，妳要帶多少人？」

「帶人有用嗎？別人不知道藍鳥騎士團有多麼強大，我卻非常清楚，別人不知道藍羽有多麼強悍，我卻非常瞭解，雷格和溫嘉是天雷的兩員大將，全是冷酷無情的傢伙，帶多少人也是送死！」

「明月！」

「不要再說了！」

明月公主孤身北上，第二天中午時分與第一批藍羽騎兵見面，消息迅速向雷格傳去，一個時辰後，雷格和溫嘉率領藍鳥士團和藍羽衛來到近前，雷格冷冷地看著明月，一言不發。

「雷格，我……我……」明月公主也是面無表情，語無倫次。

雷格冷冷地說道：「妳是來求情的嗎，讓我少對老百姓下殺手嗎？大哥被追殺的時候妳在幹什麼，在那裏？當我看到大哥滿身鮮血的時候，妳知道我有多麼心痛嗎？我從十四歲跟隨大哥時開始，從沒有見到大哥這麼的憔悴過，從沒有見過大哥那麼狼狽的樣子，是因爲妳，大哥才孤身涉險，可妳在幹什麼？妳有什麼資格來求我！」

明月公主面無表情地說道：「我是沒有資格再求你，但是我會用性命來償還天雷對我的情誼，雷格，從現在開始，藍鳥軍的任何一人都可以過來取我的性命，如何？」

雷格這才大吃一驚，明月公主說得對，她是沒有資格前來求情，但她有資格把性命償還給聖王天雷，但這是沒有人敢承擔的，就是雷格也不行，明月是天雷的妻子，長公子夢雷的母親，沒有人敢逼明月死，這個責任是巨大的、危險的、可怕的。

溫嘉看了雷格一眼，然後低聲說道：「羽帥，我看算了，聖王曾說過不要讓我們靠近月落城，我們就此回去吧，算給主母一個面子，我們也好交代，以後就好辦多了。」

雷格點了下頭，然後對明月冷冷地說道：「很好，我雷格今天就給妳個面子，以後我們再不相欠，異日相逢，形如漠路！」然後，雷格大聲喝道：「收兵！」

元帥雷格率領藍羽騎兵兵團和藍鳥騎士團從月落城以北地區撤退，回到了北月城，見到了聖王天雷，把一路上大小作戰的情況作以彙報，最後把在月落城北被明月公主擋回的事情一說，聖王天雷當時沒有說什麼，只是安慰雷格和溫嘉等人好好休息，調整之後再進行下階段的戰役。

目前，在西星戰場上進展最爲順利的，要數北方面軍越劍元帥，在整個冬季裏，越劍全面攻佔了北海帝國，把殘餘的敵人趕出了國內，同時，他利用降將北海青對海月城以北地區的少數反抗勢力進行勸降，並實施了優待的政策，保證既往不咎，取得了良好的效果，北海地區迅速穩定了下來，爲了保證進攻西星的順利，越劍留下新月兵團駐守在北海的海月城一帶，由大將軍雲武親自統領，作爲鎮守北海的部隊。

北海青作爲北海帝國年輕一帶的優秀代表，因不忍軍隊和百姓慘遭塗炭而歸降藍鳥軍，他明白北海帝國滅亡是大勢所趨，無法挽回了，爲了保存北海一脈，他確實傾盡了全力，勸降了不少反抗勢力。鎮北侯越劍也沒有虧待他，按照聖王的旨意對其進行了禮遇，把不少事情交給北海青辦理，使他深受感動，北海能迅速穩定，北海青居功不少。

接到軍師雅星和元帥維戈、雷格的書信後，越劍元帥才知道聖王進入了映月帝國，心中十分焦急，同時對秦泰多少有些埋怨，但他鞭長莫及，只好按照維戈的相約出兵西星，盡快攻伐，爲南線減輕壓力。

越劍元帥以少主夢雷的榮譽軍團爲前鋒，在北蠻族軍隊的配合下，從正中央展開攻擊，同時，以青年兵團爲左翼，東海兵團爲右翼，分三路展開攻擊，以騎兵短人族戰斧團、第六騎兵軍團殘部等爲快速機動部隊，實施遠距離支援，並保證打擊的銳利性。

三路大軍起頭並進，浩浩蕩蕩地向西星帝國殺了過去。時值冬季末，北蠻人發揮了巨大的攻擊力，白天，北蠻人全軍休息，由榮譽軍團展開進攻，晚間，北蠻軍隊趁夜出擊，輪番交戰，在左右兩翼的配合下，一路勢如破竹，半個月時間連克四城，把戰線向前推進了三百餘里，殲滅敵人四十餘萬人，西星北線已經岌岌可危了。

西星北線主帥星慧與星空、北海明、月旺三人同心協力，抵抗越劍北方面軍的進攻，他們四人雖然是很有才華的帥級人物，但是西星與北海都沒有什麼像樣的部隊，正所謂巧婦難爲無米之炊，讓他們空手抵抗越劍的進攻是不可能的，幾個人東拼西湊組織起的部隊抵抗不住北方面軍強大的進攻，步步後撤。

從星海城、北盤城、吉星城、祥星城一路被北方面軍攻下，距離西星的都城星落城只有三百餘里路程了，藍鳥軍北方面軍的騎兵一日之間就可以到達，威逼西星首都。北線的形勢使西星京城一帶人心惶惶，國主星宇忙著急大臣們開會商議，並徵召部隊抵抗。

這時候，西星已經沒有什麼部隊了，能抽調的部隊大都是西方沙漠地區的星沙族人，但沙漠地區的民族也並不是傻子，知道這時候藍鳥軍太過於強大了，西星帝國滅亡只是個時間問題，如在這時參戰，會惹怒藍鳥軍，以後藍鳥軍平定西星後，定會對他們實施報復，所以經過商議後，各部落並沒有再出兵，完全保持中立，靜觀其變。國主星宇雖然大怒，但一點辦法也沒有，不得已之下，只能繼續從民間招兵，但在這種情況下，能當兵的早就走了，剩餘的人都是不願意或不能動的人，再也召集不來多少人了，況且，時間也不允許他們再重新徵召了。

藍鳥軍西方面軍主帥維戈和參謀長兀沙爾，在雷格率領藍羽和騎士團、獨立第一、二軍團離開後，立即發起了對繁星城、盤頭城的進攻。維戈主攻繁星城，兀沙爾帶人主攻盤頭城方向，並動用了文謹元帥的後軍六個軍團二十萬人，使攻擊兵團的兵力達到了七十萬人馬，除雷格帶走的步騎三十萬人馬外，兩個方向仍然保持各二十萬人。

維戈元帥與兀沙爾元帥也知道單靠這區區四十萬兵力，對帕爾沙特發揮不了決定性的打擊，但是，北方面軍越劍部卻有六十萬人馬，並進展順利，維戈西方面軍的主要目的，是盡全力牽制帕爾沙特，使其不能對北方戰場進行有效的支援，對於雷格兵團暫時是不做指望了。

同時也知道在戰場上是不允許帕爾沙特緩過勁來的，畢竟藍鳥軍在整個後軍，文謹元帥手中仍然有三十萬的預備隊，這些部隊經過兩年的鍛煉，也已經是有戰鬥力的部隊了，帕爾沙特就是再膽大也不敢輕易地與維戈西方面軍的七十萬部隊展開野戰，防禦是帕爾沙特目前唯一的方法。

維戈元帥與兀沙爾元帥以攻城營爲主力，保持對繁星城和盤頭城持續不斷的打擊，投石撤、攻城箭樓車、弩車、雲梯手齊上，在步兵精銳獨立第三、四軍團及八、九、十軍團的掩護下，發起一次又一次的攻擊，騎兵第七、十七軍團、神武營等在次帥啇秀的率領下時刻戒備，瞄準每一個機會，準備給予敵人以致命的打擊。

每天，藍鳥軍都把大量的石塊、箭羽投上城頭，守軍在幾天之內損失重大，帕爾沙特心急如火焚，天天督戰，同時對北、南線保持警惕。

兩軍在東部地區展開了攻防搏殺。

三日後，帕爾沙特得到聖皇月影的秘密傳書，說聖王雪無痕如今已經進入映月帝國內，月魂衛已掌握其蹤跡，並正在對其進行截殺，希望帕爾沙特派遣好手相助，以完成這一重大使命。

帕爾沙特反覆思量，最終還是經受不住這巨大的誘惑，決定對雪無痕進行截殺，他緊急調動身邊的射星營好手，共籌集近萬人從盤頭城以南地區出發，然後進入攬月城一帶，再向南移動，尋找雪無痕的蹤跡，並保持與映月軍隊的聯繫。

爲了保證這一計畫的順利完成，帕爾沙特把西星僅有的四萬餘名騎兵也派了出去，協助攬月城地區守軍擊潰圍困的藍羽騎兵，以牽制藍羽的行動。

駐守在北月城內的次帥威爾時刻注意著北方的動靜，監視西星的舉動，在西星派出少量部隊時，威爾並沒有採取任何行動，畢竟獨立第一軍團與第二軍團都是步兵，行動緩慢，對少量偵察部隊不起什麼作用，所以都交給亞文參謀長處理，隨後，西星部隊活動頻繁，並對攬月城一帶的騎兵造成威脅，威爾立即把這一情況報告給了參謀長亞文，亞文一分析，認爲這是帕爾沙特配合映月採取的軍事行動，下面將有大的動作，所以立即告訴在攬月城一帶的一個萬人隊注意，同時把手中的兩個藍羽騎兵軍團向北移動，監視北方動靜。

果然，西星的騎兵出動了，並對攬月城一帶騎兵實施了打擊，要不是亞文早有準備，這一萬騎兵就會被帕爾沙特殲滅，但在烏拔將軍的率領下，藍羽二十三、二十四軍團立即對攬月城一帶進行了增援，把西星騎兵抵擋在攬月城與北月城之間，雙方展開了騎兵交戰，由於西星射星營的好手比較多，藍羽騎兵有所損失，但三天後，聖王天雷率領三千藍鳥騎士團官兵回到了北月城，並立即對西星騎兵進行了偷襲打擊，使敵人損失很大，西星偷進映月截殺聖王的計畫因而流產，其騎兵退回星盤地區。

但這一行動同時也激怒了回歸北月城的聖王天雷，準備親自帶領一支軍隊從南部地區殺入西星境內。

正好雷格和溫嘉率領藍羽和藍鳥騎士團在映月國內取得了暫時性的重大勝利，殲滅不少映月的機動部隊，使其騎兵損失重大，步兵全部龜縮在城內不出，所以聖王才最終決定採取行動。

溫嘉首先率領騎士團先行，從南部地區殺進星盤地區，由於騎士團官兵都是好手，西南各城少量敵軍聯合夾擊被溫嘉擊退，隨後近十萬藍羽蜂擁而入，獨立第一軍團快速跟進，從南線威脅盤頭城側後翼，映月元帥巴維爾當時就驚慌失措了，防禦亂了步驟，心生退意，被兀沙爾乘機攻破盤頭城，巴維爾在不得已之下率軍後撤，準備向星落城一帶轉進。

聖王天雷得到消息後大喜過望，率領藍羽騎兵立即實施迂回包圍，從西側翼兜上，南面獨立第一軍團乘勢合圍，正東被兀沙爾逼得節節後撤，三方擠壓，巴維爾部十四萬人被堵在星盤南部地區狹小的區域內，經過藍鳥軍步騎圍殺，映月支援西星的部隊首先被藍鳥軍全殲，巴維爾元帥在最後時刻自盡身亡，南線星盤的缺口被打開。

帕爾沙特接到這個消息後，連夜放棄了繁星城，向星落城轉移，他不敢不走了，再晚一點就有可能被東、南、西三面的敵人圍困在城內，一座孤城是守不住的，帕爾沙特含淚撤退，維戈率軍步步緊逼，向前攻擊。

盤頭城的失守牽動了繁星城，而繁星城撤退帶動了北側的榮星城，一發而動全身，西星整個防線頓時洞開，藍鳥軍乘勢蜂擁而來，騎兵以最快的速度追擊敵人，盡可能地在野外殲滅敵人，減少攻城的壓力。

正所謂兵敗如山倒，帕爾沙特萬萬也沒有想到會引起全線的動盪，想收攏部隊組織防禦，已經非常困難了，藍鳥軍騎兵多，攻勢猛，速度快，把防線撕成幾個碎片，連接不起來了，步兵隨後分割包圍，展開圍殺，逐個殲滅，半個月的時間，帕爾沙特不得已退守星落城才穩住陣腳，但回頭一看，已經沒有什麼城池了。

幾乎在帕爾沙特進入星落城的同時，北線守軍也全部崩潰，越劍利用十天的時間清除了星落城的周邊，三支大軍分三路向星落城挺進，於藍鳥王朝六年六月六日到達星落城外，第二天，南線的騎兵先頭部隊藍鳥騎士團到達，與東海兵團的東方秀部首先會師。

第十章　山河泣血

隨後兩日，聖王率領藍羽、獨立第一軍團到達，不久，西方面軍的兩路主帥維戈、兀沙爾達到，藍鳥軍合圍了西星的首都星落城。

近一百三十萬精銳部隊會師星落城下，那個場面是震人心魂，歡呼聲覆蓋了整個星落城地區，沒有一個西星人不在爲之發抖。

聖王天雷一身天藍色勁裝，外罩黃金斗蓬，跨騎烏龍馬，精神抖擻，周圍眾將不下於千人，他緩步來到星落城的南門外，用目光仔細打量這座傳說中神秘的城市。

星落城占地萬畝，城牆高有二十五米，厚二十米，城分八門，護城河寬五十米，巨大的吊橋高聳，高高的城門樓，雕樑畫棟，非常美麗壯觀、宏偉。它分內外兩座套城，內城小一些，分爲四門，其中居住著王室及西星朝中大臣及家眷，星落宮位於內城的正中央。

內城外有環行道路，向四外分爲八條大街，通向各個城門，在內外城中間，兩條大陸交叉在各個大街的中間，其間的小路密佈，如蛛網一般，街面上店鋪林立，商品琳琅滿目，各家各戶分佈在其間，住房大都規整，顯示出這座城市的輝煌。

但如今星落城內戒備森嚴，到處都是武裝的軍隊，從各個方向而來的什麼人都有，映月人、北海人、西星人組成大雜燴，橫躺豎臥地躺在大街上、擠在店鋪裏、倒在客棧床上、地上，什麼樣的都有，疲勞、恐懼、驚慌，醜態百出，要不是街上巡邏的士兵一隊接著一隊，早就打了起來。

但聖王天雷等藍鳥軍的將士並不知道這麼多城裏的事情，聖王立在馬上，用手指著星落城笑道：「各位用百天時間幾乎同時在此會合，哈哈，真是好啊！我非常感謝各位，特別是在最前線作戰的勇士們，你們才是藍鳥軍的驕傲！」

「謝聖王！」上千人同時回答。

「越劍，你最辛苦，多餘的話我就不說了，維戈、兀沙爾、鑾龍，你們幾個也不錯，還有各位都很好，待王朝統一後再論功行賞吧！」

「謝聖王！」

元帥越劍、維戈、兀沙爾、次帥溫嘉、滈秀、東方秀等人環繞在聖王左右，人人臉上笑顏逐開，勝利的欣喜表露無遺，如今勝利在即，每一個人都在為此歡欣鼓舞。

越劍元帥見聖王單獨提及自己的功勞，心頭火熱，在這些悍將面前，無疑肯定了自己的功勞與地位，同時自己也感到非常的驕傲，他見聖王天雷高興，忙接過話道：「是聖王高瞻遠矚，領導有方，要不，我們那能取得如此的成就，聖王的誇獎我們是受之有愧啊！」

聖王天雷心中高興，見越劍如此說，忙笑道：「錯了，越劍，是將士用命才有今日，好了，我們就別再互相誇獎了，待拿下星落城後，我再按功行賞！」

「謝聖王！」

眾人答話後，維戈忙對天雷說道：「聖王，你打算怎樣攻取星落城？」

眾將一聽忙安靜下來，仔細聆聽聖王的回答，因爲像星落城這樣的城市易守難攻，損失必然重大，誰先上去都必然討不了好處。

天雷見維戈問話，微微一笑，也就是維戈在這個時候敢問這樣的問題，別人還真沒有這個膽量，天雷也不怪罪，笑道：「當初北方四國進犯中原，在聖靜河以北，我曾與帕爾沙特有『天下』之約，如今我們兵臨城下，當然是先禮而後兵，確定『天下』歸屬，以帕爾沙特的驕傲，我倒要看看他怎樣回答我！」

維戈笑道：「聖王對此一直耿耿於懷，並時刻激勵自己，不敢有片刻稍歇，如今終嘗所願，可喜可賀啊！」

越劍在旁答道：「維戈說得極是，聖王，如今我們苦盡甘來，終於贏得天下，大家倒也要看看帕爾沙特如何回答！」

天雷見兩個兄弟如此瞭解自己，臉上笑容更加燦爛，他接過話說道：「先休息兩天，然後再說，像這樣的堅城，還是不攻爲妙，實在無法再攻不遲，越劍，維戈！」

「在，聖王！」兩個人趕緊回答。

「傳令各部抓緊休息，但不可懈怠，三日後準備攻城！」

「是！」

「哈哈，走，大家都累了，先休息休息，各部都要安排好啊！」

「是，聖王！」

眾人再次看了一眼巨大的星落城，轉身回營休息。

聖王天雷率領大軍包圍了西星首都星落城，然後全軍轉入休整，在天雷的心中，對如何攻陷星落城其實也是沒有把握，畢竟星落城城高牆厚，強攻必然會損失慘重，在如今這種局面下已是沒有任何意義，所以他考慮再三才決定暫時休整，看看再說。

但藍鳥軍在西星落城地區集結的軍隊實在太多了，這對整個戰局非常不利，可是，大軍已經作戰近百日，非常疲勞，休息幾天也是必要的。

落霞繽紛，金輝耀眼。

星落城披上淡淡的金衣，沐浴在晚霞裏，這座神秘的城市在夕陽下顯得格外的美麗而有魅力。

藍鳥軍的大營同樣沐浴著晚霞，士兵們靜靜地享受著這暫短的安寧。

天雷坐在城外的中軍大帳內，靜靜地思考，楠天及身邊的近衛都知道聖王的習慣，沒有一個人打攪他，在營外佈下了崗哨。

第二天，在驕陽升起的時候，聖王召集各部主要將領開會，討論當前的形勢及今後的戰略，與會的人有老元帥文謹、兀沙爾、凱武，南王彝雲松，元帥越劍、維戈，次帥溫嘉、商秀、威爾、尼可、東方秀，少主夢雷及大將軍長空旋、衣特等人。

聖王天雷和兩個方面軍主帥主持會議，越劍和維戈分別坐在天雷的兩側。

天雷掃了眼在座的各部將領，緩緩地說道：「各位，目前我軍已經合圍了星落城，這是一次歷史性的相會，我今天主持召開了這個軍事會議，主要的目的就是討論一下今後我軍戰略發展的方向及對星落城攻擊的辦法。」

他喝了口茶水，見眾人仔細聆聽，接著說道：「目前，星落城內估計能作戰的軍隊人數在四十萬人左右，加上民團等人，估計決不會超過百萬，且品質不一，對我軍構不成威脅，守城有餘，攻擊不足，但是，我軍在城外集結了一百三十多萬精銳部隊，這是極大的浪費，為此，有必要對各部進行調整，各位有什麼看法，可以暢所欲言。」

越劍見眾人都沒有言語，於是說道：「各位先不要把對星落城的攻擊考慮在內，先談談整個戰略上的部署！」

兀沙爾聽越劍如此說，立即站了起來，剛要說話，聖王天雷點手道：「兀沙爾元帥坐下說就可以了。」

「謝聖王！」他對天雷微一欠身，然後坐下，繼續說道：「聖王，各位，目前我軍已經有兩個事情需要解決，第一，對星落城以外的地區進行清剿，凡願意歸順的我們一視同仁，全部按照王朝的子民待遇，但是，凡是反抗或陽奉陰違的，我們要堅決地給予打擊，以穩定西星內的局勢，儘快地安頓地方；第二，我軍在映月帝國以南地區也已經取得了戰略上的優勢，秦泰元帥率領南方面軍正在苦戰，映月大部兵力都集中在月落城以南地區，而北方經過藍羽的打擊後，基本上沒有什麼大的動作，全部在各個城市內被動防禦，我軍應立即出兵映月北部地方，以策應南方面軍，儘快解決映月的問題。聖王，我就想到了這些。」

「很好，兀沙爾元帥所談的兩個問題，也正是我們如今急需要解決的問題，各位還有誰發表自己的觀點？」

次帥威爾遲疑了一下，然後說道：「聖王，星落城戒備森嚴，加上城高牆後，我軍如強攻必然得不償失，不強攻則又不能將其攻陷，實在是個難題，我個人認爲暫時不必對其攻擊，採取圍困爲主，待平定各方後，星落城自然就投降了，我的話說完了。」

元帥維戈一聽笑道：「威爾大哥的觀點很好，我個人也贊同他的說法，還有誰要說的嗎？」

彝雲松見眾人不再說什麼，於是開口說道：「聖王，各位，南彝兵團參戰已久，傷亡也不少，更重要的是，我們水土不服，使戰鬥力大大下降，前一段時間由於戰事吃緊，我沒敢說什麼，一切以戰事爲最高利益，但是，如今情況不同了，我想對各位提一下，凡是南方的部隊，由於水土不服等原因有困難的，希望能休整一段時間，我的話就這麼多。」

聖王天雷聽彝王爺這樣說，也知道這是實際情況，而且別人也不好接彝雲松提出的問題，於是忙接過來說道：「彝王所說確實是實際問題，這也是我軍當前最迫切的一件事情，這個問題好解決，東方秀，東方兵團的情況也是如此吧？」

「聖王，東方兵團的情況雖然好一切，但也有彝王爺所說的這種情況，前一段時間戰事比較緊，我也沒敢提。」

聖王天雷點頭道：「好吧，越劍，你統計一下，凡是對環境不適應的部隊有那支，人員有多少，急需要什麼東西，需要休整多長時間等，問題不怕多，要儘快給予解決。」

「是，聖王！」越劍趕緊答應。

「誰還有什麼問題，今天都可以提出來，大家看怎麼解決，如今我們形勢一片大好，不差這一點點時間，況且，王朝有這個實力給予解決。」

停了足足有兩分鐘，也沒有什麼人再提出什麼問題，剛才兀沙爾元帥說得幾乎就是當前的主要問題，其餘的都是些小事情，在這樣的會議上，大家也不好意思提，私下解決即可。

「維戈，既然大家都沒有什麼問題了，你先談談自己對整體戰略的看法！」

「是，聖王！」維戈欠了下身，接著說道：「目前，我軍在此的兵力，主要是北方面軍和西方面軍，北方面軍的情況越劍元帥比較瞭解，但我想北方面軍中的南彝兵團、東海兵團及北蠻兵團損失都比較大，並且由於水土不服等原因，減員也不少，戰鬥力有所下降，需要一段時間休整，而西方面軍主要是第一至第十軍團，多為中原部隊，水土等方面影響不大，況且這次進攻，我們損失也不是很嚴重，再加上騎兵部隊，我想對映月及西星各地的平定兵力已足夠用了，只要我們做好部署，相信在年底前或在明年開春後，一定可以完成統一大業！」

「很好，越劍，你也說說？」

「是，聖王，我就說兩句吧，各位，北方面軍經過一年多的奮戰，從一百多萬部隊減員到五十餘萬，損失將近一半，但我們並沒有喪失戰鬥力，可以說，北方面軍仍然可以繼續戰鬥，至於整個戰略部署問題，剛才大家都談了許多，我就不再說什麼了，有聖王在此，我聽候安排就是！」

天雷笑道：「越劍元帥仗越打越精明，說話也是越來越有水準，既表揚了本王又誇獎了自己，難怪在你手下做事大家都拼命，好了，我知道北方面軍能打，而且還很能打，但是，功勞可是大家的，北方面軍一家獨佔有點那個了吧！」

越劍一聽臉色一紅，然後笑道：「謝聖王誇獎！」

「得了，越劍大哥，你想向映月進軍我還不明白，不過，星落城和月落城你只能選一個，西方面軍選一個，否則我怎麼向手下兄弟們交代！」維戈立即接過話。

「好了，你們都不要爭了，越劍元帥！」聖王天雷臉色一肅，喝道。

「臣在！」越劍起身施禮。

「命令北方面軍包圍星落城，只允許攻城部隊投入轟擊，步兵不允許發起攻擊，以困守爲主，減少傷亡，但各部要抓緊時間休整，調整狀態，在秋季前必須恢復應有的戰鬥力，所需物資可以立即向文謹元帥提出，王朝後勤部要立即給予解決，另外，神武營暫時劃歸越劍元帥指揮！」

「臣遵旨！」

「商秀何在！」

「臣在！」

「任命商秀次帥為第二騎兵兵團總指揮，所部騎兵第六、七、十五、十七軍團，以星落城為中心向四方清剿，主要以勸降為主，對頑固不化分子可以便宜行事，但是，必須保證西星內部在秋季來臨前穩定下來，不得有誤，在必要時，可以向越劍元帥提出支援！」

「臣遵旨！」

「維戈！」

「臣在！」

「以西方面軍全部兵力對映月發起攻擊，步兵要逐城清剿佔領，不要怕費時間，騎兵則全部交給雷格指揮，在秋季來臨前，要把月落城以北地區的城市清剿乾淨！」

「臣明白！」

「各部從明天開始準備，佔領區內的各城全部交給文謹元帥的後軍處理，西、北方面軍由越劍、維戈負責，其餘之人各盡其職，不得有誤！」

「臣等遵旨！」

「溫嘉、卡萊！」

「臣在！」溫嘉立即答應。

「臣在！」卡萊也不慢，連忙應在。

「你二人各率領藍鳥騎士團和短人族戰斧團待命，暫時直接歸我指揮，明白嗎？」

「是，聖王，臣明白！」二人一起回答。

「好，今天的會議就到這裏，明天開始各部分頭行動，具體新行動計畫由兩個方面軍總指揮負責，後天一早我要與帕爾沙特對話，然後維戈就可以行動了！」

「是，聖王！」

「散會！」

聖王天雷喊了聲散會，當先離開現場，溫嘉和卡萊立即跟隨在聖王的身後，三人出來，直奔中營而來，藍鳥騎士團和短人族戰斧團就在聖王的中營邊上，騎士團暫負責聖王的警衛工作，由於楠天身體虛弱，溫嘉代理負責。

第二天，藍鳥軍各部開始調整，西方面軍漸漸地從星落城地區撤出，北方面軍的榮譽軍團、青年兵團、東海兵團、南彝兵團開始接手，攻城部隊開始準備，騎兵第二兵團在商秀的率領下，暫時駐紮在城西側，越劍元帥全面接管了星落城的攻城指揮權。

維戈元帥統帥步兵獨立第一、三、四軍團，第八、九、十軍團，預備隊軍團駐紮在城南地區，後軍預備隊在文謹元帥的率領下，開始接手星盤地區的各城防禦，出榜安民。

一天的時間雖然很漫長，但藍鳥軍仍然忙了一整天，晚間的時候才調整好，各部將領開始休息，等待著第二天聖王和帕爾沙特相會。

天色大亮後，藍鳥軍吃過早飯，在太陽升起的時候，炮聲震天響，一哨官帶領一隊人馬到城下討敵罵陣，呼叫帕爾沙特出來答話。

這時候，聖王天雷帶領各部將領緩步來到星落城下，等待著帕爾沙特的出現。

西星戰事急轉直下，帕爾沙特率軍回守星落城，星盤地區的其他各城陸續失守，守將也是狼狽地逃進星落城，國主星宇、親王殿下帕爾沙特兩人看著星智、星慧、星空、北海明、月旺等將領陸續進城，心如刀割，每進城一個，就說明丟失了幾個城市，如今，西星首都星落城成爲了名符其實的孤城，被藍鳥軍緊緊地包圍在中央。

帕爾沙特神情頹喪至極點，人也憔悴了許多，往日意氣風發的帕爾沙特不見了，西星滿朝文武個個神情哀怨，眼裏充滿了絕望。

國主星宇直愣愣地對丞相星魂說道：「丞相，難道西星千年的基業就這麼完了嗎？」

丞相星魂見國主如此問話，立即淚如雨下，他悲傷地說道：「國主，天亡西星，人力豈可回天，目前，藍鳥軍百萬雄兵包圍星落城，雖然沒有立即發起攻擊，但是，時間也不會太久了，我們只有堅持幾日，看看映月的形勢再說。」

星宇聽星魂如此說法，對坐在一旁的帕爾沙特說道：「王弟，你認爲我們還有希望嗎？」

帕爾沙特冷漠地看了他一眼，然後冰冷地說道：「有希望又如何，沒有希望又如何，我們總不能把射星的祖業拱手讓人吧？雪無痕想攻下星落城也沒那麼容易！」

「那我們就一直這樣守下去嗎？雪無痕可是不怕的，王弟！」

帕爾沙特立即吼道：「雪無痕，雪無痕，你們就知道害怕雪無痕，他又怎麼樣？要不是他們這些貴族嫉妒我，排擠我，使父親剝奪了我的兵權，造成北平原慘敗，事情那會到今天？嘿嘿，這時候知道害怕了，可恨這些蠢貨把大好的天下拱手讓人，使我抱恨終生，嘿嘿，都去死吧！」

「帕爾沙特，你不要說了，都是因爲我才……」

帕爾沙特神智一清，立即苦笑一下說道：「哥哥，算了，事已至此，還說那些做什麼，我想雪無痕也快採取行動了，大家還是快做好準備吧！」

「殿下，你認爲我們還有希望嗎？」星魂問道。

「希望，什麼希望？映月的月影就能擊敗雪無痕？這時候，他也許正不知道怎麼辦才好呢，藍鳥軍百萬雄兵，個個都是從殺場裏爬出來的無情殺手，殺人眼都不會眨一下，映月的老百姓就能頂得住？藍鳥谷的將領不把映月殺個血流成河就是好事！」

「那，那……那天下真的就盡歸雪無痕之手了？」

「哎，星魂，你也是一代老臣了，你的睿智都那裏去了？天下大一統早就在蒼天的安排之下，只不過是盡歸誰手罷了，我不承認雪無痕是什麼天神下凡，但他確實把握住了機會，而我則在一群蠢貨的壓制下失去了這樣一個機會，把天下拱手相讓，西星的命運也就因此而被註定了，但是，天下有雪無痕就沒有我帕爾沙特，有我帕爾沙特就沒有雪無痕，命可以拿去，但我不會臣服在雪無痕的腳下，決不！」

「這……殿下，你還要與雪無痕一戰嗎？」

「當然，這是我與他之間的約定，即使是死，我也會與他一戰而死，絕對不會默默無聞地死去，我要轟轟烈烈，死得其所，像一個英雄一樣去死，哎，忠烈千古流唱，懦夫一臭萬年，我不會做懦夫。」

這時候，星空、星智、月旺、北海明等人急匆匆地走進來，星智急聲說道：「殿下，藍鳥軍要進攻了，我聽見他們與你約戰的聲音。」

「好了，我聽見了，炮聲轟鳴，這是催命鼓，雪無痕，你我終有一戰，早晚都是一樣，走吧！」

帕爾沙特邁大步走出，身後眾人一起跟隨。

帕爾沙特來到南城牆之上，向下眺望，只見聖王天雷在百名將官的簇擁下站在城下，神態自若，藍鳥軍士兵個個精神抖擻，與西星軍隊截然相反，他死死地盯住聖王天雷，眼漸漸地紅了起來。

星宇、星魂等人也一齊來到城上，士兵把整個南城牆上站得滿滿的，他們個個手握刀槍，警惕地向下看。

維戈見帕爾沙特出現在城頭之上，於是喝聲道：「帕爾沙特嗎？你來了！」

「維戈、雪無痕，我來了！」

聖王天雷微微一笑，向前緊走幾步，敞笑一聲道：「帕爾沙特，你我十年神交，並爭天下，雖沒有親自交手，但你應然是我雪無痕最欽佩的敵人！」

「哈哈，好，雪無痕，帕爾沙特今日能親耳聽見你對我的評價，也不枉費你我神交一場，不錯，十一年前在聖靜河畔，你我相約爭『天下』，如今帕爾沙特承認不如你，這『天下』歸你了！」說完，帕爾沙特伸手入懷，取出了當初天雷親筆書寫的「天下」兩字，運功飛向天雷。

天雷伸手接住，微笑道：「帕爾沙特號稱西方最明亮的星，雪某深感欽佩，如今天下大勢已定，希望帕爾沙特兄能順應天意，歸入藍鳥王朝，爲千百萬西星人謀福，如何？」

帕爾沙特仰天長笑道：「雪無痕，你忘記了當初我們的約定了嗎？帕爾沙特不會忘記，大丈夫立於天地之間，生而何歡，死而何懼，只有流芳千古的帕爾沙特，沒有遺臭萬年的星晨！」

聖王天雷肅然起敬道：「慚愧，慚愧啊，雪無痕失言了，帕爾沙特兄，你我雖然有約，但我認爲這一戰已經沒有什麼意義了，你一定要戰，我奉陪就是，如何？」

帕爾沙特哈哈大笑，然後說道：「雪無痕，你的智慧、韜略我深有領教，並感到欽佩，但是，你的武功我還沒有親手領教過，今日你我一戰，帕爾沙特定要再次領教你的霸槍絕技！」

「帕爾沙特兄，請！」天雷用了個請字。

「且慢！」身後一聲暴喝。

聖王天雷微一轉身，見維戈手提大槍而來，他對聖王天雷微一欠身，然後對著城上的帕爾沙特說道：「帕爾沙特，當年你我一戰，不分勝負，並相約再次以槍技相較，今日，維戈想代聖王出戰，如何？」

帕爾沙特眼中一凝，注視著維戈片刻，然後以詢問的眼光看著聖王天雷。

天雷微微一笑道：「帕爾沙特，維戈盡得霸槍絕技，並已大成，足可代我出戰，你想贏維戈還十分困難，勝負應是五五之分，既然維戈有此意，我就成全你們！」

「謝了！」

帕爾沙特在城上微一欠身，說了個謝字，其實他知道聖王天雷的武藝已經高過了他，父親星晨敗在雪無痕的手上，帕爾沙特也有自知之明，不是雪無痕的對手，但他心存死志，並嚮往著領教天下最強的槍法，所以心中也想與維戈一戰，並實現當初的承諾，但必須得到雪無痕的同意，如今雪無痕願意讓維戈出戰，以成全其心志，他非常感謝。

帕爾沙特微一挺身，手中大槍向地上一點，身影如大鳥一般從城上向下飛落，身輕如燕，快落地的時候槍再次點出，身並不落地，再次前竄，身形已掠過護城河，大槍再次點出，河水輕輕地捲起圈圈漣旖，身形已飛過河來，落在維戈身前五丈處。

「好身法！」維戈喝了聲好字，然後說道：「帕爾沙特兄，請！」

「維戈兄請！」

兩個人嘴裏說了個請字，擺手中槍施禮，然後迅速開始提升功力。

幾乎在同時，維戈斜指藍天的大槍一縮而出，霸王槍如一條烏龍一般，秋罡破空的聲音啪啪作響，槍尖幻化的槍花覆蓋整個身前，暗含的槍龍搖擺不定，不離帕爾沙特的面門、咽喉、胸前。

帕爾沙特也不勢弱，凝碧槍如一條綠龍幻動不已，槍尖點出的點點槍花如九天上的繁星，晶瑩燦爛，暗動的綠龍滾動不止，搖搖擺擺，鎖住維戈的胸前七處大穴。

烏龍和綠龍立即糾纏在一起，罡風相撞圈起的氣旋，使周圍如刮起了旋風，圍繞著兩個人轉動，在旋風中，槍龍不停地擺動，上下左右前後交錯，配合著主人幻化的玄妙步伐，越閃越快。

地上，塵土飛揚，鵝蛋大小的石頭被罡起激發出去，向四外飛射，裂空的啪啪聲響震耳欲聾，有的被撵成碎塊，小點的被撵成粉末，塵灰漸漸地升起拔向天空。

經過一個時辰的廝殺後，兩人的動作都慢了下來，動作開始趨向於沉穩，但力量更加強大，兩條槍尖上都吐出了三尺槍芒，凜凜生輝，忽然兩個人急速向前，兩條大槍第一次相撞，轟的一聲巨響，兩人身形迅速分開，距離有十丈，各穩住身形。

維戈忽然敞聲大笑道：「痛快啊痛快，帕爾沙特兄，維戈佩服，佩服！」

帕爾沙特微微一笑，臉上充滿了苦澀，他回答道：「帕爾沙特第一次如此痛快淋漓地交戰，維戈兄的武藝我深感欽佩，如今維戈兄的秋水神罡已經大成，但要想贏帕爾沙特還不是那麼容易！」

維戈點頭贊同道：「帕爾沙特兄所言極是，維戈並沒有贏的把握，但同樣，帕爾沙特兄也是一樣，我們是彼此彼此！」

帕爾沙特輕輕點頭，然後忽然問道：「維戈兄，如你這般的身手，藍鳥谷中有幾人？」

「這個……」維戈看了帕爾沙特一眼，見他目光裏充滿了期待，心中不忍，於是說道：「雷格神功大成，在我之上，溫嘉、商秀比我差些！」

「雪兄如何？」

維戈哈哈一笑道：「我與雷格等人的武藝是聖王所傳，當然不如聖王，當年我與雷格雙戰於他，還不能取勝，如今就差得更遠了！」

帕爾沙特微一欠身，然後說道：「謝謝維戈兄相告，帕爾沙特安心了，我輸於雪兄再無遺憾，不知維戈兄還有一擊之力嗎？」

「哈哈，好，好，帕爾沙特兄請！」

「且慢！」

聖王天雷忽然一聲大喝，然後快步走了過來，他臉上帶著誠懇的微笑，對著帕爾沙特說道：「帕爾沙特兄收手如何？如今聖拉瑪大陸一統在即，天下初安，正需要像兄這樣的人，不如我們並肩攜手，共同爲嶄新的時代而努力奮鬥，開創一個屬於我們的新天地，讓全天下百姓遠離戰爭之苦，掃平四海，清平世界，爲天下人民造幸福，如何？」

第十一章　席捲星辰

帕爾沙特雙眼圓睜，死死地盯著聖王天雷有一刻鐘時間，然後大笑三聲，又大哭三聲，才對聖王天雷說道：「雪兄大恩，帕爾沙特恐怕無福享受，十餘年來，帕爾沙特征戰天下，殺人無數，多少個家庭因為我而流離失所，多少個孩子失去了父母，多少個女人失去了丈夫，多少人淪為奴隸，淒慘地死去，如雪兄所言，帕爾沙特如何面對他們？大丈夫生於天地之間，有所為有所不為，當生則生，當死則死，沒有什麼遺憾，但帕爾沙特能在今天與雪兄引為知己，一生何求？」說完，帕爾沙特嘴角裏開始冒血。

「帕爾沙特兄！」天雷和維戈一起上前，伸手扶住帕爾沙特。

帕爾沙特噴出一口鮮血，然後虛弱地說道：「帕爾沙特罪孽深重，無臉再活在世上，雪兄和維戈兄的大恩無以為報，當一死為謝，從此後，天下是你們的了！」

聖王天雷沉聲說道：「帕爾沙特兄還有什麼未了心願，雪無痕當盡力為你達成！」

帕爾沙特精神一振，虛聲說道：「謝謝，我有一子，請交給明月公主代爲照顧，雪兒，請你原諒！」說罷與世長辭，享年三十九歲。

聖王天雷躬身一禮，維戈單膝點地，深施一禮，然後站起。

聖王天雷忽然仰天長嘯，嘯聲如蛟龍劃破天空，久久不散，那悠揚、宏亮的聲音中，帶著對一個對手、知己般的感歎。

然後，他沉聲說道：「帕爾沙特是個英雄，他用死償還了他犯下的罪孽，他已不屬於任何人、任何國家，維戈，吩咐下去厚葬他，藍鳥軍，敬禮！」

「敬禮！」上百萬人齊聲呼吼，齊刷刷地向帕爾沙特的屍體敬禮，無論是見著與沒有見著帕爾沙特的人，都在向他敬禮，在生命消失的時刻，帕爾沙特贏得了他的敵人的尊重。

然後，聖王天雷轉身對著城牆上的星宇說道：「我給你兩個月的時間思考，開城投降，否則休怪我手下無情！」說完轉身而去。

維戈吩咐人抬著帕爾沙特的屍體回歸大營。

由於帕爾沙特的死避免了維戈與他的死戰，贏得了聖王與維戈的欽佩與尊重，所以維戈元帥親自爲帕爾沙特舉辦了葬禮，並修建了一座巨大的陵墓，因此西方面軍向映月進軍推遲了七天時間。

而星落城內早已經是人心惶惶，亂作一團，聖王天雷的話很明白，在兩個月之內開城投降，否則就使用霹靂手段，玉石俱焚。

七天後，藍鳥軍展開了新一輪的攻勢，橫掃整個西星國內。

在商秀騎兵兵團的威脅下，各地殘餘勢力紛紛投降，帕爾沙特的死，使這些人喪失了最後的一絲鬥志，放棄了抵抗，而西部沙漠地區的各族紛紛派出代表向聖王表示臣服，並送來了大量的珍寶、美女等，聖王全部收下，並派人接手整頓西部沙漠地區。

近月的時間內，西星國內的局勢迅速得以穩定，星落城已如風雨飄搖中的一葉孤舟，搖搖欲墜。

八月初，元帥維戈率軍與雷格會合，六十萬藍鳥軍精銳部隊深入到映月國內。

邊境城市月境城守將開城投降。隨後，藍鳥軍以藍羽騎兵兵團為前鋒，步兵為中軍，藍鳥騎士團、短人族戰斧團為預備隊，分兵三路，向映月北部發起了全面的進攻。

藍月城、海月城等城市在藍鳥軍的威脅下紛紛投降，近月的時間內，月落城北方大門已經向藍鳥軍敞開了。

在映月帝國南部，藍鳥軍南方面軍主帥秦泰自得到聖王安全與藍羽會後後，懸掛的心才放下，不久，參軍風揚、黑爪頭子奧卡得到聖王的命令，藍衣眾、黑爪暫劃入秦泰元帥的指揮下，配合南方面軍對攬月城防線發起攻擊。風揚與奧卡自接到聖王的命令後，全力配合秦泰元帥，南線打得有聲有色，步步緊逼，攬月城防線在秦泰凌原兵團的打擊下被撕開了幾條口子，已經搖搖欲墜了。

藍鳥軍從北方出兵，使映月國內局勢迅速下滑，越加動搖了映月的國本，西星帝國局勢的迅速平定，加快了這個步伐，映月帝國民心渙散，老百姓不願意提藍鳥軍，更不願意與藍鳥軍開戰，士兵們鬥志全失，龜縮在城內，不敢出戰，南北藍鳥軍勢如破竹，迅速向月落城靠近。

聖皇月影這時候已是無計可施，朝中大臣也惶惶無策，面對藍鳥軍南北兩面一百二十萬大軍，映月所有的兵力加在一起也不足這個數，況且士兵的品質、武器裝備也無法相比，這樣的仗還怎麼打。

八月十六日，攬月城防線徹底被秦泰凌原兵團撕開，大軍迅速湧入，攬月城被大軍包圍在中間，而凌原兵團的前鋒在藍衣眾的配合下，迅速向月落城殺來。

八月二十三日，藍衣眾先頭部隊靠近了月落城南郊。

二十八日，步兵先頭部隊到達，並迅速清除月落城周邊，準備大營。

九月一日，秦泰元帥率領中軍三個步兵軍團到達月落城下，並迅速展開對城南地區包圍。

十日，西方面軍藍羽騎兵兵團達到月落城北地區，並立即對月落城東、北兩面實施封鎖。

十四日，獨立第一軍團到達月落城下，隨後，獨立第二、三、四軍團到達。月落城西面是小月山月落宮，聖王天雷曾經有話，藍鳥軍不許靠近小月山一步，所以雷格也沒有對小月山一帶實施封鎖，面對明月公主居住的月落宮，藍鳥軍將帥們還是有所顧及的，況且，目前大軍還需要對許多地區的城市實施攻城，兵力也略顯得不足。

但五十五萬藍鳥軍精銳部隊也使月落城內的敵人不敢出戰，無論是藍羽，還是凌原兵團、獨立軍團，月落城內的軍隊還沒有一支可以單獨和任何一支藍鳥軍隊相抗衡，像出現在月落城下的藍鳥軍陣容，雖然說攻城不足，但野戰絕對沒有對手，月落城已經被孤立了起來，攻陷只是時間問題。

話說西方面軍參謀長兀沙爾元帥越向月落城靠近，心就越發地沉重，從北月城出發後，兀沙爾就提出單獨率領參謀部行動，主帥維戈體諒兀沙爾的心情，欣然同意，不久，兀沙爾參謀部就落後了，但也沒有人怪罪他。

兀沙爾畢竟是映月人，近鄉情怯，他心中雖然對映月皇族一脈充滿了仇恨，但同時也對明月公主充滿了感激之情，這種愛恨交織在一起，使他舉步艱辛，心中苦澀異常。全家被斬，只剩下自己孤零零一人，心中的痛時刻侵蝕著他的心，父母、妻兒的面孔不時地出現在他的腦海，兀沙爾苦苦掙扎，在痛苦中日夜難眠。但明月公主爲了力爭保全自己與家族，雖沒有成功，這份恩情卻也永遠地記憶在他的腦海裏，況且，明月公主是聖王的妻子，少主的母親，這種雙重的恩惠，使兀沙爾不知道怎麼辦才好，目前，藍鳥軍就要靠近月落城了，但明月公主卻也在月落宮內，情況越來越危險，無論是爲了忠君還是恩情，兀沙爾都責無旁貸地爲明月公主著想。

「來人，爲我準備馬匹，各位在此紮營，沒有我的命令不許行動。」

「是，參謀長大人！」

兀沙爾秘密離開了營地，策馬向星落城奔去。

如今，星落城被北方面軍包圍，所部即有青年兵團、東海兵團、南彝兵團及榮譽軍團的十萬人，西側還有騎兵增援，東南爲藍鳥騎士團和短人族戰斧團的大營，聖王暫時駐紮在此。兀沙爾不敢前去見聖王天雷，他這次回來是有秘密的事情，所以他直接來到了榮譽軍團的大營內，見著了少主夢雷。

「臣兀沙爾拜見少主！」兀沙爾跪倒施禮。

少主夢雷吃了一驚，忙起身扶起兀沙爾，嘴裏急聲說道：「老元帥請起，你不是隨軍向月落城了嗎？」

如今，少主夢雷經過幾年的軍旅生涯，人長高了許多，也威嚴了許多，真正地成爲了一名年輕的將領，他年輕的臉上稚氣已經沒有了，多了些成熟與幹練，性格中也多了些軍人特有的氣質，冷漠、堅強、幹練。

幾年來，夢雷在藍鳥軍各部將領的愛護下迅速成長，其間的苦也沒少吃，仗也沒少打，但大家的愛護之情卻深深地植於他的腦海裏，感激與堅強同在，能力也大大增長，已成為獨當一面的將領，所部榮譽軍團十萬人全部是藍鳥軍中最優秀的子弟，作戰更是兇悍，驍勇善戰。

但夢雷從沒有驕傲過，在他的心中知道自己與別人不一樣，但到底是什麼地方不一樣，他也說不清楚，雖然藍鳥軍將帥都對他非常關愛，但更多的是嚴厲與鼓勵，就是自己的父王也是一樣，賞罰分明，關愛中帶著嚴厲。

但兀沙爾元帥對他不同，沒有威嚴，沒有鼓勵，有的只是父子一般的疼愛，夢雷能感覺到兀沙爾的愛與別人不一樣，兩個人見面的時間雖然不多，說話也比較少，但夢雷就是能感覺到，他心中雖然很納悶，但更多的是感激。

如今見兀沙爾在大戰中前來見自己，非常吃驚，忙問了出來。

「少主，臣有急事情才來見你！」

「說吧，什麼事情！」

兀沙爾左右看了一眼，夢雷立即吩咐人出去。

「少主，你可知道前些日子聖王爲什麼前往月落城嗎？」

「這個……這個我倒是不清楚。」沒有人告訴他爲什麼。

「這是因爲你的母親！」兀沙爾語出驚人。

夢雷大吃一驚道：「我母親，爲什麼？」

兀沙爾元帥苦笑了一下道：「因爲你母親是映月人，而且是映月的公主！」

「映月的公主？」

「是，少主，我也是映月人，曾經是公主的手下，十四年前我隨公主遠征中原，後來公主遇見了聖王，然後隱居藍鳥谷，我爲此全家被斬，被迫歸降王朝，十餘年來，聖王對我恩重如山，我也爲聖王東擋西殺，才有了今日。前些日子，圓月教的教主天月大師飛天歸升，你母親被叫回接掌圓月教，聖王心中惦念，所以才孤身前往映月探望你母親，不想聖皇月影不念親情，派人追殺聖王，藍鳥軍各部馳援，提前引發大戰，直至如今。」

夢雷的雙眼瞪得如圓月，嘴裏吃驚地念道：「父王爲了母親孤身涉險，恩愛之情天地可鑒，有這樣的父母我很驕傲，對了，兀沙爾元帥，如今我母親怎麼樣了？」

兀沙爾苦笑道：「非常不好，聖皇月影爲了讓你母親帶兵抵抗藍鳥軍，而你母親當然不會同意，所以與公主斷絕了父女之情，前些日子聖皇派人追殺聖王，藍鳥軍將士大怒，大軍一路趕殺，幾乎殺到月落城下，公主爲了攔住雷格元帥孤身北上，與雷格元帥見面，雷格元帥當即退軍，但也說了，從此後藍鳥軍與公主再無瓜葛，形同漠路，恩怨兩清，以後見面就是敵人，如今我大軍齊聚月落城下，公主讓人十分擔心。」

夢雷急了，當即說道：「雷格叔叔怎麼能這樣呢，他可是父王的兄弟啊！」

兀沙爾再次苦笑道：「正是由於雷格元帥是聖王的兄弟才如此，別人還不敢違抗軍令呢，少主你想，映月截殺聖王，藍羽大軍遠征，爲挽救聖王而日夜不停地趕路，卻被公主一人擋回，別人敢這麼做嗎？況且，以雷格的身分完全可以代表聖王處理此事，比聖王自己處理還好，雷格也算給了公主的面子，大軍隨即撤回，以後，恩斷義絕，公主可以爲保護映月而努力，但雷格也可以爲聖王而揮刀，生死相搏，互不相欠。」

夢雷倒吸了口冷氣，然後急忙說道：「那母親現在豈不是很危險，雷格叔叔再也不會手下留情了，兀沙爾，我們快走，求父王開恩，不要爲難母親。」

「少主，這事求聖王更沒用，反倒不好說話，你想想，聖王會爲了公主而置百萬藍鳥軍的利益於不顧嗎？那樣他就不是聖王了，國有國法，軍有軍規，任何人也不能更改，就是聖王自己也不行，藍鳥軍能有今天就是因爲有法必依，軍令如山，要是讓聖王知道你爲公主求情，還不把你軟禁起來才怪？」

「那怎麼辦啊？」

「不如我們悄悄離開，趕往前線，少主，有你在，雷格元帥就是再心狠也會給你面子，那樣才能救得了公主，否則，事情就晚了！」

「那榮譽軍團怎麼辦？父王會因此殺了我的！」

「這……」兀沙爾考慮了一會兒，咬牙說道：「不如把事情與越劍元帥講明，看看越劍元帥能否開恩爲我們做掩護，如果是那樣，事情就好辦了。」

「好吧，我們走！」夢雷也是急了，匆忙離開。

元帥越劍的中軍大帳在城西側，緊靠著騎兵大營，元帥大帳高大而華麗，與別的帳篷不同，而且衛士都是好手，大家都認識少主，一路上紛紛施禮，夢雷帶著兀沙爾也不通報，直接進入大帳。

越劍正坐著喝茶，見夢雷和兀沙爾進來，忙起身相迎，夢雷忙跪下磕頭，越劍吃了一驚，忙拉夢雷起來，但夢雷說什麼也不起身，兀沙爾在一旁把事情的經過說了一遍，越劍一聽略微考慮了一下，當即同意了夢雷離開。

但越劍也不是一般的人，此事重大，關係到少主的安危，於是他說道：「兀沙爾，我把少主交給你，你一定要給我照看好了，要是他少了一根頭髮，我們就只有以死謝罪了，另外，少主可以把親兵帶走，就說是我派你們去執行任務，聖王那有我頂著！」

「越劍元帥放心，要是少主少了一根頭髮，我當即就以死謝罪，聖王那你要小心了，幫助少主做些掩護。」

「這你放心，我明白！」

「謝謝越劍叔叔！」

「夢雷，你起來吧，哎，真是苦了你了，好孩子，記住我的話，先見見你維戈叔叔，只有他才能約束你雷格叔叔，也只有他說話才算數，如果維戈同意，天大的事情也好辦多了。」

「謝謝越劍叔叔，我明白了。」

「夢雷，我想維戈會答應你的，你出藍鳥谷的時候，兩位老爺子帶信讓他們照顧你，維戈和雷格不敢不聽，要是你有個好歹，兩位老爺子是不會答應的，況且，聖王非常聽兩位老爺子的話，他也不能拿你怎麼樣，而這事說大就大，說小就小，倒沒什麼，憑維戈和雷格完全有權做主，你放心就是！」

夢雷聽越劍如此說話，心中大喜，謝過越劍後回到大營，立即帶領一萬近衛出發，前往月落城。

維戈兵出北月城，一路向南攻擊前進，大軍所到之處，只有兩個結果：降與不降。對於投降的守軍，他沒有爲難，安頓好百姓，幾乎一切照舊，但對於不降的城市，維戈也不客氣，揮軍猛攻，在攻入城後，幾乎是趕盡殺絕，這種策略使各城望風而降，省了許多麻煩。

目前，映月帝國軍首尾不能相顧，兩線作戰兵力不足，況且，藍鳥王朝統一大陸的戰略形勢基本完成，西星帝國被攻陷、帕爾沙特的自盡加速了映月人崩潰的心理，再與藍鳥軍抗衡只有死路一條，所以各個孤城在維戈大軍威脅下也就降了，老百姓的心理畢竟與統治者不同，誰做主人都是一樣，只有好壞之說而已。

維戈元帥用兩個月時間收復北方各城，速度自然就慢了一些，聖王天雷要求西方面軍逐城攻佔，當然需要時間，步兵不像騎兵可以不參與攻城作戰，只把各城之間的聯繫切斷，對散佈在各地的兵力進行毀滅性打擊，步兵需要佔領整個地區，從根本上消滅抵抗的根源、力量。

其實，聖王之所以給維戈下了這樣一個命令，其實是在照顧南方面軍的秦泰部，當然，這個命令也是必要的。這次聖王西行，秦泰擔了巨大的風險，也受了委屈，同時，聖王也答應把攻陷月落城的功勳給了秦泰，至於維戈，他倒沒有想許多，畢竟維戈和雷格是自己的兄弟，好說話，且功勳已經積累得太多了，他們不像秦泰，太需要一次巨大的功勳了。

維戈和雷格那裏知道聖王心裏的想法，還道是戰略上的需要呢，畢竟攻陷一個國家可不是容易的事情，它需要各方面的考慮，所以只有執行命令，逐城爭奪。

秦泰部卻與之相反，在撕開攬月城防線後，秦泰留下一半兵力圍殲各部，自己和藍衣眾北上，直指月落城，速度反而超過了維戈，但藍羽騎兵並不讓步，很快就來到了月落城下。維戈聽說秦泰已經達到了月落城下的消息，忙命令威爾率獨立第一、二、三、四軍團南下，增援雷格，自己落在後面指揮攻擊各城。

落後自然就事多，整個戰區內的大小事物都需要維戈處理，雖戰事不那麼緊張，但安定局面、處理各城事物就夠他忙的，好在維戈是文武雙全的人，在中原時又積累了大量的經驗，倒沒有什麼難處。

但維戈的行營還是逐漸向月落城方向靠近。

這天，維戈忽然接到了少主夢雷，心中一愣，夢雷隸屬於北方面軍越劍部，沒事情是不允許私離軍隊，如今見夢雷與兀沙爾一起來見自己，心一轉明白了幾分。

夢雷雖然是天雷的兒子，但他也知道，有幾個人是自己惹不起的，除了自己的主帥越劍之外，就只有從小與父王一起長大的叔叔維戈和雷格，而且是絕對惹不起，就是他們把自己殺了，父王也不會說什麼。

維戈見夢雷和兀沙爾進來，忙站了起來。兀沙爾是維戈的參謀長，共事很長時間了，彼此之間十分熟悉，但兀沙爾年歲比較大，深受聖王信任，況且忠心耿耿，維戈對他是非常欽佩和尊重。

「侄兒夢雷，拜見維戈叔叔，叔叔好！」夢雷趕緊跪下施禮。

維戈搶步上前，伸手拉夢雷起來，拍了拍夢雷的肩膀，嘴裏敞笑道：「好孩子，越來越像你父王了，好，好！」然後轉頭對兀沙爾說道：「老帥一向可好啊？」

「好，好，你也好吧！」

「我很好，就是累些，你這次回來就幫我做點事情吧，畢竟你比我熟悉！」

兀沙爾苦笑了一下，然後說道：「我那有這般心情，正爲一事發愁，維戈，這回你可得幫幫忙，否則麻煩大了。」

「坐，夢雷，你也坐吧，到叔叔這兒了，天大的事情有我擔著，你放心就是，說吧，什麼事？」

夢雷那有心坐下，聽維戈如此說話，心頭一熱，雙膝跪倒，眼淚在眼圈裏打轉，嘴裏說道：「叔叔，這回你可要救救我母親，救救夢雷啊！」眼淚迅速流下。

維戈嚇了一跳，忙拉夢雷道：「起來說話，怎麼了？」

「叔叔要是不答應，夢雷就不起來！」

「好，好，叔叔答應你就是，好孩子，起來吧，說，怎麼回事？」

維戈把夢雷拉了起來，按在椅子上，然後在他對面坐下，詳細地詢問了起來，夢雷把事情的經過一說，兀沙爾在旁補充，最後，維戈終於聽明白了是怎麼一回事情。

他沉思了一會兒，想道：天雷大哥對明月是深愛著的，要不然，也不會冒險到小月山月落宮探望明月，況且，夢雷畢竟是天雷的長子，明月的兒子，說什麼也不能讓明月出現意外，否則後患無窮，而且自己的兩位爺爺也喜歡明月公主，要是真發生了什麼意外，不扒了我的皮才怪。

想通了事情的關鍵所在，維戈抬頭笑道：「好孩子，這事就交給叔叔處理好了，也不是什麼大不了的事情，你母親可憐自己的父母，這是人之常情，叔叔令人不動他們就是！」

「謝謝叔叔，謝謝叔叔！」

「兀沙爾，你給我找了這麼大的麻煩，也得做點事情啊，我看這樣吧，你暫時統領後軍，把事情處理好，我帶夢雷到月落城看看，你也知道雷格的脾氣，上次月影老小子追殺聖王，雷格大大地生氣，殺性大起，明月又阻擋他進軍，恐怕不好說話！」

「一切聽翎帥安排就是，後軍的事情你放心，兀沙爾定會處理好！」

兀沙爾明白雷格是殺人狂，只有維戈能阻其殺性，況且上次的事情鬧得也太大了，雷格和藍羽的將士們胸中懷恨，不發洩是不行的，也就只有維戈親自去，才能把這件事情處理好，雷格再怎麼說也會給維戈和夢雷的面子，而秦泰那就好說多了。

維戈點頭說道：「事情就這麼定了，一會兒你接手後軍的事，明天一早我們出發，夢雷，好好休息一晚，一切有叔叔呢！」

「謝叔叔，有叔叔在我就放心了！」夢雷也是長出了口氣。

維戈與別人不同，他和聖王天雷從小一起長大，可以說親如手足，並肩作戰十幾年，感情之深幾乎無人可比，像這類事情，有維戈處理正合適，他既是軍隊的主帥，又是聖王的兄弟，國事、家事都有權作主。

一夜無話，第二天，維戈率領夢雷及藍翎衛起程，趕赴月落城。

經過秦泰凌原兵團近月的試探性攻擊，月落城絲毫也沒有鬆動的跡象，秦泰不敢再強攻，與雷格一商量，暫時停止攻城，就地休整，同時，秦泰也抓緊時間把南部各城的事宜處理好，等萬事俱備，再謀圖月落城。

月落城是映月帝國上千年的都城，城高牆厚，氣勢恢宏，也如星落城一樣，易守難攻，想攻陷月落城，沒有幾十萬部隊傷亡是不行的，藍鳥軍在如今的形勢下，也沒有必要作出如此巨大的犧牲，慢圖也是目前唯一的辦法。

但雷格看著月落城就生氣，聖皇月影竟敢派人追殺聖王天雷，且差一點就成功了，雷格實在是咽不下這口氣，同時對明月公主也心懷激憤，聖王和王朝臣民百姓對明月可以說仁至義盡，但明月在聖皇月影追殺天雷的時候，一點也沒有幫忙，事後又阻攔大軍，雷格是越想越氣，他對明月公主沒有什麼辦法，但並不是說雷格對月落城就沒有辦法，他恨不得把月落城從地上剷除。

雷格也正是按照這樣的想法去做的。首先，他和秦泰商量後停止了攻城，但部隊卻開始收集油料、木桶之類的東西，然後，把收集到的東西交給攻城部隊，準備分四門方向放火；其次，在月落城的各個城門前挖掘戰壕，封鎖各個路口，使城內的人出不來。

藍鳥軍大量收集油料等物質的消息迅速傳到了月落宮內，玄月、明月等人略一分析，就知道雷格準備用火攻，這是滅絕人性的手段，但戰爭卻使人瘋狂，仇恨使人喪失了理智，雷格使用這樣的手段也沒有什麼人能攔得住。消息迅速傳入城內，映月朝野震驚，有人說雷格只不過嚇唬人而已，有的人主張儘快出城決戰，有的人暗中打主意準備投降等等，但明月公主卻確信雷格敢使用這樣的手段。

映月城內，軍民加在一起接近百萬人，困守孤城也挺不了多少時間，但雷格在城外準備採取的措施卻令映月人團結了起來，士兵、百姓在惶惶中又感到憤怒，作戰的情緒大漲，許多人強烈地要求軍隊出城決戰，決不投降。

雷格當然知道這個消息會傳入城內，同時也希望城內的人出來作戰，他在城門前挖掘的戰壕等就是阻止敵人有效地偷襲攻擊，只要給藍鳥軍時間，雷格藍羽和獨立軍團、凌原兵團未必會怕敵人，並有把握殲滅來犯之敵，雷格這一手既攻卻守，雙重威脅，但其基礎是建立在雷格敢放火的基礎上。

月餘時間，藍鳥軍南方面軍和西方面軍把月落城周圍地區清理乾淨，大軍向月落城集結，城外的藍鳥軍越聚越多，火攻的準備工作已基本上就緒，在各個城門方向，三條巨大的戰壕把城內和城外隔離開來，藍鳥軍巡邏隊日夜巡邏監視，大營內，攻城部隊把攻城用的投石車、箭樓車、弩車等修復一新，時刻可以展開攻城，營外的地上石塊、木材、油料等物資堆積如山，越來越多，雷格和秦泰一南一北，各負責兩個方向，準備展開行動了。

時間已經進入了秋天，秋風中帶著清涼，夾雜著枯葉、草梗在空中飄蕩。路邊的樹木在秋風中搖擺，樹葉沙沙地飛在空中，落在地上，樹葉有的全黃，有的半枯，有的帶著紅色的斑點，葉子有的成圓，有的成條，有的帶著齒輪，葉脈清晰、乾枯。

呼吼的北風吹進城內，捲起的旋風帶著大量的枯葉在空中旋轉，沙粒、塵土飛揚，使人難受。

月落城孤單、淒美。

守軍士兵成天站在城牆之上，遙望著遠方，懷中的兵器越來越冰冷，人心越來越淒涼。城外，藍鳥軍的大營連成片，方圓五十里內幾乎全占滿，騎兵四下裏巡邏，進進出出，每一次號角聲都使人心驚肉跳，心神不安。

這是場耐心、耐力、實力的比拚，是一場恐懼、死亡的較量。

九月二十日，藍鳥軍展開了第一次試驗性火攻。

月落城周圍，藍鳥軍展開了八個攻城投石車方陣，每個方陣四十輛投石車，其間夾雜著巨型弩車，攻城方陣後是中弩手保護部隊，再後是騎兵和步兵攻城軍團。

在每具弩車前，燃起一個巨大的火鍋，火騰騰燃起，把空氣烤得火熱，弩車上，巨型弩箭頭上包著棉布，旁邊擺著油桶，準備給弩箭沾油用，火鍋是點火的。

在投石車旁，擺放著無數的油桶，有的已經架在了投石車的架上，牛皮筋做成的弦緊蹦著，皮兜上的油桶隨時都能離弦而出。

上午九時剛過，伴隨著號角聲、戰鼓聲，雷格騎著戰馬來到了北門前，他黑黑的臉上掛著冷笑，雙眼中泛起冷酷的殺意，在距離城五百米處停住了戰馬，這時候，城南也傳來了鼓聲、號角聲，秦泰也出來了。

在雷格的身後，二十幾員大將同樣跨在馬上，臉上流露出的是久經沙場的冷酷，雷格看了看天空，然後吩咐一聲：「擊鼓，準備開始！」

鼓聲隆隆，號角齊鳴，三遍過後，雷格吩咐一聲：「開始吧！」

鼓聲更緊，如催人廝殺，藍鳥軍投石車在統領旗幟的揮舞下開始轟鳴，無數的油桶飛上天空，然後落在城牆上、城內，落地時，油桶破碎的聲音格外的刺耳，燃油飛濺。

與此同時，弩車手點燃了火箭，推弓手立即放出，破空的箭哨劃破天空，呼叫著飛向城內，弩箭如燃起的火球，飛落在地，燃油立即開始燃起，火漸漸地著了起來。

油桶不斷地飛向城上、城內，火越燒越大，守軍的士兵在大火中掙扎，無數士兵用水桶撲滅大火，幫助同伴滅火，城上亂做一團。

「換石！」十輪過後，一半的投石車改用了石塊，另一半仍然使用油桶，石塊、油桶在天空中飛舞，落下。

第十二章　梟雄末路

月落城在秋風中呻吟、燃燒。

爲了對付藍鳥軍的火攻，城內靠近城牆一帶已經被清理一空，兩百米內沒有一絲易燃之物，老百姓家裏用的水缸被布在周圍，裏面裝滿了水，無數的士兵、百姓在遠處觀望，一旦大火蔓延過隔離帶，立即開始撲滅，防止蔓延，全城的男人都時刻準備著滅火。

老人、婦女、孩子們躲藏在家裏，戰戰兢兢地等待著男人的消息，眼裏充滿了恐怖與絕望，戰爭對於他們這些弱者來說，就意味著死亡。

大火在燃燒，城上的士兵在大火與飛石中掙扎，作爲戰爭中的犧牲品，他們已經別無選擇，要麼拼死抵抗，要麼投降。

水缸被投石砸碎，裏面的水流了出來，與油混雜在一起，儘量減少油燃燒，許多士兵舉著盾牌，努力地把水向四外潑去，減小火勢，有的士兵扛著麻袋，把土灑在燃起的火上，以撲滅大火。

與城外的藍鳥軍主將一樣，映月皇朝的君臣們同樣立在皇宮內的一個高處，向四外打量。聖皇月影陰沉著臉，默默無語，周圍的群臣有的臉色發青，有的發紫，有的戰戰兢兢，渾身顫抖，但每一個人的眼裏都滿是焦急、絕望。

「雷格這個魔鬼，殺人狂，他真的放火了，真的放火了，他要把月落城內的百萬軍民活活地燒死，這是魔鬼，魔鬼啊！」

不知道是誰先罵了起來，接著群臣紛紛叫罵。

「雷格這個雷劈死的，他還是人嗎，簡直就是惡魔，惡魔啊！」

「你知道他的外號叫什麼嗎？他叫『煞神』，只有魔鬼才能叫這樣的外號，他就是魔鬼的化身。」

「不是說雪無痕是個仁君嗎？他怎麼用雷格這樣的惡魔，我看他也是魔鬼，魔鬼中的惡魔。」

「什麼仁君，我看都是一樣，爲了戰爭不擇手段。」

悄悄的議論聲四起，什麼樣的說法都有，罵聖王雪無痕的，罵雷格的，罵整個藍鳥軍的，反正想起誰就罵誰，這時候，簡直就不像一向穩重的大臣，與街頭罵街的無二。

聖皇月影默默地聽著，他的心在抽搐，在痛，他知道雷格爲什麼要這樣做，滅絕映月一脈對於雷格來說不算什麼，對於藍鳥王朝來說更不算什麼，大陸即將一統，人有的是，消滅映月一脈對於藍鳥王朝來說也許是件好事，永絕後患。

月影的心在滴血，看來藍鳥軍是在逼他死，雷格的作法很明確，要麼你死，要麼整個月落城陪葬，截殺藍鳥王是不會有好結果，藍鳥軍有權而且有能力進行報復，而這個代價是無法想像的。

「聖皇，要這樣下去早晚會引起恐慌，月落城不攻自破，雷格雖未必敢屠城，但這種手段卻是最有效的，你要趕緊想個辦法啊！」丞相低聲說道。

月影默默無語，想辦法，想什麼辦法？即使藍鳥軍不攻城，難道月落城就能堅持多久麼？近百萬人口，一天需要多少糧食，整個漫長的冬季要怎麼渡過？

這時，藍鳥軍的攻勢減弱了下來。

雷格看著燃燒的月落城，沉默了一會兒，然後說道：「收兵！」

號角悠揚，藍鳥軍漸漸地減弱了攻勢，收兵回營。

小月山上，玄月大師、明月公主及許多圓月教的子弟站在宮門前眺望燃燒的月落城，許多弟子呼叫著要衝下山去與藍鳥軍拼命，被明月公主派人攔住，他們哭叫著問道：

「教主，藍鳥軍在屠殺啊，在毀滅月落城啊，妳不要攔著我們了，拼了吧！」

明月公主眼珠赤紅，早已經沒有淚水了，她看著哭叫的弟子們說道：

「拼殺？你們拿什麼與藍鳥軍拼殺，雷格正等著你們去拼殺呢，他要屠殺正好有了藉口，一百余萬冷酷無情的軍人在等著開始屠殺呢，你要想死我不攔你們，但是，你們要爲老百姓想想，因爲你們的衝動而連累他們去送死，有意義嗎？」

沒有人敢接明月的話。

「明月師妹，求求妳救救這些百姓吧！」玄月大師眼角赤紅地說道。

「沒有用的，當初我阻擋雷格進京時，他話已經說得明白，從此後恩斷義絕，我去求情反而增加了雷格的殺性，等等看吧！」

「師妹，還等什麼，雷格在殺人，在放火啊！」

「我知道，城裏已經有所準備，傷亡不會太大，我估計維戈快到了，只有維戈可以阻止慘劇的發生，別人是沒有用的！」

「維戈可以阻攔雷格嗎？」

明月默默地點了下頭，然後說道：「是的，師姐，在藍鳥王朝內，只有兩個人可以約束雷格，一個是聖王，另一個人就是維戈。」

玄月大師看著明月公主，明月接著說道：「聖王與維戈、雷格從小一起長大，親如手足，維戈比雷格大一點，聖王最小，但是他卻是二人的大哥，同時聖王也是兩個人的師叔祖，他們之間的輩份亂七八糟，但並不影響他們之間的感情，雷格性格暴烈，但有一樣好處，就是對兩個哥哥忠心耿耿，非常聽話，但誰要是敢傷害他們，雷格卻手段血腥，一定會報仇血恨，這次的風波就是因爲雷格親眼看到了金月截殺聖王，所以才不惜屠城。」

「難道雷格真的敢屠城嗎？」

明月公主苦笑一下道：「如今聖拉瑪大陸即將一統，只有聖王才有權處罰雷格，即使雷格屠城又如何，我們畢竟是敵人，聖王就是處罰了也就是說幾句了事，難道他還會殺了雷格不成？況且現在是戰爭，雷格可以找出一百條理由爲自己辯解，聖王也不一定會怪罪於他。」

玄月大師點頭道：「也是，我們是敵人，況且雷格是在爲聖王報仇，誰心裏都明白這一點，所以沒有人會怪罪雷格，只有苦了映月的百姓。」

月落城內的大火不久就被撲滅，但塵煙仍然四起，燒焦的糊味刺鼻，哭喊聲響成一片，老百姓在尋找著自己的親人。

這一仗，映月軍民損失不大，只有三萬餘人傷亡，但雷格恐怖的手段卻使月落城內慌了起來。

第四天，維戈元帥率領夢雷來到了月落城外大營，安下大帳。

維戈、雷格、秦泰三人都是元帥軍銜，除雷格受維戈節制外，秦泰南方面軍與維戈西方面軍沒有隸屬上的關係，秦泰雖然年歲比兩人大些，但作戰能力比不上兩人，這一點秦泰自己也清楚，維戈來到月落城前線，秦泰自然也要與維戈合作。

但兩個方面軍一百多萬人還沒有一個統一的主帥。

秦泰、雷格二人見少主夢雷也隨維戈來到前線，自然大喜，雷格雖然對明月有意見，但與夢雷沒有關係，他對夢雷的喜愛超過了對明月的怨恨，聖王的長子還是有分量的。

休息了兩天，三人重新商討了今後的作戰方略，調整了部署，對西門小月山一帶也放鬆了圍困。

二十五日，溫嘉代聖王到月落城前線傳旨，任命維戈爲前線總指揮，秦泰、雷格爲副，督導各部，旨意最後吩咐三人讓夢雷暫時全權處理月落城事宜，三人只把握大方向即可。

聽完聖王的旨意，三人沉思片刻，維戈笑道：「看來聖王大哥心存情誼，並要鍛煉夢雷，給明月留條生路，我們作臣子的也只有遵旨了，雷格，既然大哥有話，你也就算了，一切交給夢雷就是！」

雷格臉上露出一絲笑意，然後說道：「我明白，難道我還能拿明月嫂子怎麼樣嗎？況且還有夢雷小子在，大哥既然不想追究，我的氣也就消了。大陸即將一統，殺伐只是不得已的手段，一張一弛，變化萬千，映月人也翻不起什麼大風浪，以後小心點就是。」

秦泰也笑道：「雷格兄弟能有如此心懷，秦泰深表欽佩，前些日子可真把我嚇了一跳，以爲你真要火焚月落城呢，如今好了，不過映月仍然會保留一些力量，需要我們慢慢化解，霹靂手段加上恩威，正是王者之道，以後對西方必須投入重兵以防萬一。」

維戈深表贊同地說道：「秦泰大哥說得極是，映月、西星歷來是多事的民族，很難統治，聖王大哥又心懷仁義，恐以後會變生不測，多加小心就是，如果他們想自己找死，雷格正高興呢！」

「嘿嘿，正是，不管他是什麼人，如心懷二志，危害王朝，我定率領大軍殺他個血流成河，趕盡殺絕！」雷格嘿嘿一笑道。

秦泰的心裏沒來由地顫抖了一下，多年來他率軍固守銀月洲，其間養尊處優的時間比較多，不像維戈與雷格整天伴隨著殺伐，煞氣十足，一提起殺人來，眉都不皺一下，他畢竟參加的戰役比較少，殺氣漸弱，與他們倆人相比簡直有著天壤之別。

「我看就這麼辦吧，把映月西星的所有貴族都帶回中原，放在眼皮底下監視，一有不軌行爲立即斬殺，這就不怪我們不仁義了，給了他們機會，他們自己不好好把握，怨不得別人！」

「秦大哥說得是！」

秦泰處事的方法比較溫柔，符合聖王的意圖，如今雷格這個大惡人作得差不多了，也應該派夢雷這個少主出面了，畢竟他是聖王的長子，身分地位無人可比。維戈見秦泰主意已定，也就順水推舟了。

「來人，請少主過來！」維戈吩咐道。

「是，翎帥！」

不久，少主夢雷大步走入。這兩天，夢雷一點也沒有閒著，到處看了看，把月落城轉了一圈，看見雷格與秦泰兵團的準備，嚇得臉都白了，況且，月落城被大火燒得面目全非，從外面一看，有慘不忍睹的感覺，他只當雷格要屠城，連心都在顫抖。

聽維戈傳見，他趕緊過來，在他的心裏，明白只有依靠維戈叔叔了，雷格的手段實在是太恐怖，殺氣已經覆蓋了整個月落城，如果沒有人阻止，月落城恐怕就會成爲人間的地獄。

「三位元帥都在啊，夢雷有禮了！」

「夢雷，過來坐！」雷格叫道。

「是，叔叔！」

夢雷坐在了雷格的身邊，心裏有點怕。

別看雷格氣勢嚇人，其實心裏對夢雷的愛還超過其他人，見夢雷坐下，臉上擠出一絲笑意，嘴裏說道：「好小子，我就是喜歡你，沒辦法，誰讓你這麼讓人喜歡呢，好了，以下的事就看你的了！」

夢雷聽雷格如此說話，不明白是什麼意思，但看見雷格的笑容，簡直就是惡魔的臉，感到比哭還難看、恐怖，他小心對對雷格說道：「二叔，你這是什麼意思？」

維戈畢竟是疼愛夢雷的，見他這個樣子，感到不忍，忙說道：「好了，夢雷，我們三個研究過了，從現在起，月落城的事情就交給你全權處理，但不許過分，否則我們還是不答應，你想怎麼辦就怎麼辦，通知我們一聲就行了。」

「真的，叔叔？」夢雷激動地問道。

雷格擂了夢雷一拳，嘴角掛著笑意，接過話說道：「當然是真的，大家可是看在你的面子上才放他們一馬，你好好把握，告訴你母親，我們原諒她了！」

夢雷立即跳了起來，大聲說道：「謝謝各位叔叔，謝謝！」說完飛快地跑了出去。

秦泰笑道：「看把這孩子難爲的，今日見他如此高興，我感覺值得，維戈、雷格，給哥哥個面子，這件事就算了，別讓孩子爲難！」

雷格笑道：「我看到維戈帶這孩子來的第一眼，就明白事情完了，你們以爲聖王大哥不知道我們在幹什麼嗎？溫嘉一出現，就說明他什麼都知道，好在我們都是兄弟，他對我們瞭若指掌，所以怎麼做都行，在他的心裏感覺虧欠這母子倆很多，才放水。」

維戈也笑道：「正因爲他不敢過來才放水的，越劍大哥、秦大哥恐怕都看出他的意思了，以他的性情，再怎麼樣也不會讓這母子倆爲難，而最後爲難的是我們，對於這麼多人怎麼處理，這是一個長時間的過程，要讓他們慢慢消失，不留一點痕跡。」

秦泰的心再次顫抖了一下，心道真是聖王的好兄弟，殺人不露骨，比雷格還陰險十倍，看來以後可要小心點，說不定一個不注意得罪人，後患大了。

夢雷急匆匆地跑出中軍大帳，回到自己的帳篷內，換過衣裝，然後向外走去，他的心現在早就飛到母親身邊了。

小月山距離月落城只有十五里，中間被藍衣眾斷開，幾天來，維戈下令撤離，所以小月山一帶比較平靜，幾乎沒有什麼駐軍，只少許藍爪人員在監視。

小月山的秋天十分淒美，在這戰火紛飛的年代裏能有這樣一處淨土，還正是託明月公主的福，藍鳥軍果然沒有對小月山圓月教月落宮進行騷擾，聖王的話就是聖旨。

夢雷策馬來到小月山下，十幾名近衛被他阻擋在此，沒有一同上山，他邁開腳步，順著山道向上走去。

秋風、殘葉、枯樹、小路，這就是小月山的美之所在。

幾天來，明月公主時刻注視著山下藍鳥軍的動靜，從維戈紮營的那一刻起，她就知道自己的兒子夢雷來了，夢雷畢竟是少主身分，他的藍鳥戰旗與別人不同，上面是用金黃色的金線繡成圖案，讓人一眼就看得出來。明月公主知道自己兒子的到來，才是整個月落城的救星，映月一脈真正地掌握在了兒子的手裏，只要夢雷一句話，他們可以生也可以死。

儘管明月很長時間沒有看見自己的兒子，也非常想念，但她必須等，她相信夢雷會上山拜見她這個母親的，那時才是真正決定月落城命運的時刻。

但她的心已經平靜了下來，不再因此而惶恐、害怕，她知道自己唯一的依靠兒子就要過來，自己又有一個堅實的臂膀可以依靠了。

這兩天，圓月教的人突然出奇的平靜，沒有人敢再打攪明月，就是最愛吵鬧的人也消失不見了，圓月宮內除幾個明月喜歡的弟子外，幾乎就看不見任何人，玄月大師也保持沉默，明月懂得每一個人都在等待著夢雷上山來。

在所有圓月教弟子的心中，夢雷的身分可是非同小可，他不僅僅是聖王的長子，北伐軍的前鋒，還是圓月教的少主，整個月落城的救星。

但三天的時間還真是很難熬，至少對於明月來說確實如此。

明月公主得到弟子的報告，說有一少年騎著一匹白馬到了山下，正沿著小路上山來，她立即想到了自己的兒子，不會錯了，只有兒子才可以上小月山而無人管，藍鳥軍的人還沒有人敢管他前來拜見母親。

明月匆忙向外走，心裏的渴望特別強烈，那是一種母親對兒子的渴望，對希望的渴望。

夢雷順小路上山，不覺來到月落宮前，舉目打量，立即呆住，就見寬大的宮門前的臺階上立著一人，白衣飄飄，面容憔悴，正是母親明月。

「母親！」夢雷搶上幾步，當即跪倒在地。

「夢雷兒！」

明月公主快步衝下臺階，然後緊緊地抱住兒子的頭，顫叫一聲，眼淚立即流了下來。

「母親，妳好吧？」

一會兒，明月公主點了下頭，然後臉上綻開一絲笑容說道：「孩子，你父王讓你來的嗎？」這句話才是明月現在最關心的。

夢雷搖了搖頭，然後低聲說道：「是兀沙爾找到了我，我才知道事情這麼嚴重，母親如此艱辛，實在讓兒子感到慚愧，不過妳放心，越劍元帥偷偷放我過來，維戈叔叔願意幫助我，雷格叔叔說了，月落城的事情由我全權處理，只要不過分就行！」

明月心中一陣疼痛，但兒子的話使她得到了安慰，畢竟藍鳥軍四大元帥默許了兒子的行爲，月落城終究免遭屠殺的慘劇，以後的事情就好辦多了。

母子倆這才進入月落宮內。

少主夢雷來到了小月山月落宮探望母親，使明月公主懸掛的心才放下一半，夢雷雖然說月落城的事宜他可以全權處理，但只有明月懂得，這是有限度的，維戈、雷格、秦泰甚至於越劍能夠做到現在這個地步，已經是盡了最大的努力，以後就看映月人自己了，夢雷的到來只不過把事情簡單化而已，同時贏得老百姓的好感。

明月公主看著兒子那張已經成熟的臉，在心疼之餘，更多的是安慰，是啊，夢雷從小就投身軍旅，打仗作戰，如今已經是個男子漢了。

「夢雷，母親欠兀沙爾元帥太多了，以後你要記住，像對待母親一樣尊敬他，啊！」

「是，母親放心，我會的！」

明月公主沉默了一會兒，然後說道：「夢雷，這次我虧欠了你父王，希望你不要怪我，能明白我的難處，哎，劫難！」

夢雷連忙回答道：「母親放心，事情我都知道了，雖然有人追殺父王，但仍然沒有成功，也就算了，母親不要再想這件事，過幾日我們就走吧，仍然回藍鳥谷，何必蹚這渾水。」

如今的夢雷已經徹底地瞭解了自己的身世，母親是映月的公主，父親是藍鳥王，他們都是聖拉瑪大陸上二大神仙的徒弟，身手之高舉世無雙，如今藍鳥王朝要消滅映月帝國，完成統一天下的大業，任何人也不能阻擋歷史的進程，就是自己也不行。

明月公主聽見兒子的話，淚水在眼裏打轉，然後說道：

「夢雷，母親已經走不成了，今天能在此看見你，母親就再無遺憾了。雷兒，你也知道月落城和圓月教千百萬弟子的命就操在藍鳥軍手裏，我不能眼睜睜地看著他們死去，能救下一人是一人，他們畢竟是母親的親人！」

夢雷見明月公主並不想走，焦急地叫了聲：「母親，妳又何必管這些事情，妳爲他們做得已經夠多了，我們走吧！」

明月公主見兒子勸自己，眼淚差點就掉了下來，她搖了搖頭，說道：「不，母親不能走！」

「母親！」

明月公主堅定地搖著頭，因爲她知道月落城和小月山能堅持到如今，正是有自己在的原因，一旦自己離開，藍鳥軍必然大開殺戒，映月皇族就會被斬盡殺絕，那可都是自己的親人，她絕對不能走，而夢雷畢竟是聖王的兒子，與映月一脈沒有什麼感情，要不是因爲自己，他今天絕對不會來，同時她也知道，只要自己不走，夢雷必然會想辦法救他們。

門簾一挑，一個聲音說道：「明月，他就是夢雷嗎？」

明月站了起來，低聲說道：「是，師姐！」然後回頭對夢雷說道：「見過你師伯玄月大師！」

夢雷深施一禮，嘴裏叫道：「師伯！」

玄月大師早就知道夢雷上山了，明月母子很久沒有見面，所以她才多給他們點時間，如今夢雷當面，玄月也不得不仔細打量一番，見夢雷果然英氣勃勃，小小年紀就已經有一種軍人特有的氣質，成熟、幹練、果敢、冷酷。

「不錯，明月，這孩子果然不錯，有幾分象他父親，難怪藍鳥王朝蒸蒸日上，連孩子都是這般模樣，天下無敵，理應如此！」

「師姐過講了！」

「夢雷，坐吧！哎，明月，一切靠你們母子倆了！」

「是，師姐，我盡力就是！」

三人閒談多時，夢雷這才徹底知道整個事情的經過，也為月落城捏了把冷汗，雷格如真下令火焚月落城，後果不堪設想，但好在維戈與夢雷過來的及時，事情還沒有這麼嚴重。

明月公主和玄月大師畢竟比夢雷老謀深算，在閒談中，就把讓月落城的百姓從城內撤出的意思表達了出來，夢雷當時就表示可以，但還是要接受藍鳥軍的檢查，凡攜帶兵器、大量珍寶者，藍鳥軍有權逮捕。明月與玄月知道，這一定是維戈等人商量好了的意思，所以也沒有多爭論，三人又談了些細節，夢雷告辭，回到大營內向維戈請示。

維戈聽了夢雷的彙報，點頭同意了明月公主的建議，並決定開放月落城西門到小月山間的通道，放城內的百姓離開，但必須接受藍鳥軍檢查，不允許攜帶兵器，違者斬。

其二，守軍必須在冬季來臨前投降，否則後果自負。

夢雷充當了明月與維戈中間人的角色，兩頭跑，凡是夢雷提出的建議，只要不越過守軍原則，維戈基本上都同意了，三天後，明月公主與玄月大師進城。

月落城被藍鳥軍圍困將近二月，城內處境十分艱難，老百姓整天提心吊膽，生怕藍鳥軍再次發起攻城，特別是前幾日雷格火焚月落城，雖然規模不大，效果也不明顯，但其威懾力卻是巨大的，人人都知道雷格有能力、有膽量讓月落城化為烏有。

映月守城士兵們也誠惶誠恐，藍鳥大軍攻城裝備非常強大，加上雷格的霹靂手段，已經沒有人認爲月落城可以倖免了，堅守只是個形式，熬時間而已。

映月滿朝文武也是惶恐不安，雷格的手段嚇壞了許多人，投降的聲音漸漸地響了起來，早已經沒有人再願意提堅守的事情，只是在皇室的淫威下，不敢明目張膽地說而已。

其實聖皇月影也知道滿朝文武的想法，他自己也知道月落城堅持不了多久了，只是在心裏不願意接受而已，這時候的月影幾乎就是瘋子，殺個把人幾乎不是什麼大不了的事，而瘋子是最危險的人。

這時皇室成員是最惶恐的人，藍鳥軍破城之後，首先要對付的人就是他們，把他們趕盡殺絕一點都不奇怪，每一個新興王朝的誕生，都需要徹底消滅舊有的體制及體制下的人，而他們就是最危險的敵人，藍鳥軍要趕盡殺絕幾乎沒有人敢否認，特別是城外的人是雷格這個煞神、魔鬼。

明月公主和玄月大師是從城牆進入月落城的，無論是守軍還是老百姓，都知道明月公主是他們唯一的救星，所以在明月進入月落城的片刻時間，整個月落城就開始轟傳了，人人都把希望寄託在明月公主身上。

從城牆到宮門前，一路上都被老百姓和士兵占滿了，人人眼裏都充滿了熱切的希望，許多人眼含熱淚，激動不已，所有的守軍將領、士兵紛紛爲明月公主敬禮，老百姓跪滿了大街，

「公主、公主」的聲音一直就沒有斷過。

而在城裏響起「公主」聲音的時候，貴族、皇室成員、文武大臣就開始往皇宮內趕，特別是皇室成員們都知道明月公主如今在藍鳥王朝的地位與身分，都希望與明月公主搞好關係，爲自己留下一條生路，畢竟明月公主還是不忍心眼睜睜地看著他們去死。

人生百態，在面臨死亡的時候最明顯，有的轟轟烈烈，流芳百年，有的苟且偷生，唯唯喏喏度餘生，這個時候顯露得最虛僞，明月所看到的貴族都露出了虛僞的笑臉，令她百感交集，心痛不已。

在皇宮前，所有文武大臣都在等待著她，許多老臣從沒有這般對明月好過，有的給明月行禮，有的明月給他們行禮，但不管是誰，明月都能感受到特別的熱情、過分的親熱。

聖皇月影坐在皇宮內的龍椅上，人明顯地老了許多，眼裏早已經失去了往昔的神采，他眼望著空蕩蕩的宮殿，又恨又痛，平時對他千依百順的人們，這時候都跑了出去，爲討好明月公主而努力。

月影雖然痛恨他們，但也可憐他們，更鄙視他們，人生百歲，月影早已經看透了一切，作爲一代梟雄，他不知比這些臣子們高明多少倍。

月影沉思。

「父皇，女兒明月給父皇施禮了！」

明月公主眼裏含著熱淚，望著坐在龍椅上的老人，幾乎不敢相認這就是她所敬佩的父皇，那個曾經意氣風發的父皇。

老人從沉思中醒了過來，對明月點了下頭，嘴裏緩慢地說道：「明月，妳來了！」

「是，父皇！」明月公主眼淚流了下來。

月影呵呵一笑後，精神振奮了許多，他對明月說道：「好，好明月，起來吧，難爲這時候妳還記得我這個父皇，妳母后好吧？」

「父皇，母后很好，請父皇放心，你自己也保重啊，小心身體！」

月影心頭上掠過一絲溫暖，語氣柔和了許多，他緩緩地說道：「不說這些了，明月，妳進城來有什麼事情嗎？說吧，父皇受得了。」

明月公主起身，然後對父親深施一禮，她雙眼凝視著月影說道：「請父皇開恩，讓百姓出城，明月保證藍鳥軍不會爲難他們，也不會趁機進城，否則，除非他們從明月母子身上踏過！」

明月的話說得很重，語意裏包含了兒子夢雷。

聖皇月影感到了一絲意外，他緩緩說道：「妳兒子來了，對了，是叫夢雷吧，他在那？」

「回父皇的話，他是叫夢雷，如今就在城外！」

「雪無痕來了嗎？」

明月公主搖了搖頭，然後說道：「沒有，父皇，他現在正在星落城外，月落城的事由夢雷全權做主，維戈掌握大方向即可。」

聖皇月影忽然問道：「他還好吧？」

明月公主知道父親口中的「他」指的是誰，連忙回答道：「他很好，夢雷說沒有受什麼傷，父皇，你不用再惦記此事，他已經原諒了你，這次夢雷來到月落城就是最好的證明！」

聖皇月影忽然仰天長笑道：「風雲二十年，轉眼即成空，大陸近一統，霸業落誰家。哈哈，聖拉瑪大陸上最優秀一對兒女一個是我的女婿，一個是我的女兒，我還有什麼不開心的，我一生傾情於爭霸天下，最後輸在了自己的女兒女婿手裏，可笑啊可憐，只是我把祖宗的千年基業毀於一旦，還有何面目去見他們，哈哈！」

明月公主淚如雨下，她悲傷地說道：「父皇，你讓我高興，又讓我心痛，讓我驕傲，又讓我慚愧，只是聖拉瑪大陸一統是天意使然，人力豈能抗衡，從此後，百姓將不再受戰亂之苦，安居樂業，父皇，你應該爲他們高興才是。」

聖皇月影重重地點了下頭，然後說道：「也罷，明月，妳兒子怎麼說？」

「只要大家放下武器，我和夢雷保證大家的安全，聖王那裏由我去說！」

「好，明月，我老了，生死對於我來說並不算什麼，可是映月一脈並不應該毀在我的手裏，從現在起，月落城的一切由妳全權做主！」

「謝父皇，明月用性命保證大家的安全！」

「哎……」月影長歎一聲，腳步蹣跚地離開大殿。

明月公主目送父親離開，心裏又是高興，又是心痛。

隨後，明月召集群臣，商談投降的一切事宜。

這時候，月落城內已經沒有人說反對投降的話，大家都知道月落城淪陷是早晚的事，而明月公主如此做只是早一步而已，並保全了大家的性命，在士兵和百姓心中，明月就是女神，映月一族最驕傲的女神，明月的話，沒有人反對。

第二天，明月公主代表映月帝國向藍鳥王朝正式投降。

第十三章　月落星沉

藍鳥王朝六年九月二十七日，映月帝國滅亡。

在明月公主宣布月落城投降後，月落城四門大開，少主夢雷代表藍鳥王朝接受了映月帝國投降，秦泰元帥率領凌原兵團進入城內，接收各處，維戈、雷格、兀沙爾三位元帥在藍衣眾的護衛下，簇擁著少主前往皇宮。

來到了皇宮的門前，明月公主正等候在外，她淚流滿面，悲傷不已。少主夢雷忙上前問道：「母親，妳怎麼了？」

「夢雷，你公剛剛去世了，夢兒！」明月摟著夢雷大哭起來，是啊，如果不是她進城，也不會加快了月影的死亡步伐。

「母親，外公作為一代賢明的帝王，做了他應該做的事情，我們應該為他驕傲才是，走吧，我還沒有見過外祖，禮當拜祭！」

夢雷、維戈、雷格、秦泰等將領一起走向後宮，拜祭了一代梟雄聖皇月影，然後，收繳映月士兵武器，接收映月宮殿，按照名冊核對文武百官、貴族人等，一直忙了幾天。

幾天後，由凌原兵團駐守月落城，少主夢雷率領維戈、雷格、秦泰等一眾將領及大軍返回星落城，隨行的有明月公主及映月帝國一眾文武大臣、貴族等。

聖王天雷自從接到維戈的飛鴿傳書，知道映月帝國投降的消息，心中大喜，月落城事情圓滿解決，使他放下了心事，一顆大石終於落地，心情也開朗了起來。

「恭喜聖王，賀喜聖王，月落城已經圓滿解決，王朝又添新版圖，大陸即將一統，哈哈！」越劍元帥對聖王天雷說道。

聖王天雷的大帳篷內沒有什麼外人，楠天的傷已經痊癒，接手了聖王的警衛工作，經過這次生死的考驗，聖王天雷把楠天當成自己的兄弟般，越劍自然也知道楠天這次居功至偉，在他面前也不客氣。

「行了，越劍大哥，如果不是你私自放夢雷出去，我真不知道怎麼辦才好，你也知道雷格的脾氣，真把我嚇了一身冷汗，謝謝了！」

「無痕你說遠了，自己兄弟客氣什麼，夢雷是個好孩子，有能力、有膽識和氣魄，這點小事我看他能處理好，所以才讓他出去，另外，有維戈與兀沙爾在，也不會出什麼意外，雷格兄弟只不過充當一次惡人而已，夢雷去得正是時候。」

「哈哈，越劍大哥，真的謝謝你了，這麼多年來，是你一直在照顧夢雷，我這個做父親的倒沒有做什麼，月落城的事情已經圓滿解決，也真難爲了明月姐姐。」

「無痕，我知道你捨不得明月公主，不然你也不會親自到小月山去，所以才大膽地放夢雷出去，維戈和兀沙爾一樣的心事，大家都在爲你著想，就是雷格也是一樣，要不然他早就把月落城化爲灰煙了，大家都以爲雷格性情暴燥，殊不知他粗中有細，對你的情誼更是無人可及，夢雷這一過去，他正好順水推舟，把仁德之名讓給了這孩子。」

「說得好，越劍大哥，哈哈，說得好，我看他們母子也快回來了，哈哈。」

越劍見聖王天雷高興的樣子，又問道：「無痕，月落城的事情既已告一段落，星落城該怎麼辦，總不能維戈他們都打了勝仗，我還一點事情也沒做，這也太說不過去了吧？」

聖王笑道：「不急，不急，越劍大哥，我看星落城也快降了，只等映月的人到了，派一個人前去說服，如果再不投降，我們就困死他們，明年開春再說。」

「好吧，既然你決心已定，我就不再說什麼了，對了，無痕，以後你打算怎麼辦？」

「吞併四海，掃平八荒，在三年內，把各族全部統一在王朝旗下，消滅貴族，平均土地，發展聖殿，開展教育，普及法律，我要把這個世界清理的乾乾淨淨，讓每一個老百姓都有衣穿，有飯吃，不再受苦，完成師父他老人家的囑託！」聖王傲然說道。

「聖王以萬民為本，天下為己任，胸懷四海八荒，志在萬民，臣越劍願為前驅，為完成聖王大業而甘腦塗地！」說罷，越劍跪倒在地。

聖王伸手扶起越劍，感慨地說道：「十七年前，我初遇越劍兄長，從此以後征伐四海，轉戰天下，受兄長之益良多，依為肱骨，以後還望兄長助我一臂之力！」

越劍聽聖王懷舊，感動得熱淚盈眶，他也感慨地說道：「無痕，那時越劍年少無知，碌碌無為，是聖王你時常指點於我，從此後我跟隨在你的左右，聆聽教誨，才有了今天，要說到受益，是越劍受你的大恩才是，別說是出一臂之力，就是要越劍粉身碎骨又如何，我定當鞠躬盡瘁，死而後已！」

聖王天雷也十分感動，他激動地看著越劍，許久之後，兩人相對一笑，一切在不言中，隨後，君臣兩人就目前的形勢做了進一步分析，等待夢雷、明月一行。

十月初，夢雷一行終於達到星落城。

初冬的星落城並不顯得淒涼，儘管天氣有些清冷，但西方面軍得勝歸來，更使得星落城一帶，藍鳥軍的大營內一片火熱，每一個士兵臉上都帶著幸福的微笑，他們知道從此後他們就不需要作戰了，不需要再打仗了，可以安心回家團聚、休息，然後一起耕作，過上幸福生活，美好的願望就好實現了。

西星的老百姓也漸漸地穩定了下來，藍鳥軍並沒有對西星老百姓進行苛求，只是對一個貴族勢力、江湖門派等進行了必要的打擊，對一些徹底投降的人也沒有採取什麼過激的行爲，而更多的是利用，各地對藍鳥軍態度好的人都收到了實惠，從而促進了局勢的穩定。

映月帝國的投降，徹底摧毀了西星人的意志，把他們最後一絲希望徹底打滅，西星人知道，從此後他們甚至於不如映月人，至少映月人有明月公主、少主照顧，藍鳥軍多少會賣些面子，看在交情上能好過一些，但這些西星人就沒有什麼指望了，他們十餘年侵略中原，犯下累累罪行，藍鳥軍是要對他們清算的，雖然目前沒有，但沒有人保證以後仍然沒有。

夢雷、明月、維戈、雷格、秦泰、威爾等率領藍鳥軍及映月皇室貴族、群臣等人經過近月的跋涉，來到了星落城外。聖王天雷率領越劍、文謹、溫嘉等出大營迎接，維戈、雷格、秦泰等人都是功臣，聖王是從不埋沒功勞的，賞罰分明甚至就體現在對手下的態度上，同時，天雷也知道明月、夢雷母子一同回歸，盼望的心情也是可以理解。

從聖王大營向南十里，藍鳥騎士團排成整齊的隊形，列立在大路的兩側，旌旗招展，號炮連天響，騎士團的士兵騎在高大的戰馬上，手中的騎槍斜指藍天，嘴裏喝著口號，周圍的士兵、百姓都來湊熱鬧，場面非常熱烈。

聖王天雷在杏黃旗的指引下立在轅門正中央，身後是一眾將領、親衛，他身穿一身黃色錦衣，上繡藍色飛鳥圖案，金黃色絲帶，藍色戰靴，身上外罩一件藍色斗蓬，人英氣勃勃，滿面笑容，眼望著遠方。

夢雷一行在藍色繡黃邊錦旗的指引下緩緩而來，這面旗幟是夢雷少主的先鋒戰旗，後面是維戈、雷格、秦泰的帥旗，再後是各個軍團的戰旗，大小旗幟遮天蔽日，人馬望不到邊際，幾十萬大軍整隊前行，威武壯觀。

夢雷策馬在旗角之下，旁邊是母親明月公主，稍後是雷格、維戈、秦泰等人，周圍的親衛是藍衣眾。本來夢雷是無論如何也不敢把自己的旗幟放在維戈、秦泰、雷格三人的前面，但這次是由維戈作主，況且有明月公主跟隨在側，夢雷也就依了維戈。

遠遠地看見聖王的旗幟，眾人心頭一振，不覺加快了腳步，夢雷見父王出營，心中大喜，忙催馬當先而出，直奔聖王而來，同時嘴裏大聲喊道：「父王，父王！」

維戈眉頭輕輕一皺，不覺催馬急行，幾個人都感到了維戈加快了速度，也立即趕上，特別是明月公主，見維戈催馬就知道有事情，心裏七上八下，惶恐不安。

夢雷來到聖王面前不遠處，滾鞍下馬，有藍衣眾接過戰馬轠繩，夢雷緊走幾步，來到聖王天雷面前，跪倒施禮道：「父王萬安，兒臣夢雷回來了！」

聖王天雷眉頭一挑，鼻子裏哼了一聲，臉色頓時就沉了下來，越劍在旁一見，連忙哈哈一笑道：「夢雷，好樣的，過來越劍伯伯看看！」

夢雷見父王臉色一沉就知道壞了，自己偷出軍營，違反軍規，如今看父王的臉色就知道不好，聽見越劍的話忙叫道：「越劍伯伯萬安，夢雷有禮了！」

「快起來，起來吧，哈哈！」越劍趕忙打哈哈。

夢雷也懂得見機行事，見越劍讓自己起來，剛想站起，聖王天雷眼中寒光一閃，鼻子裏再次哼了一聲，嚇得夢雷臉色大變，跪在地上一動都不敢動。

「聖王一向可好，維戈拜見聖王！」維戈還坐在馬上，他遠遠地就答話，生怕天雷處罰夢雷的話出口。

「聖王一向可好，秦泰有禮了！」秦泰也不傻，一見夢雷的樣子就知道有事情，維戈話音剛落，他立即接口。

「聖王，想死雷格了！」雷格一聲大喝，如晴天霹靂，震得人耳鼓發麻，一下子把人的精神就勾了過去。

天雷聽見三兄弟問話，人臉色立即一變，如掛在東南方天空上的太陽，光輝燦爛，他仰聲答道：「好兄弟，三位辛苦了！」

說話間，幾匹快馬馳到近前。明月公主當先下馬，搶前幾步，跪倒說道：「臣妾明月向聖王請罪！」說完撲伏在地，眼裏充滿了淚花。

聖王天雷心頭一軟，心情也漸漸激動，明月作爲女兒，做得沒有什麼錯，甚至於做得更好，她付出了如此多，只爲了父母親及兄弟姐妹，這份情誼是最難得的，聖王天雷從小沒有親人，對這樣的親情十分嚮往，明月的作爲讓他很感動。

他搶上兩步，伸手拉起明月，嘴裏小聲說道：「明月姐姐，苦了妳了！」

一句話，使明月公主的眼淚立即流了下來，沒有什麼話語比這句話更能讓她感動，這是無比珍貴的情誼、理解、愛護。

這時候，秦泰、維戈、雷格三人立在明月身後，再遠一些是跟隨三人的藍鳥軍將領，見明月公主起身，眾人立即跪倒，口裏說道：「臣拜見聖王，聖王萬安！」

聖王天雷把明月拉在一旁，臉上笑容更加燦爛，他對著秦泰、維戈、雷格三人說道：「你們三人辛苦了，難得我們兄弟相逢，大家都起來吧！」

「謝聖王！」眾人起身。

「秦大哥！」

「臣在！」

「秦大哥，你受委屈了，無痕對你有愧，在這裏謝過了！」聖王躬身一禮。

秦泰惶恐地說道：「聖王折煞秦泰了，這是臣應該做的事情，沒什麼委屈，只是以後再有這樣的事，秦泰是萬死也不敢答應了！」

聖王天雷臉色一紅，連忙說道：「以後不會再有了，秦大哥放心就是！」

秦泰立即躬身道：「謝聖王！」

聖王天雷對維戈、雷格說道：「你們倆也辛苦了，雷格，你做得很好，我很滿意，維戈，月落城之事處理的非常圓滿，我很高興，謝謝你們了！」

「應該的！」

三人閃在一旁，這時候聖王才前行幾步，來到了兀沙爾、威爾、格爾、里騰等人身前，他微一欠身說道：「各位辛苦了，請起！」

「謝聖王！」

天雷拉起兀沙爾，嘴裏說道：「老師不念舊惡，不忘舊恩，誠感天地，當爲臣子楷模！」他回過頭來對明月公主說道：「明月，妳尋得一弟子，立爲老師之後，繼承老師家風！」

「是，聖王，臣妾記住了！」

兀沙爾激動得熱淚盈眶，他再次拜倒在地，嘴裏說道：「臣以一降臣得聖王如此愛護，誠惶誠恐，聖王大恩，兀沙爾難報於萬一，只有甘腦塗地，爲聖王效死！」

「老帥請起，快快請起！」

周圍的人對這一幕尤爲感動，特別是映月降臣，安心不少。

明月公主這時候緩步上前，微一躬身，對聖王天雷說道：「聖王，此次與臣妾前來的還有不少映月罪民，望聖王開恩！」

聖王天雷微微一笑道：「兩國相爭，各爲其主，沒有什麼罪人之說。如今聖拉瑪大陸即將一統，所有的臣民都是王朝的子民，以往的行爲既往不咎，只要以後能遵守王朝法紀，都是好子民！」

「謝聖王！」

明月及所有的映月降臣齊聲稱謝，聖王的話不僅饒恕了他們，也顯示出一代賢王的胸懷、氣度，使這些人感動得熱淚盈眶，一顆懸掛的心才算放下。

「都起來吧，以後各位都到中原生活，感受太平，多爲萬民造福，乃王朝之幸也！」

「多謝聖王恩典！」

聖王天雷見事已告一段落，這才轉身往回走，眾將領簇擁著聖王，如眾星捧月一般，經過夢雷的身邊時，聖王天雷見他還在跪著，鼻子裏哼了一聲，抬起一腳，把夢雷揣翻在地，然後敞聲笑道：「好小子，幹得不錯，父王這次就饒了你了，滾起來吧！」

夢雷一聽呆了一呆，然後大喜道：「謝父王恩典，夢雷知錯了！」

聖王天雷也不多說，舉步向前走去。

明月公主一直心驚肉跳，兒子私離軍營，前往月落城，爲的是母子情誼，雖然有越劍、維戈等人在，但也難保聖王不會處罰於他，如今見聖王只是揣了兒子一腳，並還誇獎了幾句，這是極少出現的事情，趕上今日大家高興，聖王心情大佳，夢雷也藉光不少。

從映月皇宮帶來的珍寶不計其數，加上各家貴族獻給聖王的禮物，裝了十幾輛車，有第一軍團押運，車輛隨眾人後進入大營，收交入庫。當初映月攻陷不落城時掠奪的珍貴財寶，有不少就在其中。

回到聖王中軍大帳，天雷正中居坐，兩列爲各位元帥、次帥、大將軍等設了座位，排出很遠，映月朝廷降臣、貴族逐一拜見了聖王後，君臣開始休息，晚間，在中軍大帳內舉行了盛大的慶功酒會，一直熱鬧到深夜。

當晚，聖王和明月公主同入寢帳，顛龍倒鳳，不必細說。

休息了三日，聖王召集眾將，商議星落城的事宜。

如今天氣已經進入了初冬，星落城一帶雖然說不上很冷，但是畢竟仍然是冬天，士兵居住在大帳內困難不少，現在藍鳥軍大勝，西方只有星落城一座城市還沒有歸降，聖王及各部將領心早已經不耐，解決問題是當前唯一的大事了。

商議了半天，最後還是聖王天雷拍板讓映月降臣裏出一人前往星落城內，勸說其投降，如果三日後仍沒有動靜，藍鳥軍將不再接受投降，全力攻城，後果自負。

映月原外交大臣月祥應命出使，他本人也十分高興，如今天下是藍鳥王朝的天下，他能在投降後第一個就爲王朝辦事，也是十分榮幸，事情辦得好，將來聖王必然不會委屈他，辦不好也沒有什麼，畢竟自己盡力了。

月祥來到星落城下，向上喊話，不久，星宇帶著文武大臣來到南門城牆之上，見一人要求進城，知道是使臣，月旺元帥仔細一看，認識是原映月的外部大臣，忙向星宇稟報，讓月祥進來，有軍兵用套筐把月祥拉入城內。

如今，西星帝國在失去帕爾沙特殿下後，就如失去了重心，國主星宇茫然不知所措，好在還有丞相星魂在出一些主意，勉強支撐。城內軍隊早已經士氣全無，帕爾沙特的死使他們失去了再戰的勇氣，投降只是早晚的事情。

星落城唯一的希望就是映月人能擊敗藍鳥軍，使他們脫離苦難，重整旗鼓，勉強支撐下去，但前不久映月舉國來降，藍鳥軍舉行了盛大的儀式，歡迎遠征的將士，星落城上看得清清楚楚，亡國的命運就在眼前了。

月祥的到來就如同一道催命符，滿朝文武都知道藍鳥軍最後通牒到了，決定西星命運的最後時刻終於來臨了。

星宇拉住月祥的手，默默無語，他認識月祥，西星不少大臣都認識他，月祥作為映月的外部大臣多次來往於兩國之間，私人間的交情雖然不大，但畢竟認識，也知道月祥的能力，特別是丞相星魂對月祥極其瞭解。

君臣回到星落殿內，互相重新見禮後落座。丞相星魂首先問道：「月祥大人今次前來星落城，不知要傳遞什麼樣消息？」典型的裝糊塗，外交手段。

月祥看了星魂一眼，然後緩緩地說道：「月祥本為映月之臣，但主已歸降藍鳥王朝，月祥只有為聖王之臣，今特蒙聖王厚愛，派我前來出使星落城，傳遞聖王的最後通牒，三日內必須投降，否則藍鳥軍將不再接受投降，後果自負！」

星魂深深地吸了口氣，然後眼神一凝，他注視著月祥語氣緩慢而誠懇地說道：「月祥大人，如今星落城的形勢你也深知，這麼多人的生死都在聖王的一念之間，不僅如此，西星一脈能否保全也只在旦夕，所以我真誠地懇請大人說實話，以便我們參考，對於大人的恩義，西星君臣必將有一報！」

這時候坐在大殿裏的人，有星宇、星智、星慧、星空、星魂、北海明、月旺及一些大臣，所有能決定西星命運的人都在此，他們熱切地看著月祥，聽取著月祥的每一句話，加以分析，爲眾人及家屬、百姓的生命而努力。

月祥神色頓時莊重起來，他謹慎地說道：「各位放心，月祥知無不言，言無不盡，盡我所能爲各位提供幫助，請說！」

星魂代表眾人深施一禮，然後問道：「月落城何以投降？」

「這個……藍鳥軍南方面軍和西方面軍包圍了月落城，雷格元帥準備火焚月落城爲聖王報仇雪恨，明月公主以死抗爭，後來少主蔘雷前來月落城前線，維戈元帥受命處理相關事宜，少主被授予全權處理月落城的權力，經過明月公主的努力，映月一族終於決定舉族投降！」

星魂深吸了口氣，然後說道：「有公主和少主周旋，映月終於免遭滅絕，但我聽說聖皇月影自盡身亡，可否屬實？」

月祥正色說道：「有明月公主在，沒有任何人敢殺我主月影聖皇，除非讓明月公主死，我明確地告訴你們，聖皇的死完全是由他自己決定，他不願意偷生人世，向列祖列宗報到去了！」

星魂點頭道：「好，多謝了，月祥大人，請問聖王怎樣處置映月的降臣與貴族？」

月祥微微一笑道：「聖王胸懷寬大，仁義廣播四海，天下聞名，這次映月降臣並沒有受到絲毫的爲難，全部既往不咎，以後將安身中原，享受太平盛世，安度晚年，爲致富天下而盡一己之力！」

「都遷往中原嗎？」月旺眼波流轉，低聲問道。

「是的，王爺，也許這是我最後一次稱呼你爲王爺了，以後所有的貴族都將遷往中原定居，我個人想要比在月落城好得多，一旦有個風吹草動也不至於受到牽連，只要自己言行一致，必可保一生平安。」

月旺深吸了口氣，緩緩地說道：「雪無痕好手段，好氣度，恩威並施，把人全部放在眼皮底下，只要言行恭順，就保你平安一生，否則，連屍骨都將無存，拋灑異鄉。」

星魂歎了口氣，然後說道：「聖王算是好的了，至少對於過去的敵人沒有趕盡殺絕，我們還有什麼奢望，能保全性命就不錯了，至於以後的事情，我不說大家也知道，要想死還不容易，有的是辦法，但請不要牽連別人，讓大家各有安身之地，至少讓老人孩子還有一線希望。」

眾人默默無語，星宇眼含熱淚，悲傷不已。

「國主，從雪無痕征服東海以來就沒有趕盡殺絕，東海聯盟六大世家相安無事，北蠻人更是成爲其聖戰先鋒，如今，映月誠心歸順，有明月公主在相信也不會出現趕殺的事情，至少目前還沒有，所以投降是我們唯一的出路，否則，星落城將化爲齏粉，有死無生，退一步講，即使大家逃出星落城，但大陸上已沒有我們的立足之地，藍鳥軍將千里追殺，直至我們死亡爲止！」星魂歎了口氣，然後接著說道：「我老了，生死本不放在心上，但國主還年輕，請不要做傻事，否則，西星一脈將從此消失，那樣你就成爲千古罪人了，我相信雪無痕也不會虧待我們，生活還是有保障的，以後，大家小心就是，哎！」

「丞相，星宇對不住大家，對不起百姓，更對不住列祖列宗，西星千年基業因此消失，我還有何面目去見死去的先人！」星宇淚流滿面，痛苦不已。

君臣一頓痛哭，悲傷之情，面臨藍鳥軍苦苦相逼，大家已沒有什麼好辦法了。星智、星慧、星空、北海明、月旺等人雖爲一代名將，但這時候也無力回天，更不敢作出過激行爲，生怕藍鳥軍實行報復，他們即使不爲自己考慮，但也不能不爲家屬及千百萬子民、百姓考慮，如今藍鳥軍眾將士恨不得他們奮起反抗，然後再把他們趕盡殺絕，以絕後患。

經過一天的商議，最後西星君臣決定開城投降。

既然決定投降了，就要爲自己爭取個最好的結局，最後，國主星宇命令全城士兵、百姓放下武器，各回各家，朝廷也做了最後一件事情，利用兩天時間把各家各戶人員登記在冊，同時清理帝王宮內的財產，分別裝訂。

北海明、星宇、星智、星慧、星空、月旺等人整天喝酒，醉生夢死，多長時間以來，他們從沒有這樣放鬆過自己，哭泣、狂笑交並，痛苦、慚愧交織，醒了喝酒，醉了睡覺，醒了再喝，整整折騰了兩天時間。

藍鳥王朝六年十月十七日，西星帝國正式向藍鳥王朝投降，至此，西星帝國滅。

聖王天雷率領文武官員，在星落城南門接受了西星帝國國主星宇的投降，星宇帶著文武百官出城向聖王獻上代表西星王朝的玉印、帳表，然後跪在地上請求聖王恩典。

聖王天雷當即赦免了星宇等人的罪行，貶爲貧民，對於北海明、星智、星慧等人也是如此，儘管在十幾年的戰爭中，幾個人對聖日民族犯下了累累罪行，但那些都是戰爭的原因，並沒有直接屠殺百姓的事情，在聖拉瑪大陸西方一統的今天，聖王天雷的高興是無比的，也就赦免了他們。

藍鳥軍百萬將士齊聲歡呼，號角齊鳴，星落城內的百姓也加入了這歡慶的日子裏，他們知道從此後，他們將是藍鳥王朝的子民，不再受戰亂之苦，聖王天雷將以大陸唯一霸主的身分榮登大一統的寶座，所有的臣民百姓都將仆伏在他的腳下。

藍衣眾立即控制了星落宮，藍鳥獨立第三軍團接收了星落城的防務，至中午，聖王擺駕進入星落宮內，端座在大殿的寶座上，所有文官武將齊拜倒在地，恭頌聖王的豐功偉績及建立的萬世不朽霸業。

整個星落城內歡慶了半個月時間，其間京城藍鳥城的賀使不斷，各個洲郡的賀使穿梭在整個大陸上，齊向藍鳥城內趕，藍鳥王朝內歌舞昇平，洋溢在歡樂的海洋裏。

十一月六日，聖王在星落宮內大封西征北伐的眾將，安排西方事宜，準備班師還朝。

星落宮內，金壁輝煌，人人的臉上都掛著陽光般的燦爛笑容。

上午八時許，聖王天雷一身黃色錦袍，登上大殿，百官朝拜，三呼萬歲。

聖王天雷面帶微笑，讓群臣起來。他逐個注視著殿下的臣子們，心潮起伏，激動不已。

「夢雷何在？」

「兒臣在！」少主夢雷出班跪倒。

「夢兒，如今西方大陸一統，萬民待哺，百廢待興，需要一明主鎮守西方，你可願意？」

「兒臣願意！」

「哈哈，好，今加封夢雷爲平西親王，鎮守映月、西星、北海三洲，榮譽軍團留給你作爲近衛隊，限你五年之內平定各部，不得有誤！」

「兒臣謝恩，保證完成父王所托，不辜負父王的期望！」

「好，你有此決心我就放心了，你下去吧！」

「是，父王！」

「秦泰何在？」

「臣在！」秦泰趕緊出班跪倒。

聖王天雷柔聲說道：「秦泰，你身為鎮西侯，現晉封你為藍鳥王朝一等公爵位，協助平西親王鎮守西方，保留元帥軍銜，免去凌原兵團主帥職務，統領步兵新月兵團、凌原兵團、騎兵第二兵團，掃平西方各部，整合三洲，不得有誤。」

「謝聖王大恩，臣定甘腦塗地，協助平西親王穩定西部！」

「很好，我對你是信任的！」

「謝聖王！」秦泰再次稱謝，然後退下。

「商秀何在？」

「臣商秀在！」

「商秀，現晉升你為拉藍鳥王朝侯爵位，任命你為第二騎兵兵團主帥，所轄騎兵第

六、七、十五、十七騎兵軍團，受秦泰元帥節制，穩定西部，不得有失！」

「謝聖王！」

商秀再次稱謝，聖王揮手讓他退下，然後接著說道：「雲武現統領新月兵團駐守在海月城內，現晉升其爲藍鳥王朝二等侯爵位，所部新月兵團受秦泰元帥轄制，協助平西親王鎮守西部，我會派人傳令與他！」

秦泰在一旁忙應是。

「東方秀、長空旋！」

「聖王，臣在！」

「臣在！」

「現晉升東方秀爲藍鳥王朝二等侯爵位，特任命爲凌原兵團主帥；長空旋晉升爲藍鳥王朝三等侯爵位，任命爲凌原兵團總參謀長，率軍駐紮在映月洲內，協助平西親王鎮守西部！」

「臣遵旨謝恩！」

「臣遵旨，謝聖王大恩！」

「溫嘉！」

「臣在！」

「現把平原兵團的兩個軍團和東海兵團合併爲在一起，由你擔任兵團主帥，三日後跟隨本王班師回朝！」

「臣遵旨！」溫嘉施禮後退下。

聖王天雷目光一掃，見越劍站在秦泰一旁，忙喝道：「越劍聽旨！」

「臣越劍聽旨！」

「現晉升越劍爲藍鳥王朝一等公爵位，領元帥軍銜，率領青年兵團駐守在淩川城一帶，鎮守中原北部，哈哈，越劍，你這『鎮北侯』可要名符其實啊！」

「謝聖王信任，越劍定不辜負聖王的信任和重託！」

「很好！蠻龍、蠻虎、蠻彪！」

「臣在！」北蠻三兄弟大嘴一咧，出班跪倒在地。

「北蠻族人少，經過十餘年戰爭，只剩下老弱病殘，急需要休生養息，爲此，本王特加封蠻龍爲藍鳥王朝一等侯爵位，領北蠻族族長之位；蠻虎、蠻彪加封爲藍鳥王朝二等侯爵位，協助蠻龍管理北蠻族事宜，特准許北蠻族成立北蠻軍團，編制三萬人馬，其餘之人解甲歸田，三日後，你三人率本族人馬隨本王班師回朝！」

「謝聖王！」三人大吼一聲，樂呵呵地回歸一旁。

第十四章　天下一統

「維戈！」

「臣在，聖王！」

「現晉升維戈爲藍鳥王朝一等公爵位，領元帥軍銜，統領藍翎第五、八、九、十軍團，駐紮在王朝南洲，鎮守南方大門。」

「臣遵旨！」

「雷格！」

「臣雷格在！」

聖王臉上再次露出笑容，他柔聲說道：「雷格，現晉升你爲藍鳥王朝一等公爵位，元帥軍銜，藍羽主帥，兼領步兵獨立第一、二、三、四軍團主帥，駐紮在京師一帶，恭衛京城，不過你所轄各部待回到京城後要進行縮編，你與亞文要有所準備！」聖王說道這裏，又喝了一聲：

「亞文！」

「臣亞文在，聖王！」亞文趕緊跪倒，他可不比雷格。

「亞文，幾年來你不負我所望，協助雷格屢立奇功，我很欣慰，現晉升你爲藍鳥王朝一等侯爵位，次帥軍銜，藍羽總參謀長，協助雷格管理各部，以後，你這個參謀長要多費些心了。」

亞文激動地說道：「謝聖王大恩，聖王對亞文如此信任與重託，亞文不敢稍忘，以後定當竭盡全力輔助雷格元帥，拱衛京城之安危！」

「很好！雷格、亞文，你們退下吧！」

「是！」

聖王天雷見兩人退下，接著說道：「幾年來，大草原各部、短人族、南彝帝國對王朝多有幫助，使我終生難忘，對於以上各族，本王另有說法，待回到京城後再行封賞，決不有所負！」

彝雲松、卡萊、里騰、姆里等人立即出班跪倒，彝雲松洪聲說道：

「聖王，如今天下太平，聖拉瑪大陸只剩餘二個帝國，即南彝與藍鳥王朝，但南彝早已經是王朝的一部分，南彝唯一的繼承人香妃正是聖王的妻子，爲此，南彝已經沒有存在的必要，聖拉瑪大陸一統是大勢所趨，天下只有一個藍鳥王朝，所以待我回歸南彝後，定當稟告兄長歸入王朝旗下，讓大陸統爲一體，天下只有一個藍鳥王朝，沒有南彝帝國！」

「說得好，彝王明大義，順天意，天雷十分感動，到時絕不虧待彝王及南方各族各部，天雷多謝了！」

「謝聖王！」

這時候，卡萊說道：「聖王，短人族多蒙聖王大恩，使我族走出深山，融入中原，短人族永遠是聖王的臣民，世世代代永不相負！」

里騰也接話說道：「聖王早就是大草原的王，以前是，現在是，以後也是，大草原各部世世代代永遠是聖王的臣民，爲聖王征戰，爲聖王提供勇士和馬、牛、羊！」

聖王天雷呵呵一笑道：「十幾年來，大草原各部跟隨我東討西殺，損失不少，如今天下大平，也應該讓大草原的勇士享受幾日太平了，待回歸京城後，本王定有安排！」

「謝聖王！」

隨後，聖王又對文謹、兀沙爾、威爾等一眾將領進行了封賞，使人人歡喜，個個笑顏逐開，各部將領知道從此後天下大定，軍隊就只能起到維持治安的作用，起震懾作用，但這些將領畢竟都是打天下的功臣，聖王不會虧待他們。

聖王天雷對西方事情進行了安排，使整個聖拉瑪大陸西方屯入重兵，部隊將領也進行了調整，像以前將領嫡系部隊的現象大大削弱。

天下初平，還需要時間來彌補戰爭留下的創傷，聖王天雷採取了將領間對調、削弱軍隊實力等辦法削弱將領們手中的兵權，對嫡系將領更加器重，把軍隊的實權漸漸地轉交到他們手中，像雷格、亞文、格爾、卡斯、溫嘉、商秀等人都手握軍隊實權，秦泰、越劍、維戈等人的權力都得到了相應的削弱。

第二天，聖王傳旨給平西親王與秦泰元帥，命令在一年內，把映月、西星、北海三洲所有的貴族都遷入北平原，土地全部收歸國有，按照藍鳥王朝的土地政策重新分配，散落於民間的武器兵器全部收繳入庫，定期銷毀，老百姓不得私自擁有兵器，一年內必須全部上繳，以後凡發現有武器者，按謀逆處理。

第二，在五年時間內，三洲各地要興建起聖殿，建立聖殿騎士體系，首批騎士可以從榮譽軍團裏徵召。各族的教派全部解散，凡私自成立教會者按謀逆處理，私自聚眾者同罪，但這條款可暫緩施行，待西方逐步穩定後慢慢展開。

第三，三洲成立治安部隊，上街巡邏；成立法制部，處理民間糾紛；成立商盟，處理商務；成立教育部，頒佈王朝教育制度；成立農業部，處理農民生產事物；統一貨幣，度量衡等等，各項措施要逐步展開，王朝給予全力支持，凡違反以上規定者，按王朝法律處理。

以平西親王夢雷為首，秦泰、商秀、東方秀、雲武、長空旋等人為輔的西方三洲重要官員開始執行自己的職責，聖王天雷還決定回到京城後，抽調一大批優秀子弟充當三洲的各級官員，治理三洲，凡是以前映月、西星、北海的官員，一律免除職務，不再錄用，從根本上解決了三洲的問題，事情千頭萬緒，一時也忙不開，好在藍鳥軍震懾作用強大，沒有人敢私自違背，等以後慢慢解決。

十一月十日，在太陽剛剛露出半張笑臉的時候，聖王天雷率領西征北伐的眾將士班師回朝，踏上返回京城藍鳥城的路。

百萬大軍蜿蜒連綿，把西星通往堰門關的道路占得滿滿的。

前軍藍鳥近衛第一軍團，隨後是藍鳥騎士團，然後是藍衣眾拱衛的聖王車駕，再後面是第二、三、四軍團及藍翎、藍羽等部隊，南彝兵團、東海兵團及短人族戰斧軍團、文謹元帥的後軍預備隊。大軍連綿數十里，旌旗招展，馬蹄飛揚，士兵們個個趾高氣揚，挺胸抬頭，一派英雄形象。

經過五年的「聖戰」，藍鳥軍犧牲將士無數，血灑千里，終於平定了北平原，收降北蠻族，攻克北海帝國海月城、映月帝國月落城、西星帝國星落城，消滅三大帝國，其速度之快，手法之妙，古來罕見。

藍鳥軍之所以能取得如此輝煌的成績，固然得益於君臣深謀遠慮，將士用命，但是與各族的全力支持也是分不開的，而藍鳥王朝能得到各民族的鼎立相助，是因為其良好的民族政策和土地政策，老百姓在聖王的民族平等、各族融合、全力發展、人人有飯吃、人人有衣穿、人人有田耕的政策感召下，看到了希望，感受到了富足安定的幸福生活，為了維護這種生活，消滅戰爭而甘願流血犧牲，浴血奮戰，才取得如此的戰績。

聖王班師的消息通過各種管道，迅速傳向聖拉瑪大陸的各個角落，人們在歡呼慶祝的同時，感受到了一種驕傲感，幾千年來，聖拉瑪大陸戰亂不斷，民族間征伐不止，今天第一次真正地一統，從根本上消滅了戰爭的根源，從此後各民族安居樂業，不再為戰爭而苦，僅此一項就足以流芳萬世而不朽，聖王與藍鳥軍的功績，第一次載入大陸一統的史冊。

為了迎接凱旋而歸的聖王及全軍將士，京城藍鳥城傾盡了全力，藍鳥城以北地區的百姓全部動員起來，好在如今是冬季，百姓也沒有什麼事情做，所以都被動員出來迎接聖王一行，從堰門關到藍鳥城，無以計數的百姓站在大路的兩側，等待著聖王的大軍。

經過二十天的長途跋涉，聖王天雷終於來到了堰門關，望著這座見證了千年戰爭歷史的名關，聖王感慨萬千，是啊，堰門關是阻隔於兩個民族間的關隘，是民族戰爭創傷的證明，如今聖拉瑪大陸一統，這座千年名關已經失去了存在的意義，從此後，民族間已經不再有戰爭，何必留著讓人心痛，想到此處，聖王轉頭對越劍說道：「越劍大哥！」

「臣在！」越劍及維戈等大將一直與聖王在一起。

聖王天雷用手中的馬鞭一指堰門關，然後感慨地說道：「堰門關見證了千年的戰爭，如今王朝一統天下，此關已經失去了存在的意義，此後，你有時間把堰門關給我徹底剷除，拓寬通往中原的道路，讓西方與中原真正地融為一體！」

「臣領旨！」

「維戈，記得通知額部傳令各洲郡把像嶺西關、堰門關這樣的關隘通通剷除，拓寬通道，讓商業貿易自由流通，實現各民族間的自由流動，讓老百姓看到王朝的強大與自信。」

「是，聖王！」

「千古名關鎮四方，馬蹄聲聲刀飛揚，藍鳥飛渡千山過，偃旗息鼓永流芳。哈哈，哈哈，入關！」天雷感歎一番，傳令入關。

越劍在旁一聽聖王此言，再次感歎道：「好一首詩，好一個『千古名關鎮四方，馬蹄聲聲刀飛揚，藍鳥飛渡千山過，偃旗息鼓永流芳。』聖王的美名將與這首詩一樣，永遠流傳在聖拉瑪大陸上，直到永遠！」說完催馬跟上。

進入堰門關後，聖王天雷被眼前的景象嚇了一大跳，只見漫山遍野的百姓靜悄悄地站在大路的兩側，人人的手中不是拿著標語、小旗幟就是花朵。在一處寬闊之地，大路正中央站著軍師雅星，身後跟隨著無數的文臣武將，前鋒近衛第一軍團已經分散在路的兩側，中間形成一條通道，人筆直地站立著。

見聖王策馬而出，軍師雅星輕一揮手，嘴裏喝道：「鳴炮，擊鼓！」炮聲轟鳴，鼓聲陣陣，堰門關內外籠罩著炮聲、鼓聲中，百姓歡呼的聲浪驚天動地，響徹雲霄。

有兩刻鐘時間，雅星再一揮手，鼓聲、炮聲、歡呼聲戛然而止，雅星率一眾臣民跪倒在地，口中稱道：「臣等恭迎聖王凱旋歸來，聖王萬歲，萬歲，萬萬歲，藍鳥軍萬歲！」

「恭迎聖王凱旋歸來，聖王萬歲，萬歲，萬萬歲，藍鳥軍萬歲！」

聲音四起，響遍四野。

聖王天雷有一絲感動，無論是大臣還是子民，對自己的擁護是無庸置疑，他們前來迎接自己，是因爲他們愛戴自己，擁護王朝，並看到了未來的希望，他跳下戰馬，搶前幾步然後躬身說道：

「謝謝各位了，無痕慚愧，勞動大家遠來迎接，這樣的榮譽應該獻給藍鳥軍的每一個將士，是他們爲王朝流血犧牲，才奠定了王朝今天的局面，他們才是創造歷史的真正英雄！」

聖王天雷的話用真氣遠遠傳出，藍鳥軍的將士和所有的百姓都聽得清清楚楚，他們被聖王的話而感動，爲能有這樣一個賢德的王者而感動，將士們齊聲吼道：「是聖王領導的好，沒有聖王就沒有藍鳥軍的今天，聖王萬歲，藍鳥軍萬歲！」

「聖王萬歲，藍鳥軍萬歲！」

老百姓們也跟著歡呼起來。

「謝謝，無痕真的謝謝大家，謝謝所有的將士，歷史會銘記這一時刻，銘記所有爲王朝流血犧牲的人們！」

「鳴炮、擊鼓，爲所有的藍鳥軍將士而歡呼吧！」

雅星傳令後，搶步來到聖王面前，再次拜倒道：「臣雅星迎接聖王！」

「雅星大哥辛苦了，無痕謝謝大哥！」聖王伸手拉起雅星。

這時候，鼓聲、號角聲、炮聲再次響起，士兵和百姓們歡騰起來，旗幟、鮮花灑滿天空，相識與不相識的人們擁抱在一起，爲藍鳥王朝的新時代而歡呼。

堰門關內外，洋溢在歡樂的海洋裏。

聖王天雷和軍師雅星、元帥維戈、雷格、越劍、文謹、兀沙爾，次帥威爾、溫嘉等人順著人牆往前走，近衛大將軍楠天帶領幾百名藍衣眾保護在周圍，他們不時地向周圍揮手致意，狂熱的人們嘴裏喊著「聖王」、「聖王」的呼聲，蜂擁上前，立即被藍衣眾擋在外。

經過一個時辰的步行，眾人來到了堰關城。堰關城早已經掩映在喜慶的氣氛裏，滿眼儘是懸掛的燈籠、歡迎的橫幅、狂歡的人群，藍鳥近衛第一軍團、藍鳥騎士團、藍衣眾費了好大的勁才把人們分開，清理出一條街道，護送聖王進入臨時府內。

當晚，堰關城整夜狂歡，所有的酒店全部銷售一空。

第二天中午，聖王與元帥越劍等人分手，越劍率領青年兵團前往凌川城，然後再回藍鳥城，而聖王和其餘的人們向藍鳥城進發。

美麗的聖靜河依然是那樣的美麗、迷人。在河上，搭起了一座巨大的彩橋，這是水軍們爲了迎接聖王特意修建的一座舟橋，在彩橋的兩側，各有三座巨大的舟橋，方便所有的士兵、百姓渡過河。

水軍督統領漁于淳望率領全部的水軍恭候在河北岸，他們個個一身嶄新的水藍色軍裝，腰挎水軍刀，整齊的隊伍讓人感覺到水軍的訓練有素。

「臣漁于淳望恭迎聖王，祝聖王凱旋歸來！」

聖王天雷滿面紅光，笑呵呵地來到漁于淳望面前，伸手拉起了他，然後說道：

「漁于淳望，好一個水軍將軍，好，東海的六位仁兄如今都成爲了王朝的棟樑，我很高興，今日見著你們，真是太好了，哈哈，大家都起來吧，哈哈！」

「謝聖王！」

漁于淳望躬身道：「聖王和各位元帥、將軍一路辛苦，是否需要休息片刻再起程？」

聖王天雷一擺手道：「不必，我們馬上渡河吧！」

「是，聖王！」

漁于淳望答應一聲，回身喝道：「恭迎聖王渡河！」

「恭迎聖王渡河！」

所有的水軍將士齊聲歡呼。

聖王天雷在水軍督統領漁于淳望的引路下，踏上了聖靜河彩橋。

水軍將士不斷地喊著「恭送聖王渡河！」、「恭送聖王渡河！」。

聖靜河兩岸，無數的百姓在歡呼著「聖王渡河！」、「聖王渡河！」。

從聖靜河到藍鳥城，一路上百姓不斷，鮮花、彩旗、狂熱的人們不停地歡呼著，彷彿所有的老百姓都走出家門來，爲了迎接他們最敬愛的王而歡呼。

藍鳥王朝六年十二月三十日，在這一年的最後一天，藍鳥王雪無痕率領北伐西征的將士們，回到了闊別已久的藍鳥城。

這一天的清晨，天空中開始下起了小雪，風雪不大，飄飄灑灑的白雪覆蓋著整個藍鳥城，爲歡慶的人們增添了無窮的樂趣。

在飄飛的白雪中，無數的人們身穿節日的盛裝，等候在北門外。距離新年還有一天，但人們就彷彿提前進入了新年，他們把最美麗的衣裝全部穿在身上，爲了迎接他們的藍鳥王而傾巢出動。

迎接的人們遠出了十餘里，翹首以盼。

聖王率領大軍連綿數十里，在路兩旁歡迎的人群中穿越而過，歡呼聲早已經不是什麼新鮮的事了，狂熱的姑娘們向她們崇拜、心愛的小夥子們擁抱，久久不願意鬆開，喃喃的耳語不停地響起，從此後有數不盡的人們結爲眷屬。

少主中原率領留守京城內的文武百官及各洲郡前來賀喜的官員出城十餘里迎接聖王車駕，王妃雅靈緊緊地陪在一旁，香妃及雅藍、雅雪等全部都在，公主蓮兒拉著哥哥的手，眼望著北方不停地說道：「哥哥，父王什麼時間能回來？怎麼還沒到呢？」

少主中原也是小臉通紅，他興奮地說道：「妹妹，快了，父王的車駕就快到了！」

雅靈和彝凝香看著這兄妹二人，滿眼的羨慕、高興，她們互相對視一眼，都能從對方的眼裏看到幸福與期待。

聖王天雷的車駕如一條長龍，在飄飛的白雪中格外的醒目。前軍全部爲騎兵部隊，護駕的藍鳥騎士團與藍衣眾緊緊相護，後方是藍羽、短人族戰斧團，步兵全部在後面慢行。

藍色的旗幟在白雪中飄揚，騎士們一身的藍衣，白色的披風，個個精神抖擻，士氣飛揚。聖王的車駕是一座金黃色的錦車，黃籮傘蓋，金壁輝煌，後方，是文謹、兀沙爾、凱武、雅星、維戈、雷格等元帥重臣的車駕，全部是藍色的錦車，神駿的寶馬。

車隊滾滾而來，道路的兩旁，歡迎的人們爆發出狂吼聲，禮炮聲、音樂聲響成一片，人們在雪地裏跪倒、站起、歡呼，狂熱的氣氛彷彿要把天上的白雪融化。

雙方距離有二百米，車駕戛然而止，藍鳥騎士與藍衣眾左右一分，楠天搶步上前，挑開車簾，聖王天雷跨步走出車外。

「恭迎聖王凱旋歸來，聖王萬歲、萬歲、萬萬歲！」

前來迎接的人們全部跪倒在地，三呼萬歲。

「大家辛苦了，請起，快快請起！」聖王天雷一邊說話，一邊向兩旁揮手致意，人們在聖王揮手後站了起來。

「兒臣中原拜見父王！」

「兒臣蓮兒拜見父王！」

「臣妾等拜見聖王！」

聖王天雷舉目前望，兒子中原、女兒蓮兒及王妃雅靈、香妃彝凝香等跪在身前，目光裏充滿了喜悅之情，天雷大喜，這時候見到了久別的親人比什麼都高興，他搶上幾步，伸手先抱起女兒蓮兒，然後順手拉起兒子中原，嘴裏說道：「靈妹、香妹，妳們快起來吧！」

「臣妾謝聖王！」兩人喜滋滋地起身。

「蓮兒，想父王沒有？」

「蓮兒早想念父王了，但父王也不回來！」

「好好，好蓮兒，父王這不是回來了嗎！哈哈！」聖王天雷打了個哈哈，然後對兒子中原說道：「中原，你長高了不少，都快成爲大人了！」

「謝父王的誇獎，中原天天盼著父王回來呢！」

「好孩子，你們倆都是父王的好孩子！」

雅靈和彝凝香一左一右地站在面前，雅藍、雅雪姐妹站在她們的身後。聖王摸過兒子中原的頭後，對她們說道：「妳們辛苦了！」

彝凝香小聲地說道：「我們那像某人跑到敵人家裏辛苦，我們只在家裏擔心受怕，白替人擔心呢！」

雅靈拉了彝凝香一下，然後也小聲說道：「可不是，香妹，算了，等回宮再說！」

聖王天雷尷尬地笑了笑，知道她們是在說自己跑到映月月落宮探望明月之事，這本就是自己的不是，也就是彝凝香和雅靈敢揭他的傷疤，聽見雅靈的話，他這才小聲說道：「回宮再說，回宮再說！」然後哈哈一笑，大步向前走去，對遠處跪著的大臣們說道：「大家都起來，起來，哈哈，哈哈！」

這時候，軍師雅星、元帥文謹、維戈、雷格等人進前拜見雅靈、彝凝香，大家互相見禮，特別是老人們很長時間沒有見到兒子，很是想念，多說了不少話。

而象文謹等人年歲較大，子女較多，更是一刻也沒有閒著。

大家熱鬧了一會兒，雅靈這才感覺到有人拉自己的手臂，抬頭一看，是明月公主站在身旁，她吃了一驚，然後大喜道：「明月姐姐！」

明月公主低聲說道：「雅靈姐姐，謝謝妳了！」然後，對一旁的彝凝香說道：「香妹妹，也謝謝妳了！」

兩個人一左一右地拉住她的手，雅靈嘴裏說道：「姐姐，真難爲了妳！」彝凝香也低聲說道：「姐姐，我真的很羡慕妳啊！」

「雅靈姐姐，凝香妹妹，妳們千萬可別這麼說，明月慚愧，讓妳們擔心了！」

「明月姐姐！」三人頓時抱成一團。

不知何時，天空中的飛雪已經停下，天漸漸地晴朗起來，躲藏已久的太陽露出了笑臉，彷彿被藍鳥城的歡騰所陶醉。

這一天，藍鳥城成爲有史以來最熱鬧的一天。

聖王親自率軍遠征，掃平聖拉瑪大陸上最後兩個強大的敵國，平定西方，成爲聖拉瑪大陸上唯一的一個強大王朝，這時候在大陸上，只有南彝帝國仍然可以稱爲「帝國」，但對於藍鳥王朝來說，它還算不上強大，也算不上敵人，藍鳥王朝一統天下已成定局，解決南彝只是個時間問題。

藍鳥軍成爲了強大軍隊的代名詞，藍鳥王朝已經成爲統一天下的象徵，每一個民族想要在聖拉瑪大陸上生存，就必須依靠藍鳥王朝，就必須向聖王稱臣，像聖王凱旋歸來這樣的機會每一族也不會放過，至於藍鳥王朝洲郡的官員，那一個不願意向聖王獻媚，爲聖王歌功頌德是他們最佳表現。

如今的藍鳥城幾乎被天下所有的民族所包圍，被各洲郡的官員使者住滿，前來迎接聖王還朝，向聖王朝拜新年、送禮是必然的事情，所以迎接聖王的場面特別的大、熱烈。

藍鳥王朝王子、王妃、軍師等重臣也以極大的熱情接待各民族的使者，安排各洲郡的賀使，更刻意安排了迎接聖王還朝的歡迎儀式，從堰門關到藍鳥城，每一個地方都進行了盡心的安排，老百姓更是願意配合。

聖王天雷再一次被藍鳥城所感動，所有的隨軍將士從沒有像今天這般自豪過。

十里長街，佈滿了彩旗、鮮花，灑滿了白雪。參拜聖王的人們形成了一道波浪，滾滾向前，在白雪中，彩旗鮮花特別地鮮豔，而聖王本身自然就成爲了最耀眼、矚目的中心。

從天黑就開始，藍鳥城就被鞭炮聲所淹沒，城區的各處燃起了無數的篝火，數不盡的人們在街上載歌載舞，在歡慶聖王凱旋的同時迎接著新年的到來，彷彿也在迎接著一個新的時代的到來。

遠歸的將士早已經融入到這歡樂的海洋裏，他們成爲這個美麗夜晚的主人、明星，無數的美麗姑娘爲他們獻上了美酒、鮮花、熱吻，在這一天夜裏，藍鳥城的姑娘們幾乎都有了主，也有無數的小夥子一邊傷心地哭泣，一邊痛苦地發洩、狂歡。

這一天夜晚是屬於藍鳥軍將士們的夜晚，屬於英雄的夜晚。

狂歡一連進行了三天，聖王天雷沒有下令禁止，因爲跟隨他流血犧牲的勇士們需要這樣的狂歡、發洩，需要這樣的一個機會體現自己，他們需要人們的理解、接納，需要開始融入社會，需要開始走進新的生活，聖王理解他們，爲他們創造這樣一個機會，他需要從另一個角度控制人們的思想。

同樣，維戈、雷格、越劍、威爾、溫嘉等人也需要這樣的白天、夜晚，他們和家人團聚，享受來之不易的幸福。

藍鳥宮內，最高興的要屬於中原和蓮兒了，一連三天的狂歡，把孩子們推向了崇拜英雄，崇拜父輩的神話裏，在他們的眼中，父王和藍鳥軍的每一個將士都是無敵的英雄，天下已經沒有人是他們的對手，他們是無敵的象徵，英雄的代名詞。

每一天，藍鳥城都在注入新的喜悅，步兵軍團按照番號次序，一個又一個地開進藍鳥城地區，他們全部換上了嶄新的衣裝，列著整齊的方陣遠遠地開過來，蜂擁而上的姑娘們發出了尖叫聲，無數的鮮花灑向勇士們，每一個戰士的眼裏都在感動、流淚，他們士氣高昂，很快就融入這喜悅裏。

南彝兵團七百頭戰象列著整齊的隊形走過來，戰象四匹成一橫排，十匹成一小方陣，無數個方陣組成南彝兵團的陣容。在每一匹戰象上，一朵巨大的彩球掛在戰象的頭上，紅色的絲帶飄灑地飛向天空中，戰象上的南彝勇士同樣受到藍鳥軍戰士一樣的歡迎，他們望著無邊無際的歡迎人群，很快就被歡呼聲掩埋。

彝雲松被眼前瘋狂的人群嚇了一跳，同時也有一絲感動。他比聖王的騎兵部隊晚兩天到達藍鳥城，南彝兵團雖然有戰象，但還是步兵軍團，還有幾萬的步兵子弟，所以被安排在隊伍的中間部分。一路上，彝雲松就被熱烈的氣氛所感染，南彝軍隊雖然遠離故土，但中原的老百姓沒有把他們當成外人，同樣歡迎著他們，彩旗、鮮花飛舞，數不盡的榮譽掛在他們的頭上。

來到藍鳥城，儘管彝雲松已有所思想準備，但還是被這盛大的場面所震驚，同時，中原的富足、狂傲也淋漓盡致地表現在彝雲松和所有南彝將士的眼裏，得勝歸來的英雄們受到如此狂熱般的歡迎，使彝雲松深深地認識到，中原人早已經把戰爭融入了人們思想的深處，成爲他們生活的一部分，這種思想是可怕的，它可以燃燒自己，摧毀所有的敵人，這就是民族的意志，一種自傲的民族魂，它的力量是無窮盡的。

彝雲松再次陷入了沉思中。

藍鳥王朝派出迎接彝雲松王爺的代表，自然是軍師雅星。

雅星遠遠地看見彝雲松坐在高大的戰象上沉思微微一笑，不戰而屈人之兵乃爲上謀，雅星雖然沒有刻意安排這個場面，但也不免驕傲，前期到達的藍鳥軍有不少人就站在眼前歡迎的人群裏，沒有什麼人比這些經歷過無數生死的人更狂傲，雅星正是真正地認識到了這一點，所以他才做了些小手腳。

「彝王一路鞍馬勞累，辛苦了，雅星代表聖王陛下和香妃迎接王爺入城！」

彝雲松從沉思中醒了過來，見說話的人是軍師雅星，忙跳下戰象，他知道眼前這個年輕人有多麼可怕，藍鳥王朝縱橫萬里，幾乎都是眼前這個年輕人在打理，聖王天雷雖然是藍鳥之王，但他實在不願意管這些事情，所以很多事情都是由雅星來做，侄女彝凝香沒少告訴他雅星的可怕，彝雲松自然明白其中的厲害關係，而現在聖王派雅星來迎接自己，可見聖王對自己的尊重。

「勞動軍師大人前來迎接，彝雲松實在是不敢當啊，辛苦談不上，只是老百姓如此的熱情倒令雲松感動！」

「哈哈！」雅星哈哈一笑，然後說道：「聖瑪族十餘年受苦，今日揚眉吐氣，如何不能一吐胸中之樂！南彝與我們交好，就如同一家人，彝王以爲如何？」

「極是，軍師大人所說極是，哎，看到王朝如此強大富足，雲松真是衷心地羨慕，南彝偏安一隅，已非長久之策，融入中原是雲松與大哥一生的夢想，前幾年手段雖然差些，但幸好有凝香慧眼識英雄，哈哈！」

彝雲松自然明白雅星話裏的意思，十餘年前，六國進犯中原，其中就有南彝帝國，如今藍鳥軍橫掃天下，聖拉瑪大陸上只有南彝帝國還沒有納入藍鳥王朝版圖，但如今，藍鳥軍已經掃平東、西、北三面，南彝的滅亡只是個時間和方式問題，彝雲松和香妃為王朝貢獻至偉，情誼深重，聖王和所有的將士們不願意妄動刀兵，如南彝識時務，儘快歸順才是唯一的出路。

但彝雲松也不願意在此落下風，他雖然早有歸順王朝之意，那是看在聖王和彝凝香的份上，藍鳥軍雖然強大，但他們的王還是娶了南彝的公主，彝雲松借此說話就表示出南彝歸順與別人沒有關係。

雅星如何能聽不出來，他微微一笑道：「王爺心懷錦繡，雅星佩服，正如王爺所想，天下盡歸一統，對各族都有好處，開創千古絕唱的王朝是每一個人的夢想，聖王能成為千古第一人，南彝功不可沒，王爺功不可沒，以後的事如有什麼難處，請儘管吩咐雅星就是！」

「多謝軍師大人！」彝雲松能得到雅星的承諾也是見好就收。

「王爺請！」

兩個人邊走邊談，進入藍鳥宮內。彝凝香多時沒有看見叔叔，格外的親熱，別看她是王妃公主，撒嬌可是拿手好戲，彝雲松從小就疼愛這個唯一的侄女，彝凝香自然清楚。

「彝王一路辛苦了！」

「多謝聖王問候，我很好！」

「風揚，你先帶王爺下去梳洗，然後在小藍廳爲王爺洗塵！」

「是，聖王！」

「謝聖王！」

彝雲松和風揚轉身出去。

第十五章　江山如畫

聖王天雷、軍師雅星、香妃彝凝香、南彝二王彝雲松四人，一起在小藍廳用飯，為彝雲松接風洗塵，席間雖然沒有說些什麼軍國大事，但彝雲松卻還是請示聖王，要求半個月後率兵回國，聖王體諒他多年征戰，從也沒有回南彝，欣然同意，並告訴軍師雅星，為南彝軍隊將士多準備些禮物，不要虧待了他們。

彝雲松是一個頭腦清醒、極端聰明的人，如今聖拉瑪大陸已經沒有什麼人是聖王天雷的對手，藍鳥軍百多萬大軍沒有什麼事情做，而唯一還稱作帝國的就只有南彝一個，藍鳥王朝久有一統大陸之志，君臣絕對不能允許還有南彝帝國的存在，出兵南征是早晚的事情，現在只不過是少了一個藉口罷了。

如今由於香妃彝凝香和彝雲松的原因，加上南彝軍人也確實作為盟友，與藍鳥軍一同征戰，所以兩國關係一直良好，無論是商業貿易還是文化交流等，都是有史以來最好的一段時期，但是，歷史就是如此，當一個強大的敵人再沒有對手的時候，那怕是一個最弱小的敵人也會撕咬幾口，對於藍鳥軍來說這沒有什麼，但對於南彝來說這就是災難。

彝雲松深知此理，所以急著回去，對於他和彝雲龍國主來說，南彝早晚都是彝凝香的，也就是說，早晚都是聖王天雷的，併入藍鳥王朝他們早有準備，但如今的腳步卻加快了，因爲藍鳥軍已經沒有了敵手，南彝的存在對與藍鳥軍來說是不能允許的，即使聖王不說，但藍鳥軍這些驕兵悍將未必不說，歷史還是公正的，六國侵略中原滅掉了聖日，如今終於付出了慘痛的代價，即使是南彝也不行，如今卻是時候了。

半個月後，聖王天雷率領滿朝文武到藍鳥城南門外送別彝雲松一行，彝雲松對聖王天雷拜了三拜，然後抓住天雷的手說道：

「雲松一生志比天高，馳騁天下是我從小的夢想，南彝軟弱，雲松之志幾爲空談，但自從與聖王相遇，雲松如虎入山林，龍歸大海，常伴隨在王的左右，馳騁中原，征伐四野，如今天下底定，只有南彝偏安一隅，雲松此去，幾月便回，終能讓南彝歸順王朝，順乎天意，使大陸真正一統。」

聖王天雷飄飄一拜，嘴裏說道：「南彝與王朝幾爲一家，分爲彼此只是一個名份罷了，這個名份不要也罷，我與凝香雖不能回去，但王爺此去，一定能把我們的意思講清楚，畢竟我們是一家人，妄動刀兵總是不好，爲天下百姓計，請王爺費心了！」

「雲松定能達成此願！」

彝雲松個人與聖王天雷的私交非常好，這一方面由於他是香妃彝凝香叔叔的原因，另一方面也是因爲他才華出眾，是少有的統軍帥才，與彝雲松相交，聖王受益不小，同樣，彝雲松也從聖王天雷那天馬行空的思想中備受啓發，對作戰思想逐步成熟、完善，發揮了至關重要的作用。

朋友之間彼此瞭解越深，感情越近，但像聖王這樣的人就讓人感到越加可怕，因爲他不是一般人，他是聖王，統率上百萬精銳藍鳥軍的藍鳥之王，他的一個思想、一個動作就會使天下血流千里，死傷無數。

幾年與藍鳥軍並肩作戰，使彝雲松深深地瞭解藍鳥軍的強大，南彝與藍鳥王朝爲敵，成功率幾乎就是零，所有在中原參戰的南彝將士都明白這一點，彝雲松所要做的就是把這些人帶回去，並讓他們說服自己的族人，這就夠了。

「聖王保重，末將告辭了！」彝雲松用了個軍稱。

「彝王保重，祝你一路順風！」

「告辭！」

「叔叔保重，凝香恭送叔叔，並帶凝香向父王問好！」

彝雲松重重點頭，對於這個侄女，他是愛多於期望，從沒有奢望彝凝香能做什麼，但是，彝凝香卻做了件讓所有的南彝人都目瞪口呆的事情，爲了挽救幾十萬南彝士兵的生命，她嫁給了聖王天雷，並一直指引著南彝走到了今天，如今的彝凝香在南彝人心中的地位至高無上，就是一個小孩子也知道她的事情。

「凝香，妳也保重，什麼時候妳也能回去一趟？」

「這個……叔叔，我想以後是有機會的，如有可能，讓父王親自來一趟吧！」

「好吧，諸位保重，彝雲松告辭了！」

「祝彝王一路順風！」

望著彝雲松率部離去，眾人都在心中默默祝福，包括聖王天雷在內，所有的人都是真心祝福，彝雲松與他們畢竟是並肩戰鬥的戰友，血與火的情誼、生與死的交情是最寶貴的。

幾天後，聖王天雷召開了腦部會議，就王朝未來的發展確立方針。

聖王天雷主持了這次會議，他笑呵呵地看著在座的眾人，心裏格外的高興，如今他們每一個人都是可以主宰一方的人物了，幾年前那會想到這些。

「各位，聖拉瑪大陸幾近一統，只剩餘極小的一些地區還沒有歸順，相信用不了多少時間就能完成一統大業，王朝之所以能取得如此輝煌的成績，都是因爲在座的各位努力的結果，在此，我代表整個藍鳥王朝及我個人對各位表示感謝！」

在座的百餘位官員、將領一起站起，齊唰唰地敬禮道：「謝聖王！」

聖王天雷點手讓大家坐下，然後接著說道：「一直以來，爲了聖戰，王朝實行軍事化一體制度，軍隊成爲王朝的中堅力量，王朝的一切都圍繞著軍隊建設開展工作，也確實使我們的事業蒸蒸日上，創下了今天這個局面。但是，如今我們已經取得了一統大陸的輝煌業績，軍隊已經沒有了對手，也完成了其歷史使命，從現在開始，我們就必須要有一個轉變，要從軍隊的建設轉移到經濟建設和管理建設上來，這個轉變是必要的，也是可行的，更是迫切的。」

「制度的轉變並不是說我們不要軍隊，而是說軍隊的使命賦予了新的內涵，這是新時代的需要，更是我們的責任。常言說得好：『創業易，守業難』、『水能載舟，也能覆舟』，只要我們把思想轉變到爲廣大老百姓做好事情上來，我們才能夠長治久安，只有我們切實地把老百姓的事情放在第一位，我們才能真正地贏得老百姓的擁護與支持，王朝的大業才能永遠地傳下去！」

「新時代的軍隊只是一種震懾的力量，我們誰也不會願意看到用軍隊對付赤手空拳的老百姓，軍隊從老百姓中來，是老百姓的兒子，是百姓的子弟兵。軍隊只是一種震懾，只是對付復辟的野心家的一種有效打擊手段，當然也絕對不會手軟，軍隊存在的意義已經賦予了新的歷史使命！」

「各位，王朝制度的轉變已經擺在了我們的面前，各位都是這種改變的推動人，也可以說是新時代的締造者、推動者，我真誠地希望我們每一個人都不要掉隊，都成爲新時代的弄潮兒，大家都是從血腥的戰場上走過來的人，大風大浪都已經創過來了，一點點改變我相信難不住大家，難不住藍鳥王朝的英雄們，從今天開始，大家都是新時代的主人了，我相信大家都能做得更好！」

「當然了，我說的改變不是享受，更不是墮落腐化，各大帝國之所以覆滅，就是因爲他們已經墮落了、腐爛了，他們從根本上腐爛了，王朝能取得今天統一大業的豐功偉績，不是因爲我們特別能打，而是因爲他們徹底地墮落了，他們忘記了老百姓才是他們的根。我們不要這種墮落，更不需要這種腐爛，更不要忘記了爲老百姓做事的根本。在座的各位都是跟隨我從沙場上走過來的人，但是，我更不希望看到那一個人墮落了、腐爛了，我不忍心親手把枯枝親手砍下去，那樣我會心痛，但是我要告訴大家的是，無論是誰，只要他徹底地墮落了，我還是會忍淚揮刀的，這不是我心狠，而是爲了王朝的千年大計！」

藍鳥王朝所有的高級將領、重臣全部被聖王的話深深地吸引，更爲聖王的高瞻遠矚所感動，王朝要千年不衰就必須如此，聖王的話沒有錯，一個嶄新的時代需要一個新的制度，一個新的時期需要一大批新人，聖王希望他們都成爲新時代的弄潮兒，全體跟上時代的腳步，他不希望誰墮落了，他還是不忍心親手揮刀的，但是，他也能揮刀。

每一個人都在默默沉思，都在爲自己在新的時代裏找尋自己的位置。

聖王天雷見眾人陷入了沉思中，哈哈一笑道：「各位，也許我說的話重一些，但是在座的諸位都不是外人，常言說得好『愛之深，責之切』，我對大家要求的高些，是希望大家都不掉隊，只要大家逐步適應，沒有什麼大不了。至於改制的具體情況，先由額部拿出個方案，經過腦部審批後實施，下面由軍師對有關情況做一簡單說明吧。」

軍師雅星輕咳一聲，然後對大家說道：「諸位，剛才聖王把改制的情況作了說明，其重要意義我就不再多說，但是，王朝一統在即，改制是必然的，大家既不要有所顧忌，又要敞開胸懷，適應時代發展的需要，至於改制的具體情況，我就先簡單地說明一下。」

他略微一停，喝了口茶水，然後接著說道：「改制的首要任務是軍隊，所謂改造軍隊並不是不要軍隊，我們計畫在十年之內把軍隊壓縮到八十萬人，分爲六大兵團，四大近衛獨立軍團、一個騎士團。每一個兵團由四個軍團和一個後勤部組成，每一個軍團三萬人，後勤部三千人；近衛獨立軍團五萬人，騎士團五萬人。以後，其餘部隊將逐步解散，地方城防軍逐步取消，各城成立巡檢局，配合聖殿騎士維持治安。」

「王朝將逐步成立六部三司，六部即禮部、兵部、司法部、商業部、農業部、教育部；三司即巡檢司、督查司、計畫發展司。六部三司掌管王朝事務，檢查、處罰各級官員，執行法律法規，執行中央腦部的決策，打擊反對、暗藏的敵人。」

「其次，王朝將逐步完善各項考核選拔制度，任免人才，加強思想教育，發展聖殿勢力，凡沒有經過考核的人員不得在王朝任職等等。」

「各位，具體情況還需要額部詳細制定完善，腦部批准，並由聖王最後裁定，以後，大家要遵守法紀，按規矩辦事，各項制度在執行中逐步修改完善，有新的需要，王朝將隨時增加新的法令，我的話完了！」

聖王天雷見軍師雅星說完，接口說道：「各位有什麼想法，在會上可以提出來，好的觀點我們可以接納，不被接納的我們就當作不同的意見，總之，大家的出發點都是爲王朝的將來好，我歷來主張暢所欲言，各抒己見，只要有想法就可以說！」

凱文見大家都不說話，所以邊站起來邊說道：

「聖王，各位，聖王和軍師剛才談了改制的話，我認爲這是王朝的萬年大計，是件大好事情。王朝如今已經沒有了敵手，保留這麼多軍隊無疑是一種浪費，所謂浪費就是犯罪，聖王高瞻遠矚首先想到了這個問題，所以我認為，今後我們的工作一方面要著眼於政治、經濟，另一方面也要著眼於軍隊的改制上來，今後軍隊將作為王朝的一部分存在，但這個部分我認為將漸漸地縮小，剛才軍師的話說的很明白，在十年之內，我們要完成軍隊的改制工作，把大量的人力、物力、財力投入到民生建設上來，當然，這並不是說我們要立即放棄軍隊建設，而是在逐步穩定大陸的同時逐漸縮小，十年計畫，這是我們的百年大計，千萬年大計啊，我個人全力支持聖王的改制號召，我說完了。」

聖王天雷笑呵呵地看著凱文坐下，文人就是好，理解能力強，不像軍隊理解能力差，想法多，於是他接口說道：「凱文國師的話說得很好，大家還有誰有意見，請說！」

越劍聽聖王說完，接話道：「軍隊的改制我非常贊同，發展經濟、民生我更不反對而且全力支持，但是，我要說的是軍隊改制的一點個人想法，目前，大陸初平，基礎還不十分穩固，立即進行改制是好事，但步伐不要邁得太大，尤其是對於西方、北方要格外慎重，必須保證軍隊的威懾力，我們可以先從東南、西南開始，逐步適應，漸漸摸索，找出一條適應於我們目前的狀況的方法來，這才是我們的重中之重！我說完了。」

「好，越劍元帥思想漸漸成熟，考慮周全，心思縝密，所說全是我們目前面臨的重點問題，我認爲說得非常好，還有誰也說說？」聖王天雷特別誇獎了越劍兩句。

見大家都不說話，聖王天雷也知道大家剛剛接受自己改制的說法，沒有認真考慮，需要時間思考，於是接著說道：

「既然大家都沒有什麼看法，我看就先到這裏，過幾天我們再開會，大家回去後要仔細想想，認真思考，有什麼想法可以在會上提，也可以找我和軍師個別提，我在這裏保證，絕對不會因爲誰有不同的意見而給誰臉色看，有意見這是因爲他對王朝負責任，是好事情。另外，關於改制的事情，由軍師具體來抓，額部配合完成，好了，散會！」

藍鳥王朝決定未來歷史的改制會議就這樣結束，會議雖然沒有取得什麼實質性的進展，但改制已經第一次擺在了大家的面前，轉變觀念，改進歷史進程已經刻不容緩，它的意義是巨大的、深遠的，在藍鳥王朝歷史上，還沒有什麼會議可以與這次會議內容對歷史的影響巨大，可以說它是一次影響千萬年的歷史性會議，永遠地載入了藍鳥王朝的史冊。

隨後三個月內，藍鳥王朝開展了轟轟烈烈的改制浪潮，從老人到孩子，從普通農民到士兵、商人等等，無不被聖王關心民生大計的胸懷所感染，聖王拋棄戰爭，一心爲民的賢德已經深深地植入了百姓們的心中，無論是什麼民族，都爲聖王這一決策所歡欣鼓舞，更爲聖王的愛民之心所感動，聖王天雷第一次被聖拉瑪大陸上所有的老百姓所接受，被譽爲千古第一聖王。

三個月後，藍鳥王朝出臺了一系列法律制度，全部是從民生大計出發，它第一次從法律上確定了民生是王朝的第一等大事，軍隊等都是爲民生所服務，軍隊的存在被賦予了新的意義與內涵，老百姓不再爲軍隊而顫抖，而是認爲軍隊是老百姓的子弟兵。

藍鳥王朝七年五月二十八日，南彝帝國國主彝雲龍發表歸順藍鳥王朝宣言，隨後他率領南彝帝國各部洞主、土司到藍鳥城晉見聖王，獻上代表南彝帝國無上權威的權仗。

這一天，標誌著聖拉瑪大陸最後一個帝國徹底滅亡，南彝從此歸入藍鳥王朝。

緊接著，聖拉瑪大陸上所有民族紛紛發表歸順藍鳥王朝宣言書，並派出代表到藍鳥城朝見聖王。

消息傳到藍鳥城，整個京城再一次沸騰了。

喜訊迅速向聖拉瑪大陸上的每一個角落裏傳去，整個大陸再一次歡騰起來，它標誌著聖拉瑪大陸千年的戰爭徹底結束，標誌著藍鳥王朝徹底地統一了聖拉瑪大陸。

六月十八日，以雅星爲代表的藍鳥王朝群臣上表聖王，尊稱聖王爲「聖皇帝」，被聖王斷然謝絕。

七月二十九日，雅星代表聖拉瑪大陸各族再一次上表朝廷，要求尊稱聖王爲「聖皇帝」，再一次被聖王謝絕。

八月十日，藍鳥王朝群臣和各民族代表一起上奏朝廷，要求尊稱聖王爲「聖皇帝」，聖王天雷在沒有辦法的條件下才欣然接受。

既然聖王已經接受了「聖皇帝」的尊稱，藍鳥王朝隨即發出召書於各族，「定於藍鳥王朝八年五月一日在藍鳥城召開祭天大典，同時聖王加冕典禮，各族都要派出代表參加」。

信使通向四面八方，各民族都在準備迎接聖王的加冕典禮。新年剛過，各族族長、長老、勇士、各洲郡長官等便齊向藍鳥城彙聚，同賀聖王加冕。

最先到達藍鳥城的有分量人物是南彝使團，彝雲龍、彝雲松兄弟率領南彝七十二洞主、三十六土司的龐大代表團，經過近三個月的慢行到達京城。聖王天雷和彝凝香夫妻接到消息後，遠出十里迎接。

彝雲龍的身分可是極其特殊，他既是南彝各族的總盟主，又是聖王天雷的岳父老泰山，這次他率領南彝各部歸順藍鳥王朝，立功在千秋萬代，無論從什麼角度上說，聖王尊敬他都不過分。

彝凝香有十多年沒有見過父親了，激動的心情可想而知，她拉著女兒蓮兒的手，站在夫君聖王的身邊，舉目遠望。南彝熟悉的旗幟、身影漸漸地出現，她激動得眼含熱淚，嘴裏喃喃地叫著「父親、父親」。

聖王天雷見香妃激動的樣子，用力拉住了她的手。這次跟隨聖王夫妻出迎的有在京的所有大臣，規模之大、待遇之高也是罕見的，遠遠地禮炮聲就開始了轟鳴，南彝代表跳下戰馬、戰象，彝雲龍大步向前走來，身後緊緊地跟著兄弟彝雲松。

彝雲龍大老遠就看見了聖王夫妻，他運目光仔細打量著這個傳說中的聖王、自己的女婿，他還是第一次見著聖王天雷，就見在遠處黃籮傘蓋下，一對年輕的夫妻帶著雍容華貴的王者氣度，女子手裏牽著一個女孩子，那熟悉的身影顯然就是自己唯一的女兒，看了這不僅僅是代表藍鳥王朝對自己的迎接，也是代表著女兒、女婿一家子對自己的歡迎。

彝雲龍搶前幾步，眼裏精光暴漲，聖王天雷明白他是在觀察自己，也不由自主地上前一步，同時也在打量著這位自己沒有見到過的南王老泰山。

兩個人相視片刻，忽然相對哈哈一笑，彝雲龍上前跪倒，口裏說道：「彝雲龍代表南彝各族歸順藍鳥王朝，祝聖王萬歲、萬歲、萬萬歲！」

聖王天雷仰天大笑一聲，嘴裏喝道：「久聞南彝彝王有驚世之才，把散落的南彝收歸麾下，心向中原，帶領各部奮發圖強，今日得見果然如此，天雷不才，僅代表王朝對彝王賀，彝王深明大義，天雷佩服，佩服，請起，快快請起！」

「彝雲松拜見聖王，雲松終不負聖王所托，前來覆命，祝聖王萬歲，萬萬歲！」

「二王體念南洲蒼生之苦，惡戰亂之禍，爲藍鳥王朝統一大業鞠躬盡瘁，功在千秋，天雷不敢再說客氣的話，謝了，請起，請起！」

「我等拜見聖王！」南彝各部洞主土司用半生不熟的聖瑪語說道。

聖王天雷忽然用南彝語言說道：「謝謝各位了，請起，請起！」他從香妃彝凝香那學習到了不少南彝語言，這時候倒用上了。

「謝聖王！」南彝眾人一齊起身。

彝雲龍拉著聖王的手，把南彝各部洞主土司向聖王天雷一一介紹，一百多位南彝各部首領費時不少，然後，他才回過身來，臉上帶著慈祥的微笑，看著帶著女兒上前的彝凝香和蓮兒。

「女兒凝香拜見父親，祝父親萬福！」

「孫女蓮兒拜見外公，祝外公萬福！」

彝雲龍的眼淚差一點就掉了下來，他這個唯一的女兒已經有十餘年沒有見到了，今日見到彝凝香就見她雍容華貴，氣質高雅，早已成爲三十多歲的貴夫人了，而外孫靈巧可愛，外秀內慧，身上同樣流淌著自己的骨血，他怎麼能不激動。

「女婿天雷•雪給岳父大人見禮了，祝老大人萬福！」聖王天雷忽然跪在彝凝香的身旁，深施一禮。

彝雲龍深吸了口氣，忽然仰天大笑道：「彝雲龍一生心向中原，女兒從小學習中原禮儀，希望有一天能歸順中土，使南彝各部強盛不衰，彝雲龍何德何能得如此佳婿，凝香何福得此夫君，完成統一大陸大業，成就千百年來的第一人，哈哈，哈哈。」笑罷扶起天雷夫妻，抱起蓮兒親了又親。

隨後，聖王和彝雲松一起爲彝雲龍介紹了藍鳥王朝的一些重臣，其中雅星、維戈、雷格等人的大名他是久仰多時了，也是第一次見面，大家客氣一番，然後乘馬回歸藍鳥城。

幾日後，平西親王夢雷帶領元帥秦泰、次帥商秀、東方秀等進入京城，第三日，元帥越劍等一行回到藍鳥城，不久，次帥托尼等陸續回歸。

這時候的藍鳥城已經囊括聖拉瑪大陸上所有的民族族長、長老等人，各個民族的首腦齊聚一堂，共商大事，爲聖拉瑪大陸的新時代獻計獻策。

藍鳥王朝八年五月一日，在京城藍鳥城東南方矗立起一座高大的祭台，五萬藍鳥騎士團的官兵把祭台團團圍住，從南門到祭台前被近衛第一軍團排列成一條通道，四周圍早已經人山人海，注目等待。

上午八時許，聖王帶領滿朝文武和各族代表一起拜台祭天，整個祭天過程歷時兩個時辰，斬殺馬、牛、羊牲畜無數，召告上蒼聖拉瑪大神，乞福恩澤於大陸萬民，保天下大安，隨後，舉行了聖王加冕大典，盛況空前，萬民朝拜，天下同賀。

祭天大典後，聖王等人回道到藍鳥宮內，封賞百官，啓動了藍鳥王朝歷史上的改制程序。

「加封雅靈爲藍鳥王朝正宮皇后，彝凝香、明月、雅藍、雅雪爲皇側妃！」

「加封長少主夢雷爲鎮西親王，統轄映月、西星、北海三洲！」

「加封少主中原・雪爲中原親王，立爲王儲，待聖王百年後接掌王朝大業！」

「加封蓮・雪爲嶺南公主，封地爲南彝洲，南彝各族統一在公主統治之下！」

「加封雅星爲藍鳥王朝丞相，一等公爵位，列腦部，總領額部，協助聖王管理天下！」

「加封秦泰爲藍鳥王朝鎮西元帥，一等公爵位，列腦部，總領西方軍隊，所轄『藍龍兵團』，即原凌原兵團、新月兵團，協助鎮西親王管理西方事務！」

「加封越劍爲藍鳥王朝鎮北元帥，一等公爵位，列腦部，總領北方軍隊，轄『藍虎兵團』即原青年兵團、北蠻軍團！」

「加封維戈爲藍鳥王朝鎮南元帥，一等公爵位，列腦部，總領南方兵馬，所轄藍翎兵團，兼任兵部侍郎、藍鳥軍事學院院長！」

「加封雷格爲藍鳥王朝鎮京元帥，一等公爵位，列腦部，總領鎮京兵馬，所轄藍羽騎兵兵團、近衛獨立第一、二、三、四軍團，拱衛京師！」

「加封文謹、凱武、兀沙爾三人爲藍鳥王朝榮譽元帥，一等公爵位，列腦部，參與軍事！」

「加封溫嘉爲藍鳥王朝次帥，二等公爵位，列腦部，總領東方兵馬，接掌東海兵權，鎭守東方，所轄『藍鷹兵團』即原平原兵團、東海兵團！」

「加封商秀爲藍鳥王朝次帥，二等公爵位，列腦部，總領藍鳥王朝第二騎兵兵團，所轄第六、七、十五、十七騎兵軍團，受秦泰元帥節制！」

「加封東方秀爲藍鳥王朝次帥，三等公爵位，列頟部，總領藍龍部第二十八、二十九、三十、三十一軍團！」

以下聖王又加封了十位大將軍、十七位將軍等等，楠天、風揚、卡奧都有幸列入大將軍級，同時，各族長幾乎全部被封爲一方諸侯，節制本族。

聖拉瑪大陸翻開了歷史的嶄新一頁。

後記

聖皇帝天雷平定大陸後，用一年半的時間實行了改制，把王朝推向了君主立憲制，任命雅星爲王朝丞相，維戈爲大元帥，管理文武；用五年時間整理各地，恩威並施，整合各族，實行各民族平等政策，推行均田地，減賦稅，行農業，辦教育，發展商業經濟，並對人民的思想進行控制，使天下逐步走向大治。

藍鳥王朝十年，文謹、文嘉、凱武、兀沙爾元帥退出腦部，不再管理軍隊，聖皇帝加封四人爲藍鳥王朝榮譽元帥軍銜，一等公爵，永遠享受王朝俸祿。

藍鳥王朝十七年，西方大陸映月洲、西星洲、北海洲及北平原部分地區發生動亂，殘餘的映月皇族、圓月教、射星派、北海一族經過十餘年的休養，實力漸厚，妄圖復辟，重新挑起戰火，由於鎮西親王夢雷、鎮西侯秦泰處理軟弱無力，很快就成燎原之勢，東海一帶也蠢蠢欲動，聖皇帝天雷大怒，派鎮東侯、元帥雷格出兵鎮壓。

雷格元帥親率領藍羽騎兵兵團二十萬人馬及藍鳥騎士團五萬名騎士西征，手段血腥、殘忍，把北平原及西方大陸殺得血流成河，伏屍千里，映月一脈、射星一脈、北海一脈幾乎被斬盡殺絕，從此永絕後患。

受這次動亂之累，鎮西親王夢雷、鎮西侯秦泰、鎮北侯越劍都受到不同程度的處罰，被剝奪軍權，許多將領被判刑，牽連之廣令人顫慄，溫嘉、裔秀次帥臨危受命，出任西、北方面軍主帥。

西方動盪使藍鳥王朝元氣大傷，十年後才恢復了元氣。在這十年間，黑爪活動頻繁，對東、北、西部地區進行了過濾，許多人暗中消失，京城一帶許多大家族受牽連，實力大損。

明月王妃受此打擊，一病不起，兩年後病逝，享年五十四歲。

藍鳥王朝三十年，聖皇帝天雷禪位於太子中原，從此逍遙大陸，他的足跡踏遍東海北疆，雪域高原，南彝叢林，西方荒漠，管盡天下不平之事，殺貪官，誅污吏，成爲最逍遙的聖神。

百年後，聖皇帝天雷・雪在聖拉瑪大雪山飛升天道。

PS：藍鳥王朝經過千年的發展，各種矛盾日益尖銳，逐步分化瓦解，其間出現許多可歌可泣的人物，重新改寫藍鳥歷史的新篇章。

《全書完》

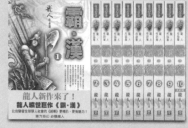

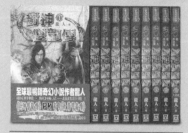

風雲時代